S.B. SASORI
Drahtseil
tänzer

Copyright © 2015 Swantje Berndt
Alle Rechte vorbehalten
www.swantje-berndt.de
www.swantjesgeschichten.wordpress.com
Bildmaterial: Kräne: Shutterstock.com, Anatoly Tiplyasin
Tuch: Shutterstock.com, Kasia
Zeichnungen: Benedikt Berndt
Lektorat und Korrektorat: Alexandra Balzer
Bibliografische Information der Deutschen Nationalbibliothek:
Die Deutsche Nationalbibliothek verzeichnet diese Publikation in der Deutschen Nationalbibliografie; detaillierte bibliografische Daten sind im Internet über http://dnb.dnb.de abrufbar.
Herstellung und Verlag: BoD – Books on Demand, Norderstedt

ISBN: 978-3-734761218

Für ein sehr spezielles Giraffenrudel,
das mir eine Menge Spaß und Motivation geschenkt hat.
Ihr Lieben!
Auch kurzhalsig und fleckenlos seid ihr das Coolste, was die
literarische Savanne jemals gesehen hat.

INHALTSVERZEICHNIS

Von Tänzern und Helden	9
Dolce Vita	59
Mülltonnentränen	101
Seidenzart	137
Puzzleteile	201
Der Traum stillstehender Zeit	255
Epilog	271
Danke	279

VON TÄNZERN UND HELDEN

- *Ciro* -

Ich träume von Cassian Tarek. Thronerbe von Salis, Sohn von Mutil und Lera, dazu ausersehen, seinem Haus Ehre und Reichtum zu bringen und nebenbei die Welt vor der Finsternis zu retten.

Mein Held existiert in meinem Kopf. Ebenso wie das weite Land mit grünen Wäldern und tiefen Tälern. Kitsch, der mich am Leben hält. In meiner Fantasie reite ich mit ihm zusammen zwischen mächtigen Bäumen entlang, deren Kronen lediglich einzelne Sonnenspeere auf den Moosboden vordringen lassen. Ich bade mit ihm in Seen, klarer als die Gedanken des weisesten aller Menschen, und nachts liegen wir eng umschlungen unter dem Sternenhimmel.

Dann wache ich auf. In einem zu kurzen Bett, mit dem Schreibtisch vom Sperrmüll, mit dem Stuhl, dessen Stofflehne längst eingerissen ist. Statt Waldluft zwängt sich der Dieselgestank des Hafens in meine Nase.

Livorno. Für ein paar Monate? Ein Jahr?

Wann wir abreisen, entscheidet Marco. Noch verdienen wir in Pisa, Lucca und Volterra genug. Geld klimpert dort, wo sich Touristen durch mittelalterliche Gassen schieben. Leider reicht es nie, um fürs Winterquartier eine anständige Bleibe mit trockenen Wänden zu mieten oder neue Klamotten zu kaufen.

Im Schrank liegen Jeans und T-Shirts. Ein paar löchrige Socken, einige außer Form gewaschene Pullover. Alles ist längst von meinem Bruder Marco abgetragen.

Ich besitze wenig, was wirklich schön ist. Es steckt in einem Koffer, der genauso schäbig ist wie der Rest der Wohnung.

Ein Minirock, ein Sommerkleid, Nylonstrümpfe, Pumps, Gymnastikballerinas, hautenge Tops, zwei Push-up-BHs, in die ich Gelkissen stecke, Tücher und dünne Schals und eine blonde Perücke samt Perückenbändern.

Dabei bin ich stolz auf meine Haare. Voll, braun, lockig. Immer ein paar Strähnen über den Augen. Sie sind das Einzige, was ich an mir mag. Zumindest wenn ich Ciro bin. Der neunzehnjährige Niemand, der nur zehn Meter über dem Boden bewundert wird, sobald er sich in Chiara verwandelt hat und Handküsse in die Menge wirft.

Keiner erkennt mich dort oben.

Bis auf Cassian. Er ist stark, ungeheuer mutig und sehr groß. Er beschützt jeden, der ihn um Hilfe bittet.

Ich bitte ihn jeden Tag darum.

Ihm ist es gleichgültig, ob ich Ciro oder Chiara bin. Er liebt beide. Den schüchternen jungen Mann und die fröhliche, sexy Frau.

Bin ich Chiara, sehne ich mich nach Cassian, der mich in den Arm nimmt, mir zärtlich seine Zunge in den Mund steckt, mit den Händen unter mein Top wandert und sich nicht an dem Fake stört. Der mich zwischen seine Beine nimmt und mich seinen Schwanz spüren lässt. Dass sich ihm bei dieser Gelegenheit etwas Ähnliches entgegenstreckt, registriert er mit einem Lächeln. Für ihn bin ich mit oder ohne Schwanz, mit oder ohne Titten die perfekte Frau.

Wenn ich es will.

Wenn mir nach Mann ist, reißt er mir den Rock vom Leib, zieht mir den Reif aus den Haaren, schleudert BH und Gelkissen in die Ecke und macht mich wieder zu Ciro.

Er vögelt mich, wie Männer Männer vögeln. Wild und lange genug, bis mir schwindelig wird und ich vor Lust bloß noch wimmern kann.

In meiner Fantasie.

Außerhalb meiner Träume werde ich selten gevögelt.

Zu wenig Gelegenheit, zu viel Risiko.

Mein heimliches Doppelleben ernährt Marco und mich und muss geschützt werden. Deshalb verstecke ich mich unter weiten Hemden und fusseligen Pullis. Je weniger die Leute von mir mitbekommen, umso besser. Dann bemerken sie die Ähnlichkeit zwischen Ciro und Chiara nicht und lassen mich in Ruhe. Sie stellen keine Fragen. Wundern sich nicht, dass Ciro morgens das Haus betritt und Chiara es abends verlässt.

Denn sie lässt niemand in Ruhe. Wo sie auch auftaucht, heften sich Blicke wie Zecken an sie. Chiara liebt das. Genießt jedes bisschen Bewunderung, das sie bekommt.

Ich beneide sie. Manchmal möchte ich mich einfach so in die blonde Frau mit dem selbstbewussten Lächeln verwandeln. Aber ihr gehört ausschließlich der Moment auf dem Seil und der Applaus danach.

Ich starre in den Spiegel und versuche, meine zwei Existenzen gleichzeitig zu sehen. Ich finde nur Ciro. Seine großen braunen Augen schauen mich traurig an. Er fürchtet sich vor dem Auftritt heute Abend. Dabei muss Chiara tanzen. Mit Perücke und Kleid und Seidenschal um den Hals.

Ich gäbe eine Menge dafür, wenn Cassian aus meinen Träumen heraustreten würde, um mich statt aufs Pferd auf sein Mofa zu heben und vor meinem zerfledderten Leben zu retten.

Wie sehr ich mich nach seinem Mut und seiner Kraft sehne! Vor allem, wenn Marco zu viel getrunken hat und mich mit Schimpfworten bombardiert, die mir den Magen nach links drehen. In solchen Momenten stelle ich mir vor, dass sich Cassian schützend vor mich stellt, meinen Bruder am Kragen packt, ausholt und ihn niederschlägt. Eine Sekunde später schäme ich mich für diese Fantasie.

Marco ist meine Familie. Er tut viel für mich. Er ist mit mir geflohen und hat dadurch alles zurückgelassen, was er kannte.

Wenn er nüchtern ist, kommen wir miteinander klar. Meistens.

»Ciro, beeile dich!« Marco ruft aus der Küche. »Paolo Costa erwartet Pünktlichkeit.«

Ein reicher Mann, seine Werft, ein Firmenjubiläum, applaudierende Gäste, ein Drahtseil, meine Angst.

»Chiara«, flüstere ich gegen das Glas. »Dein Auftritt.«

— *Noah* —

»Noah! Dein Bus fährt in drei Minuten!«

Jahaaaa.

»Stulle eingepackt? Schlüssel in der Tasche? Was ist mit der Mathearbeit? Muss ich die noch unterschreiben? Und wann kommst du nach Hause? Nach der Achten? Kannst du auf dem Weg Brot mitbringen? Oder soll ich das wieder alles tun? Paps kommt später. Kegelabend.«

Die Hektik meiner Mutter bringt mich aus dem Takt. Wie jeden Morgen. Früher war sie ruhiger. Aber da war Nils noch bei uns und wir dachten, das würde ewig so bleiben.

Eine glückliche, entspannte Familie, die keine Katastrophen kannte.

Ich schlage mir mit der Faust auf die Brust. Seltsamerweise hilft das, wenn die Erinnerung an meinen kleinen Bruder mich traurig macht.

»Noah!«

»Himmel noch mal! Bin gleich weg!« Taschenrechner? Hefter? Geo oder nicht Geo? Vertretung. In was? Steht ein Test an? Wenn, habe ich nicht für ihn gelernt. Kein Einzelschicksal und längst kein Drama. Für meine Verhältnisse sind meine Noten okay. Wer will beim Abitur schon eine Eins vorm Komma? Nur Freaks, die ihre Freizeit am Schreibtisch verschwenden. Für ein Maschinenbaustudium an der TU brauche ich bloß eine Zwei davor. Schaffe ich auch nicht. Wozu gibt es Wartesemester? Am liebsten irgendwo im Ausland. Ich will die Welt sehen.

»Noah!«

»Scheiße Mann, ja!« Alles rein in den Rucksack, was passt. Ein Blick in den Spiegel, bevor ich mir die Turnschuhe über die Fersen stülpe.

Mir gefällt, was ich sehe. Braun gebrannte Haut vom Chillen am Wannsee, definierte Schultern, die das knapp sitzende Shirt zu sprengen versuchen. Kurze blonde Haare, stylisch mit Wachs in Form gebracht.

Ich ziehe mein Tanktop hoch und checke meinen Bauch. Mann, ich liebe ihn. In dem Sixpack steckt eine Menge Zeit und Arbeit.

Brust, Arsch, Beine gefallen mir auch.

Bescheidene Demut wird überbewertet.

Das Grinsen im Glas ist arrogant. Na und? Ich kann sein, was ich will. Manchmal auch achtzehn oder neunzehn. Kein Problem, einen Muttizettel zu fälschen, um bei Events bis zum Morgengrauen bleiben zu können. Dauert auch nicht mehr lange bis zur Volljährigkeit. Das neue Schuljahr beginne ich als Erwachsener. Dann kann ich mir die Lügen und gefakten
Erlaubnis- und Entschuldigungszettel sparen.

Dass ich erst siebzehn bin, nimmt mir ohnehin niemand ab. Zu ernst, zu erfahren, zu abgebrüht bei manchen Dingen.

Kummer lässt einen reifen.

Scheiße! Ich schlage mir noch einmal vor die Brust.

Nils, ich vermisse dich. Deinen blonden Strubbelkopf, deine Kulleraugen, wenn du mich angebettelt hast, mit dir Tischfußball zu spielen. Dabei ragte deine Nase gerade mal über die Kante. Keine Ahnung, wie oft ich dich habe gewinnen lassen. Wenn du es mitbekommen hast, bist du stinksauer geworden und deine Kinderspeck-Fäustchen wirbelten in der Luft und versuchten, mich zu treffen. Ich habe mir einen Ast gelacht.

Gott, was warst du süß. Wärst ein Kerl geworden. So ein richtiger tougher, cooler Kerl mit breitem Grinsen und Überlegenheit in der Miene. Wir wären zusammen losgezogen und ich hätte dir Berlin bei Nacht gezeigt.

Sollte wohl nicht sein.

Möge das Arschloch hinter seinem Lenkrad verrecken.

»Der Bus kommt in drei Minuten!« Die Stimme meiner Mutter schrammt an der Hysteriegrenze. »Denk ja nicht, dass ich dich fahren werde!«

Scheiße! So spät? Ich wische mir über die Augen und schnappe meinen Kram. Wenn ich wie angestochen renne, kann ich es schaffen.

Der Busfahrer ist ein Sack. Der wartet auch nicht, wenn ich mich winkend vor ihm auf die Straße werfe.

Zwei Ecken um den Block. Knapp realistisch in der kurzen Zeit. Ich gebe alles, bis die Haltestelle samt Bus vor mir auftaucht. Die Schlange an unmotivierten Gymnasiasten ist lang genug, um einen Gang zurückzuschalten. Keuchend durch die Sitzreihen zu gehen, kommt schlecht. Pünktlich, das heißt, kurz vorm Türenschließen, setze ich den Fuß aufs Trittbrett.

Geschafft.

»Da will noch einer mit.« Ein rosa Mädchenzwerg mit Pausbacken aus der Siebten grinst vor Schadenfreude und stößt ihre Freundin an. »Pech gehabt«, sagt die schulterzuckend.

Was für Larven!

Ich riskiere einen Blick nach hinten, obwohl ich die Schiebetür im Nacken habe.

Ein Typ rennt den Weg entlang, den ich gerade hinter mich gebracht habe. Dunkler Wuschelkopf, ein bisschen schlaksig. Kriegt's mit den Beinen nicht so hin. Jedenfalls gibt es schnellere. Sein Gesicht leuchtet rot vor Anstrengung.

Armer Kerl. Ist nur fair, wenn ich ihm helfe.

Ich quetsche mich mit dem Oberkörper zwischen die Gummidichtungen der Türflügel und grinse den Fahrer an. »Wir warten.«

Sein Kopf läuft genauso rot an wie der des Jungen, der keuchend näherkommt.

»Rein mit dir«, knurrt der Typ unentspannt, »oder du kannst auf den nächsten Bus warten.«

»Noch ein paar Sekunden.« Der Junge hat es gleich geschafft.

Welche Verwünschungen über die schnauzbärtigen Lippen kommen, ist mir egal. Einquetschen kann er mich nicht und rausschubsen darf er mich nicht. Die ersten Lacher gehen auf seine Kosten, sein Gesicht platzt jeden Moment vor Wut.

Der Schlaksige springt hinter mir auf die Stufe. »Danke.« Hübsche Rehaugen schauen zwischen Korkenzieherlocken schüchtern zu mir, anschließend zum Fahrer.

Aha. Das *Danke* galt uns beiden. Dabei habe nur ich es verdient.

Der Mann hinter dem Lenkrad ignoriert uns, auch unsere Busausweise, die wir brav vorzeigen.

Auf dem Weg zu den hinteren Bänken ernte ich coole Sprüche und anerkennende Klopfer auf den Rücken.

Der Lockenkopf folgt mir zögernd, bis ich sein Schnaufen nicht mehr höre. Statt zu den letzten Bänken zu gehen, wie es sich gehört, setzt er sich neben eine Oma und starrt an ihren Dauerwellen vorbei aus dem Fenster.

»Der ist neu.« Jonas grinst zu mir hoch und räumt seine Tasche für mich weg. Ich lasse mich neben ihn fallen und entschließe mich, keine Kopfhörer auszupacken, sondern den Gerüchten über Korkenzieherlöckchen zu lauschen. Gestern hatte ich geschwänzt. Die Spontanfete bei Tanja hatte zu lange gedauert. Offenbar ist mir dadurch etwas Wichtiges entgangen.

»Robin irgendwas, heißt er. Still wie ein Grab. Fiel sogar Frau Waltmann in Englisch nicht auf, und die ...«

»... hat's ja immer mit den Stillen.«

Jonas rümpft die Nase, dass für einen Moment zwei Drittel seiner Sommersprossen verschwinden. »Er ist noch nirgends angedockt. Bis jetzt reißen sich die Leute allerdings auch nicht um ihn.«

»Ist er freakig? Schräg, zu emomäßig oder ein Amok-Kid?« Bei den Stillen ist manchmal Vorsicht geboten.

Jonas zuckt die Schulter. »Keine Ahnung. Ich habe mich nicht mit ihm befasst.«

Ich lasse mich zur Seite kippen, um an den Banklehnen vorbei freie Sicht auf Robin zu haben.

Stöpsel in den Ohren, eine Hand auf seinem Knie, deren dünne Finger schüchtern den Takt schlagen. Die Klamotten sind grottig. Hat seine Mutter sie für ihn ausgesucht? Niemand trägt ein Hemd unter dem Pullover. Die Jeans wirkt zu steif im Stoff, rutscht beim Sitzen hoch genug, um die Fußknöchel zu zeigen – die trotz schönsten Wetters unter dicken Tennis-socken verschwinden.

Ich liebe den Anblick nackter Fußknöchel. Vor allem dann, wenn sie bereits gebräunt sind.

Robins Bonuspunkte schwinden. Obwohl seine Haare ein-iges rausreißen. Was zum Wuscheln.

»Pirsch?«, fragt Jonas vorsichtig. Er hat kein Problem mit mir. Normalerweise. Außer ich klebe auf der Fährte zum nächsten Opfer. Dann hält sich mein bester Freund fern von mir.

Sein O-Ton: Deine vor Geilheit triefenden Blicke und deine ständige Latte zwischen den Beinen sind peinlich. Komm zu mir, wenn dein Schwanz wieder dir gehört.

Ich mag Jonas. Als das mit Nils passierte, war er für mich da. Wenn ich jemanden zum Reden brauchte, kam er vorbei, wenn ich im Trübsal versinken wollte, ließ er mich in Ruhe.

In den Verdacht, ebenfalls schwul zu sein, geriet er deshalb nie. Er steht auf dralle Blondinen und zwischen seinen Beinen zuckt es nicht weniger oft als zwischen meinen.

Moppelmädchen und süße Typen sind zum Glück keine Mangelwaren an unserer Schule.

Die Oma will aussteigen und bittet Robin, aufzustehen. Der tut, was man ihm sagt. Schließlich kann er sie nicht über die Lehne klettern lassen.

»Pirsch!« Die grässlichen Klamotten blende ich aus. Was zählt, ist der Kern und der ist hoffentlich süß.

Jonas verdreht die Augen. »Viel Glück. Aber ich will mich nicht für dich schämen müssen. Also geh es diesmal diskreter an und leg ihn nicht gleich im Bus flach.«

Er übertreibt maßlos. Bloß, weil ich keine Zeit mehr mit Schwachsinn wie Reflexion oder Zurückhaltung verschwende. Wen ich vögeln will, der erfährt es und spürt es mit etwas Glück auch ziemlich schnell.

Jonas ist neidisch, weil ich sage, was ich denke und vor allem, was ich haben will. Er quält sich mit Metaphern und Balzritualen herum.

Falsch. Auch ich haue nicht jedem alles um die Ohren, was in meinem Hirn spukt.

Da gibt es eine sensible Ausnahme. Meine Eltern haben keinen Schimmer, dass ich schwul bin.

Heute werde ich das ändern. Guter Entschluss.

Einen ähnlichen traf ich letztes Jahr. Ausgeführt habe ich ihn bisher nicht. Bei diesem Thema bin ich eine feige Sau.

Bis jetzt hat es niemand meinen Eltern gesteckt. Kein Lehrer, keiner meiner Freunde. Bevor das geschieht, sollen sie es von mir persönlich erfahren. Ist nur fair.

Der Crash mit Nils liegt lange genug zurück. Immerhin drei Jahre. Meine Eltern werden einen neuen Schock verkraften – hoffentlich.

Mir wird heute noch schlecht, wenn ich an Nils und den verdammten Tag denke, als sein Schädel von einer Stoßstange geknackt wurde. Die Ärzte redeten von einer offenen Schädelkalottenfraktur, und dass sie nichts mehr für ihn tun konnten. Er sei wahrscheinlich sofort tot gewesen.

Kann mich an einen Raum mit Kerzen erinnern. Zu friedlich für all die Tränen. Ein ernster Mann stand hinter uns. Ich kannte ihn nicht, wollte, dass er geht.

Nils' Gesicht sah komisch aus. Fremd und wächsern.

Ich dachte: *Alles klar, Kumpel. Du kriegst es wenigstens nicht mehr mit.* Danach bin ich rausgerannt und habe den Flur vollgekotzt.

Seitdem packe ich alles in mein Leben, was geht. Das bin ich Nils schuldig. Immerhin muss es für zwei reichen.

Flirten geht immer. Vor allem auf meine Weise. Kurz und knackig und dadurch extrem adrenalinlastig. Lässt sich der andere darauf ein? Lacht er mich aus? Droht er mir Schläge an oder zieht er mich ins nächste Klo, um sich von mir vernaschen zu lassen?

Spannend. Ich mag spannend. Und ich mag Sex.

Ich werfe mich in die Brust und beginne die Jagd. Da der Platz neben Robin frei ist, freut er sich vielleicht über Gesellschaft.

Süßer Typ. Die Locken hängen ihm neckisch in die Stirn.

Ich tippe ihn an der Schulter an, er zuckt wie vom Schlag getroffen zusammen. Wild reißt er sich die Stöpsel aus den Ohren. Sein Handy rutscht ihm aus der Hand, schlittert mir vor die Füße. Auf dem Display leuchtet mir das Bild eines bildhübschen schwarzhaarigen Mädchens

entgegen. Ich kenne sie. Verena aus dem Jahrgang unter mir. Heiß begehrt, wild verehrt. Sie lächelt kilometerweit an der Kamera vorbei.
Robin hat sie garantiert heimlich aufgenommen.
Schade, der Typ steht auf Titten. Ob ich ihn warnen soll, dass seine Aussichten auf Erfolg gegen null streben?
Ich gebe ihm das Handy.
Robins Gesicht flammt feuerrot auf. »Danke«, nuschelt er uns steckt es hektisch ein.
»Nicht dafür.« Da für mich nichts bei ihm zu holen ist, trolle ich mich wieder.
Jonas feixt. »Kein Glück?«
»Hetero.«
»Hat er dir das eben gesagt oder woher weißt du das?«
»Ist so. Glaub mir.« Ich werde Robins heimliche Liebe keinesfalls verraten. Mit den Klamotten hat es der Bengel auch so schwer genug.
Aber diese Locken ... absolut süß.

- *Ciro* -

Unter mir gähnt Tiefe.
Der Kran schwankt.
Ich spüre es bis in den Magen.
Der zweite mir gegenüber wird die Bewegung verstärken.
Kräne sind keine Türme. Ihre Eigenschwingung fließt durch das Seil.
Ich werde jeden Windhauch verfluchen.
Die Mobilkräne sind Felsen. Paolo Costas selbstgefälliges Geschäftsmann-Grinsen, als er mir die Umstände meines Auftritts erklärte, stößt mir bitter auf. *Selbst ausgezogen auf achtzig Meter Höhe kannst du ihrer Stabilität vertrauen.*
Signore Costa ist nie über ein Seil gelaufen.

Woher will er wissen, wie es sich anfühlt? Ich bin kein Container, dem ein bisschen Wackeln egal ist.

Hundert Meter auf einem vierzehn-Millimeter-Drahtseil in dreißig Meter Höhe.

Gott, wie konnte ich mich darauf einlassen? Ich habe noch nie so weit über dem Boden getanzt.

Zehn Meter. Kein Problem. Fünfzehn Meter, wenn ich einen mutigen Tag habe und der Wind nur ein laues Lüftchen ist. Danach ist Schluss.

Ich klammere mich an die Metallstreben und sehe nach unten. Alle Gäste blicken zu mir hinauf. In der Mitte steht Paolo Costa. Er bezahlt mich für diesen Leichtsinn. Damit ich zu seinem Firmenjubiläum mein Leben riskiere, blättert er eine satte vierstellige Summe hin.

Mir ist schlecht vor Angst. »Ich will eine Sicherung.« Es ist räudig, ins Seil zu fallen. Weil es wehtut, und weil einem der Schreck bis ins Mark fährt. Aber ohne setze ich keinen Schritt auf das Ding vor mir.

»Denk an die Gage.« Marco hat sich mit dem Arm an die Streben geklammert und befreit mehr oder weniger einhändig die Balancierstange aus dem Riemen.

Costas Leute haben sie beim Spannen für mich dort angebracht, damit ich sie nicht mit hinaufschleppen musste.

Die Miene meines Bruders ist verzerrt. Nach der Kletterei muss ihm sein Knie höllisch wehtun. Dennoch hat er es sich nicht nehmen lassen, mir zu assistieren.

»Costa verdoppelt, wenn du frei läufst. Du weißt das.«

»Das ist mir scheißegal!« Ich fauche Marco an wie eine wütende Schlange. »Ich habe Angst!«

»Feigling! Wäre mein Knie nicht kaputt, würde ich für Costa hundert Meter hoch tanzen, um uns ein paar sorgenfreie Monate zu ermöglichen.«

Das schlechte Gewissen nagt sich wie eine Ratte in mich hinein.

Ein Sturz vom Seil vor vier Jahren. Kurze Zeit, nachdem er den Gewerbeschein erhalten hatte und wir offiziell, und ohne Angst vor Polizei und Behörden, auftreten durften. Seitdem humpelt er. Ist es nasskalt, wie im Winter, stöhnt er nachts vor Schmerzen. Ein bisschen Wohlstand hat er verdient, aber muss ich mein Leben dafür riskieren?

Über mein eigenes Seil tanze ich rückwärts mit geschlossenen Augen. Doch es hängt nie höher als fünfzehn Meter, weil mich sonst die Zuschauer von unten nicht mit bloßem Auge bewundern können. Und das sollen sie, dann zahlen sie mehr.

Marco hält mir die Balancierstange hin. »Du schaffst das, Ciro. Ich weiß es.« Sein gezwungenes Grinsen will ich ihm aus dem Gesicht wischen.

Unter mir wird es unruhig. Die Leute wollen was sehen für ihr Geld.

Selbst mit Sicherung trat mir bei den Trainingsläufen der Schweiß aus den Poren. Dass ich ohne laufen soll, weiß ich erst seit wenigen Stunden.

Ich habe Signor Costa ins Gesicht gelacht, als er mir den Vorschlag unterbreitete. Marco stieß mich unauffällig in die Rippen. Mein Lachen war zu tief. Zu männlich. Ich legte eine Zugabe in einer höheren Tonlage hin. Glaubte nach wie vor an einen makaberen Scherz. Costa meinte es ernst. Der dicke Bund Geldscheine bewies es.

Marcos Augen glänzten. Sein Blick zu mir flehte um eine warme, trockene Wohnung fürs nächste Winterquartier.

Ich weiß auch, dass wir völlig abgebrannt sind und bald auf den durchgesessenen Sitzen unseres schrottreifen Transporters schlafen müssen. Ich konnte nicht ablehnen. Nicht kurz vor dem Auftritt. Mein Adrenalin war oben, mein zweites Ich längst in Szene gesetzt.

Costa ahnt nichts davon. Auch keiner seiner Geschäftspartner und Freunde, die mit offenen Mündern zu mir emporstarren.

Ich tanze zwischen Himmel und Erde.

Und ich tanze zwischen zwei Leben.

Marco versteht nicht, wie ich bin. Aber er versteht, wie er damit Geld verdienen kann.

Du willst kein Mann sein? Dann sei eine Frau. Auf dem Seil und danach. Sei darin gut genug, um die Kerle sabbern zu lassen.

Ich will ein Mann sein und ich bin auch einer. Nur manchmal schleicht sich Chiara an die Oberfläche und in diesen Momenten bin ich ... was?

Ein Seiltänzer. Und ein noch besserer Schauspieler.

Aus den Brüdern Marco und Ciro Frattini wurde das Geschwisterpaar Marco und Chiara Frattini.

Jedes Mal, bevor ich das Seil erklimme, gibt mir mein Bruder einen Handkuss und lächelt in die Zuschauermenge. Nachdem ich es verlassen habe, verneigt er sich vor mir und lässt mich einen Knicks machen. Wie eine Ballerina.

Ich hasse die Lüge. Brauche sie. Eine Seite in mir will den Applaus, die bewundernden Blicke. Sie sehnt sich nach der Illusion, umschmeichelt und beschützt zu werden. Die Sicherheit einer festen Umarmung. Die höfliche Freundlichkeit, die Männer schönen Frauen entgegenbringen.

Kein grobes Packen an den Schultern. Kein Schütteln, keine gebrüllten Beleidigungen. Kein unterdrücktes Schluchzen, keine Magenschmerzen beim Aufwachen.

»Reich mir die Stange.« Ich brauche ihre beruhigende Schwere. Sie muss mich in die Mitte ziehen, mir Gewicht verleihen.

Meine Handflächen sind nass.

»Brav, Ciro.« Marco klingt nervös. »Du schaffst das. Denk an das Ziel. Ein Schritt nach dem anderen. Die Cavaletti sitzen stramm wie eine Eins. Ich habe sie selbst überprüft. Deren Seilspanngerät ist weitaus besser als unseres.« Er reicht mir die einzige Versicherung gegen die Tiefe.

Vor meinem inneren Auge stürzen die Kräne aufeinander zu, weil eine gigantische Maschine den Draht bis zum Zerreißen gespannt hat. Ich schüttele den Albtraum aus dem Kopf und balanciere die Stange in der Hand. Mit der anderen klammere ich mich an die Verstrebung.

Nur einen Schritt. Der Erste ist der wichtigste.

Der Fuß prüft das Seil. Die heimliche Bewegung in ihm, die kein Zuschauer sieht. Wie weit gibt es nach? Wie stark schlägt es aus? Nimmt es die Aufforderung zum Tanz an?

Es ist deine spröde Geliebte. Leise schwingt die Stimme meines Großvaters in mir. *Hofiere sie, lenke sie, aber zwing sie zu nichts. Für mich ist das Seil wie deine halsstarrige Oma. Die hat sich ihr Leben lang zu nichts zwingen lassen. Nicht einmal von ihren Eltern. Sie ist einfach mit mir durchgebrannt, hat ihre goldenen Haare in ein Zopfgummi gesteckt und ist mit Rucksack und einer Handvoll Münzen direkt aus dem Hotelzimmer auf mein Mofa geklettert.*

Sein kratziges Lachen, das Leuchten in seinen Augen. Mir ist, als ginge er lässig vor mir entlang, um mir den nächsten Schritt zu zeigen. Wie damals, als ich sechs Jahre alt war und das Seil bloß zwei Handbreit über dem Boden spannte.

Auch wenn ich Großmutter geliebt habe, will ich nicht, dass das Seil wie sie ist. Ihr Schimpfen auf Deutsch, ihre laute Stimme, wenn sie wütend auf ihren Mann oder ihren Sohn war. Zu uns Enkeln war sie nie grantig. Sie hat höchstens warnend den Zeigefinger erhoben. Als kleiner Junge habe ich mit den Fingern in ihren graublonden Haaren gespielt und ihr Zöpfe hineingeflochten.

Sie hatte immer für mich Zeit. Bis sie krank wurde und einfach starb.

Ich hasse den Tod.

Eine spröde Geliebte ...

Großvaters Stimme wird leiser in meinem Kopf. Damals ahnte er nicht, dass meine Träume von Cassian handeln. Er würde mich auffangen. Gleichgültig aus welcher Höhe ich falle.

Aber das Seil ist kein Mann. Es ist kompliziert, launisch.

Eine Frau. Da bin ich mir sicher. Deshalb mag es mich nicht. Es fühlt meine Andersartigkeit.

Von unten dringen Ahs und Ohs zu mir hinauf.

Mein Herz hämmert so stark, ich spüre die Erschütterungen bis ins Seil. Mein Puls schlägt in den Fußsohlen.

Unmöglich? Nicht in dreißig Meter Höhe.

Gott, ich bin tot. Nimm mich auf in deiner Gnade und kümmere dich um Marco.

Angst: die Würze des Seiltanzes.
Panik: sein Verderben.
Ich zwinge die Finger meiner Hand auseinander, nehme die Stange vor mich. Ich verkaufe mein erst neunzehnjähriges Leben für den Spaß eines Schiffbauers. Seine Werft ist mein Grab.
Großvater, ich folge dir. Nicht nur auf das Seil, auch in den Tod.
Der alte Körper flattert durch die Luft.
Menschen schreien auf, bekreuzigen sich.
Ein dumpfer Aufprall.
Rücken, dicht aneinander, versperren mir die Sicht. Ich kämpfe mich an den Leibern vorbei. Sie atmen, reden. Großvater liegt inmitten unter ihnen. Ohne Atem, ohne Stimme. Langsam rinnt sein Blut auf den Asphalt
Keine Geschichten über Nebelwesen, kein Spotten über die Frau des Bäckers, kein Lachen durch Zahnlücken.
Bloß ein einsames Drahtseil. Vom Kirchturm bis zum Giebel des Rathauses gespannt.
Ich blinzele eine Träne weg. Hier oben ist der falsche Ort zum Weinen.
»Ciro?« Marco wedelt mit der Hand. »Lauf!«
Großvaters Tod weht mit einem lauen Frühlingswind davon.
Wenn der alte Mann wollte, dass ich niemals das Seil betrete, hätte er es mir nicht schenken dürfen.
Schritt.
Schritt.
Beide Füße auf dem Draht. Es gibt kaum nach, schwankt minimal nach links und rechts.
Schritt.
Schritt.
Die Stange zieht mich in die Mitte. Schenkt mir einen Fetzen Ruhe. Ich klammere mich an ihn. Wie an den Anblick des zweiten Krans. Er ist mein Ziel. Bis dorthin muss ich kommen. Hundert Meter über gaffende Menschen mit Champagnergläsern in den Händen und Fischfett

in den Mundwinkeln.

Werden sie schreien, wenn ich falle? Die Frauen sicherlich.

Schritt.

Schritt.

Ich schleife die Sohlen über den Draht. Hinter meinem Nabel kribbelt es unerträglich. Eines der Zentren der Balance. Das andere ruht im Steißbein. Schwere, die mich auf das Seil drückt.

Marcos Gebete werden leise hinter mir.

Wind. Ganz sacht.

Er bauscht das Seidentuch auf, das meinen Kehlkopf versteckt. Hoffentlich weht es mir nicht vor die Augen. Ich habe die Enden zu lang gelassen. Hätte es öfter um meinen Hals schlingen sollen. Für einen Augenblick sehe nur einen grünen Schleier.

Ruhe.

Warten.

Der Wind lässt den Schal los, trägt meinen Wunsch, am Leben zu bleiben, zu dem zweiten Kran.

Das Adrenalin pocht bis unter die Kopfhaut. Dennoch existiert plötzlich ein ruhiger Ort in mir. Dünn wie ein Zwirn, gespannt vom Scheitel bis zur Mitte meiner Sohlen.

Ich kann es schaffen.

Die erste Cavaletti. Rechts und links stabilisieren die Abspannseile den Draht. Mein Fuß streichelt sie, während ich darüber hinwegschreite.

Angelo Frattini hätte sich nun zum ersten Mal hingelegt und mit dem Schwungbein gewackelt. Oder er hätte für die Zuschauer jongliert.

Ich bin nicht Angelo Frattini, der keine Angst kannte und dem Tod entgegensprang, statt ihm auszuweichen. Ich bin lediglich sein feiger Enkel mit einer blonden Perücke auf dem Kopf.

Das Seil ist straff. Die Schwankungen entspringen meinem Tanz und verstärken sich durch die Kräne. In der Mitte werden sie stärker.

Schritt.

Schritt.

Schritt.

Immer weiter. Den Blick nach vorn. Er erfasst das Seil, den Kran, die Tiefe unter mir. Den Himmel, die Krähen, die vom Dach eines der Lagerhäuser aufsteigen. Ihr Schweben bleibt am Rand meines Sichtfeldes.

Die zweite Cavaletti. Dreiviertel der Strecke liegt hinter mir.

Ich will mein Sperrmüllleben behalten. Will mein im Winter frierendes, schäbiges bisschen Glück nicht verlieren. Tote träumen nicht.

Ich will träumen.

Von Liebe.

Von Vertrauen.

Von unendlicher Zärtlichkeit.

Das Lachen über meine Naivität kitzelt mir in der Kehle und besiegt für einen Moment die Angst.

Männer wie Cassian sind Helden. Sie ziehen ihre Schwerter nur in Träumen.

Im Leben stürzen sie auf Marktplätzen in den Tod.

Der zweite Kran ragt vor mir auf. Seine bedrohliche Hässlichkeit wandelt sich mit jedem Schritt, bis plötzlich etwas Wundervolles vor mir thront, das mir Sicherheit verspricht.

Gleich. Unter meinen Füßen nimmt das Seil eine leichte Steigung an. Kein Mensch sieht sie. Aber ich fühle sie.

Schritt.

Schritt.

Schritt.

Die Stange bloß noch in einer Hand, fasse ich mit der anderen um die Stahlverstrebungen.

Geschafft.

Glück, gnadenlose Erleichterung und Zorn auf mich und den Mann, der mich hierzu gebracht hat.

Meine Beine zittern.

Von unten dringt Applaus zu mir hinauf. Ein kleiner Trost.

Wie Marco vorhin klemme ich mich mit der Armbeuge fest und pfriemele meine Balancierhilfe an den Riemen. Costas Werftarbeiter werden sie später mit einem Seil zur Erde gleiten lassen.

Ich nehme mir Zeit für den Abstieg. Genieße das Gefühl, etwas Sicheres in den Händen und unter meinen Füßen zu spüren.

Marco klettert auf selber Höhe mit mir hinab. Er winkt mir von seinem Kran aus zu.

Ich bin zu aufgewühlt, um diese Geste zu erwidern.

Zwei von Costas Leuten helfen mir dabei, von dem gigantischen Schlepper zu steigen.

Fester Boden. Ich habe es geschafft. Will vor Erleichterung und verbissener Panik heulen, doch Chiara weint nie vor Publikum. Sie zeigt ihr charmantestes Lächeln, während Ciro hart an den Tränen schluckt.

Signore Costa löst sich aus der Menge. Grinsend schreitet er mir entgegen. »Signorina Frattini!« Er breitet die Arme aus. Will er mich an sich drücken? Sein Blick gleitet über mich, wird verträumt. Costa sieht, was er sehen soll: lange blonde Haare und eine überschaubare Oberweite.

Keinen Kehlkopf, keinen Schwanz.

Ich berühre das Ding zwischen meinen Beinen kaum. Lediglich zum Pissen, Duschen und zurück in die Hose stecken.

Ich liebe es nur, wenn jemand anderes es für mich streichelt. Was selten passiert. Das letzte Mal in einem Hinterhof in Rom.

Mein Bruder ist der Wächter meiner Moral. Was uns einmal in die Katastrophe geschleudert hat, darf kein zweites Mal geschehen.

lebe keuscher als ein Mönch. Schon um mein Doppelleben geheim zu halten.

Marco ließ mich schwören, dass ich niemandem etwas davon verrate. Wie sollte ich das, was mich ausmacht, vor einem Geliebten verbergen? Also bleibe ich allein und träume von Cassian.

»Sie haben sich übertroffen!« Costas Hände legen sich an meine Wangen. »Ihr Auftritt in Siena während des Palio war nichts dagegen.«

Vergangenen Sommer feierte die Contrada dell'Oca ihren zwanzigsten Sieg in hundertdreizehn Jahren. Kein anderer Stadtteil Sienas hatte beim Palio so oft gewonnen. Das Pferderennen entschied über Stolz und Schmach der siebzehn Bezirke.

Marco spuckte Feuer, ich balancierte über die Gassen und schwenkte dabei das Banner. Eine Gans vor grünem Grund.

Der Duft des Weines und der Köstlichkeiten umnebelte mich ebenso wie das ausgelassene Feiern der Menschen unter mir.

Als meine Pflicht erfüllt war, lud Signore Costa Marco und mich an seinen Tisch. Wie bezaubert er von mir und meiner Darbietung wäre. Ob ich Lust hätte, auch für ihn bei Gelegenheit aufzutreten? Im nächsten Jahr stünde ein großes Firmenjubiläum an.

Marco und er wurden sich sofort einig.

Überhaupt war der Palio ein voller Erfolg. Auch für unser Konto.

Zusätzlich zur Gage kamen wir mit dem, was uns die Leute zugesteckt haben, auf knappe zweitausend Euro.

Marco drängte mich, meinen Führerschein damit zu bezahlen. An schlimmen Tagen, wenn sein Knie schmerzte, könnte ich übernehmen. Und zwar ohne Angst davor, angehalten zu werden. Das Fahren an sich beherrschte ich bereits mit vierzehn. Ich riss meine Mindeststunden ab und bestand beim ersten Mal. Dafür waren wir danach pleite.

Meine Gedanken versickern im Raunen der Gäste und Klirren der Gläser. Mir wird schwindelig. Deutlich fühle ich kalten Schweiß unter meiner Schminkschicht.

Ich muss hier weg.

Sofort.

Ich stammele eine Entschuldigung, winke Marco zu mir, der mich fassungslos anstarrt.

»Du kannst jetzt nicht gehen«, zischt er mir zu, als er endlich neben mir steht. »Costa will ...«

»Bring mich weg oder ich kotze mir vor den Augen sämt-licher Gäste die Seele aus dem Leib.« Ich zittere wie Espenlaub. Kein Kreislauf. Mir wird schwarz vor Augen.

Marco faselt dieselben Entschuldigungen ein zweites Mal und manövriert mich durch die Leute.

Ein Mann mit Sonnenbrille, noch sehr jung, wendet sich zu mir. Seine Mundwinkel zielen auf die Füße.

Anscheinend passt ihm mein abrupter Abgang ebenfalls nicht.
Mir egal. Ich muss weg. Schnell.
»Bringen Sie Signorina Frattini in mein Büro.« Costa taucht neben Marco auf, legt ihm vertraulich die Hand auf die Schulter. »Dort können Sie sich erholen.« Er lächelt mir an Marco vorbei zu. »Nach einem Glas Wein wird es besser gehen. Außerdem gibt es noch ein paar Dinge zu klären.«
Ich will nichts klären. Mir ist schlecht.
Marco fasst mich unter und ändert die Richtung. Meine geflüsterten Proteste überhört er.
In dem Bürogebäude brennt nur hinter einem Fenster Licht.
Die Stahltreppe schiebt mich Marco mit unerbittlichem Griff hinauf. »Höre dir an, was Costa zu sagen hat«, wispert er. »Nur weil dir nach Drama ist, lasse ich mir kein Geschäft durch die Lappen gehen.«
Sicherheitshalber presse ich mir die Hand vor den Mund. Mein Magen rebelliert.
Ein Empfangsraum, viele Türen. Auf eine davon steuern wir zu. Zwei breite Ledersofas, ein wuchtiger Schreibtisch. Die Weinflasche darauf ist entkorkt, drei Gläser stehen bereit.
Costa hat nie mit einer Absage gerechnet.
Er reicht mir die Hand und führt mich zu einem der Sofas. »Setzen Sie sich. Gleich geht es Ihnen besser.«
Ich schließe die Augen. Was läuft hier? Mir wird ein Glas in die Hand gedrückt. Ich mag keinen Wein. Überhaupt trinke ich selten Alkohol.
»Auf eine gute und weitreichende Zusammenarbeit.« Costa prostet Marco und mir zu. Welche Zusammenarbeit? Er hat mich engagiert, ich bin aufgetreten, er hat gezahlt. Schluss.
Marco schwenkt das Glas, schnüffelt und schlürft, dass es mir peinlich ist. Schon aus Trotz stürze ich den Wein hinunter. Ich hause zwischen Sperrmüllmöbeln, lebe von der Hand in den Mund. Wem sollte ich etwas vormachen?
Würzig und schwer. Ich schmecke den Wein gleichzeitig auch in der Nase, was nicht sein kann.

Tiefes Einatmen, leichter Schwindel, noch ein paar Schlucke und das Glas ist leer.

Marco zieht die Brauen zusammen und schüttelt mahnend den Kopf. Er schämt sich. Soll er.

Der Tropfen tut gut nach dem Stress. Auch mein Gehirn schmeckt mit.

»Meine Schöne«, säuselt Costa und füllt mein Glas erneut. Dieses Mal wesentlich voller als vorher. Wenn ich es albern schwingen würde, wie es mein Bruder macht, würde ich alles verschütten.

»Bitte, Signore Costa, meine Schwester verträgt nicht viel.«

Marco wird überhört. Von Costa und mir.

Mit jedem Schluck wird mir wärmer und mein Herz schlägt ruhiger.

Unser Gastgeber lässt mich wieder allein. Er nimmt Marco am Arm und führt ihn zum Fenster. Halb abgewandt von mir reden sie leise miteinander.

In meinen Ohren rauscht es. Gleichzeitig fühle ich mich leicht. Das Sofa ist bequem. Ich lehne mich zurück, trinke den letzten Tropfen Wein.

Wie warm mir plötzlich ist. Ob Signore Costa etwas dagegen hat, wenn ich ein wenig döse? Er sieht zu mir, lächelt. Marco nicht.

Sein Blick ist ernst, seine Miene verschlossen.

Ich bin müde. Das Glas rutscht mir aus den Fingern. Es klirrt nicht. Der Teppich ist zu dick.

Ich mag Luxus, obwohl ich ihn nie erlebt habe. Gemütliche Betten, gefüllte Kühlschränke, geheizte Badezimmer mit sauberen Handtüchern und ohne Schimmel in den Fliesenfugen.

Warum ist es plötzlich so still?

Ist es nicht. In meinem Kopf rauscht es nach wie vor.

Das Lampenlicht blendet mich, als ich es endlich schaffe, die Augen zu öffnen. Meine Lider sind schwer wie der Rest von mir. Eben war noch alles leicht. Der Wein hat seltsame Nachwirkungen.

Neben mir sitzt Signore Costa. Wo ist Marco?

»Ich habe deinem Bruder ein Geschäft angeboten.«

Warum duzt er mich?

»Nun möchte ich auch dir meine Idee vorschlagen.« Seine Finger fahren durch meine aufgesetzten Haare. »Wir beide wissen, dass dein wirklicher Name Ciro Frattini lautet.«

Mein Schlucken ist unangenehm laut. Costas Lächeln dafür beinahe väterlich.

Ich muss klar im Kopf werden. Warum habe ich bloß so viel Wein getrunken?

»Aber Ciro interessiert mich nicht.« Sein Daumen streichelt über meine Wange. »Ich will Chiara. So wie du.«

Wie rau sich seine Fingerkuppe anfühlt.

»Mein Vorschlag.« Er setzt sich aufrecht hin, faltet die Hände im Schoß. »Sei freitagabends Chiara für mich. Geh mit mir essen, vertreibe mir die Zeit mit deinem Charme und deiner Zuneigung. Ich bin seit fünf Jahren Witwer, arbeite hart und habe die Frauen satt, die es nur auf mein Geld abgesehen haben.«

»Ich bin keine Frau.« Meine Hände finden die blonden Haare, obwohl ich im Moment kaum weiß, wo mein Kopf ist. Ich ziehe sie ab, halte sie Signore Costa hin.

Er hebt den Zeigefinger. »Wie ich sagte, Ciro interessiert mich nicht. Setz die Perücke wieder auf.«

Da ist ein Unterton in seiner Stimme, der mich innerlich strammstehen lässt. Verwirrt gehorche ich.

Costas Lächeln wird liebevoll. »So ist es besser. Ich erwarte auch nicht allzu viel von dir. Keinesfalls etwas, das du mir nicht freiwillig geben willst.«

Will ich ihm überhaupt etwas geben? Die Gedanken verlaufen sich in meinem leeren Kopf. »Ich bin keine Frau«, wiederhole ich das mittlerweile Offensichtliche. Wenn er vorhat, mit mir zu schlafen, muss ihm das klar sein. Er ist nicht der erste Mittfünfziger, dessen Wünsche in diese Richtung gehen.

Über meinen Rücken rinnt ein Schauder. Es hat wehgetan. Das ist alles, was ich noch davon weiß. Diese Erinnerung steckt tiefer in meinem

Körper als in meinem Gehirn. Fünf Jahre haben sie nicht auslöschen können. Die wenigen Male danach waren schöner, doch nie so, wie ich mir Liebe vorgestellt habe.

»Du warst bis jetzt ein guter Schauspieler.« Costas Fingerkuppe setzt sich leicht auf meine Nase. »Spiel weiter für mich.«

»Was genau erwarten Sie von mir?« Mit einem wöchentlichen Essen und Small Talk habe ich keinerlei Probleme.

Sein Blick verrät, dass das nicht alles sein wird. »Deine Gesellschaft.« Er neigt den Kopf, betrachtet mich unter halb gesenkten Lidern. »Deine Zuwendung.«

»Welcher Art?« Meinen Schwanz kann ich schlecht wegzaubern und ein zweites Loch an seiner Stelle bildet sich auch nicht von allein.

Außerdem will ich mich nicht von ihm vögeln lassen. Er hat eben noch mein Leben riskiert.

Sanft legt er die Hand auf mein Knie.

Prickeln, Wärme.

Mein Körper reagiert auf diese unbedeutende Berührung. Er bekommt kaum Zärtlichkeiten. Ist ausgehungert, sehnsüchtig.

Die Warnungen meines Verstandes schlägt er in den Wind.

Langsam wandert Costa höher. Die kräftigen Finger verschwinden unter meinem Kleid.

Mir wird schwindelig. Es muss am Wein liegen.

Wo ist Marco? Warum springe ich nicht empört auf und verlasse den Raum? Bleierne Trägheit hält mich fest.

Aftershave mit einer schweren, zu herben Note. Nähe, die ich nur teilweise fürchte. Mein Körper verrät mich. Will mehr. Der Wein macht es schlimmer.

Immer weiter kriecht die fremde Hand.

Das in einem engen Slip eingeklemmte Beweisstück meines Mannseins beginnt zu pochen, doch Costa berührt es nicht. Kurz davor verharrt er. »Im Austausch für ein wenig Zeit deines jungen, wunderschönen Lebens, sorge ich für eine Wohnung für dich und deinen Bruder und werde dich mit Freuden in meinem Bekanntenkreis als Künstlerin weiterempfehlen.«

Eine Wohnung. Will er sie bezahlen? Wo? Wir sind ständig unterwegs.

»Schenke mir ein Jahr, Chiara.« Seine Lippen legen sich auf meine Wange. »Danach verhandeln wir neu.«

Ich verkaufe mich für ein warmes Bad und ein weiches Bett. Von welchem wunderschönen Leben spricht er?

»Ich will die Illusion«, flüstert es an meinem Ohr. »Ich werde nichts tun, was sie zerstören könnte.«

Was will er dann? Sobald er mir zu nahe kommt, zerstört sich die Illusion von selbst.

Und nein, ich will mich nicht verkaufen. Das habe ich nie getan.

»Chiara.« Er legt zwei Finger unter mein Kinn und hebt es an. »Du treibst im Wind. Bist ohne Schutz, ohne Aussicht auf ein sicheres Leben. Ich gebe dir all das und wahre dein Geheimnis.«

»Nur, damit ich den Freitagabend mit Ihnen verbringe?«

Er nickt, reicht mir die Hand und hilft mir auf. »Wenn der verwittwete Geschäftsmann Paolo Costa mit einer sehr jungen und wunderschönen Signorina essen geht und ein wenig flirtet, verzeiht ihm das die ganze Welt. Einen jungen, wunderschönen Mann an seiner Seite verzeiht ihm niemand. Nicht einmal Gott selbst.« Ein Kuss, weniger als ein Lufthauch, streift meinen Handrücken. »Spiele mir die Lüge gut genug vor, damit ich sie glauben kann und kein Grund zum Beichten sehe. Nicht ein einziges Mal darfst du dich verraten.«

»Was geschieht sonst?« Mir wird kalt unter seinem Blick.

Wieder hebt er mein Kinn an. »Platzt meine Seifenblase, platzt deine.«

Ich habe Angst. Das Gefühl ist zu präsent, um es zu ignorieren. Ich will ein weiches Bett. Ich will einen vollen Kühlschrank. Aber ich will kein Spielzeug sein.

»Mach dir keine Gedanken um deinen Bruder. Er ist von meinem Vorschlag begeistert.«

Ist er das?

Wie hat Costa überhaupt herausgefunden, dass sich unter dem grünen Flatterkleid ein Mann versteckt?

Seufzend lässt er die Arme sinken. »Ich verstehe dein Zögern und es ehrt dich.« Er weist zur Tür. »Überdenke mein Angebot, besprich dich mit deinem Bruder und melde dich dann bei mir.«

Träume ich dieses Gespräch?

Meine Füße scheinen einem anderen zu gehören, tragen mich trotzdem hinaus. Die Leere in den Korridoren und auf den Treppen passt nicht zu der Geräuschkulisse der Jubiläumsgäste.

Draußen lehnt Marco rauchend an der Hauswand. »Was hast du mit Costa besprochen?«

Ich atme tief ein, um meinen Kopf klarzukriegen. Ein Fehler. Der Nebel um meine Gedanken verdichtet sich. »Ich musste nichts besprechen. Er wusste bereits alles.«

»Alles?«

Marco nimmt mich am Arm, zieht mich mit sich. »Er hat sich informiert. Gleich nach dem Auftritt in Siena.

Auch wenn Zirkus Frattini aus einem Haufen Gaukler, Esel und Tauben bestand, er war zu seinen Blütezeiten kein unbeschriebenes Blatt. Vor allem nach dem Unglück mit Großvater. Das ging durch die Presse.«

Wir schlagen einen Bogen um die Gäste, bis wir den Parkplatz erreicht haben. Der schrottreife Transporter düngt den Wunsch nach Betten und Bädern. Auch nach Kühlschränken und Sofas.

»Costa wollte wissen, warum wir unsere Familie verlassen haben. Ich faselte von Selbstverwirklichung und auf eigenen Beinen stehen.« Marcos Lachen verrät mir eines: Er will auch weiche Betten und warme Bäder. »Costa hat genickt, mir kein Wort geglaubt. Ich habe es dem Kerl angesehen.« Er schließt den Wagen auf, wartet, bis ich sitze, fährt aber nicht los. »Er will nichts Böses von dir, Ciro. Damals bei Pasquale hast du es auch gekonnt und der wollte definitiv mehr.«

Er wollte es nicht nur, er hat es auch bekommen.

»Du kennst Costas Bedingungen?« Das kränkt mich. Mir hätte er sie zuerst vorschlagen müssen. Schließlich bin ich der Part, der auf den Deal eingehen soll.

Er dreht den Zündschlüssel und nach einigem Zureden springt der Wagen an. »Ich bin dein älterer Bruder. Costa ist klar, wer die Verantwortung trägt.« Sein Tonfall schrumpft mich zu dem verängstigten Vierzehnjährigen zusammen, der bei Nacht und Nebel sein Zuhause verlassen musste. »Er hat mir in die Hand versprochen, dass er dich zu nichts zwingen wird, dich weder bloßstellen noch dir wehtun will. Er möchte einfach einen schönen Abend in der Woche in charmanter Gesellschaft und ab und an vielleicht ein wenig Körperkontakt.«

»Aber warum kommt der Kerl ausgerechnet auf mich?«

Es gibt viele schöne echte Frauen. Außerhalb der Auftritte bin ich Ciro und laufe in Jeans und T-Shirt herum, rasiere mich morgens – und zwar am Kinn – und stehe beim Pinkeln.

»Es sind deine Rehaugen.« Marco grinst vor sich hin. »Der Blick, als ob du allein und verlassen auf der Welt wärst und dringend einen starken Beschützer brauchst.«

»Was?« Ich *bin* allein und verlassen in der Welt und ich sehne mich jede Sekunde nach einem starken Beschützer.

Cassian ist meiner Fantasie nicht umsonst entsprungen. »Wie kommt er denn darauf?«, heuchele ich Empörung.

»Ach Ciro.« Marco legt mir die Hand in den Nacken. »Du hast Costas Beschützerinstinkt geweckt. Wegen dieser Idee, die Freitage mit dir zu verbringen, hat er sich sogar mit seinem Sohn gestritten. Der hält absolut nichts von der Schwärmerei seines alten Herrn und fürchtet, dass er Vermögen und Erbe an eine arme Gauklerin verschleudern könnte.«

Ich pflücke seine Hand von mir. An dem Deal ist etwas faul. Wo steckt der Fehler? Costa kann mich nicht vögeln, ohne seine Bedingungen zu brechen. Also was habe ich zu befürchten?

»Bitte, Ciro. Lass dich darauf ein. Es ist nichts Schlimmes dabei, der Protegé eines reichen Unternehmers zu sein. Wenn er dir dumm kommt oder irgendetwas Perverses von dir will, kannst du jederzeit die Beziehungen abbrechen.«

Und ab dem Herbst wieder im Auto schlafen.

»Er kennt eine Menge Leute.« Marco klingt sanft. »Keine Sorge, er wird sich um Engagements kümmern.«

Ich ziehe die Beine auf den Sitz und drücke mich tief in die Lehne. »Dann bin ich nicht nur ein Straßenartist, sondern auch ein Begleitservice für ältere Herren?«

»Für *einen* älteren Herrn. Außerdem hat sich Costa prima gehalten. Sogar sein Haar ist noch dicht und ein paar schwarze Strähnen schimmern ebenfalls durchs Grau.«

Ich muss darüber schlafen. Im Moment braust es in meinem Kopf wie ein Orkan.

»Ein bisschen finanzielle Sicherheit brauchen wir beide«, versucht mir Marco die Sache schmackhaft zu machen. »Sieh es mal so: Du kannst endlich Chiara bis zum i-Tüpfelchen ausleben.«

Schon, aber Paolo Costa ist nicht Cassian. Hinzu kommt, dass mein i-Tüpfelchen eine berauschende Nacht voll Sinnlichkeit, inniger Liebesschwüre und atemraubendem Sex ist. Etwas, das ich noch nie erlebt habe. In meiner Brust breitet sich ein Ziehen aus, das ich allzu gut kenne. Kann man an Sehnsucht ersticken?

Ich will nach Hause. Ins Bett und träumen und verdrängen, dass ich eben meine Seele verkauft habe.

Heute sag ich es. Kein Ding. Ich hätte mich vor meinen Eltern längst outen sollen. Ist unfair, so was Wesentliches wie Schwulsein vor ihnen zu verheimlichen.

Alle Welt ist schwul.

Überhaupt kein Ding.

Ich rede mir den Quatsch seit Tagen ein, ohne Paps und Mama gegenüber den Mund aufzukriegen.

»Du bist eine feige Sau, Noah Lichtenwald.« Warum, zum Henker, fühle ich mich wie ein Lappen, nur weil mir ein Plausch mit meinen Eltern bevorsteht? Sie lieben mich, Herrgott noch mal. Das haben sie immer und werden es immer tun. Ich druckse nie herum. Bringe stets das Wichtige auf den Punkt. Ob es den Leuten gefällt oder nicht.
Wovor habe ich Angst?
Vor der Enttäuschung in ihren Augen.
Kann es nicht ändern. Sie sind mit weitaus schlimmeren Katastrophen klargekommen. Im Vergleich zu einem Unfall mit sofortigem Tod ist ein bisschen Schwulsein kein Problem.
Mein Handy brummt und leuchtet auf dem Schreibtisch.
Eine Nachricht von Jonas. Zieh es durch Alter. Wir stehen hinter dir!

Mein bester Kumpel von vielen guten Kumpeln. Was er sagt, hat Gewicht. Also los. Mit gestrafften Schultern und kerzengeradem Rücken wappne ich mich für den Kampf. Ich bin siebzehn. Fast erwachsen. Was soll mir passieren?
Mama zupft auf dem Balkon den Geranien die verwelkten Blätter ab.
Mein Mund streikt. Er sollte sich öffnen und sagen: Kommst du mal in die Küche? Ich muss mit Papa und dir reden.
Die Lippen kleben aufeinander. Dafür sind meine Ohren in vollem Einsatz. Das permanente Rauschen Berlins tobt sich plötzlich zwischen Sitzecke und Ikearegalen aus.
Der Fernseher der Nachbarin, das Geräusch eines Skateboards auf dem Asphalt.
So viel Lärm. Ist mir früher nie aufgefallen.
Er schluckt die Worte, die ich noch gar nicht ausgesprochen habe.
»Stefanie!« Paps Stimme verhilft mir geschmeidig zum Herzinfarkt. Sie dröhnt in und um mich und verwandelt meine Knie in Silikon-Muffin-Förmchen.
»Kommst du mit einkaufen?« Seine Hände legen sich nebenbei auf meine Schultern. Das tun sie oft, wenn wir beide zufällig dicht beieinanderstehen. Ich mag das. Paps Hände fühlen sich immer ein bisschen

zu schwer, dafür sehr warm an.

»Und?« Seine Finger tippen einen Minirhythmus auf mir. »Keine Feten fürs Wochenende geplant, oder warum lungerst du am Freitag Nachmittag noch hier rum?«

»Ich muss mit euch reden.« Ich höre den Satz viel zu laut. Immerhin, ich habe ihn gesagt.

Langsam nimmt Paps seine Hände von mir. »Was Schlimmes?«, fragt er leise. »Sag es zuerst mir. Ich verklickere es deiner Mutter später häppchenweise.«

Seit dem Tod meines Bruders verkraftet sie keine schlechten Nachrichten mehr. Entweder kommen ihr bei Kleinigkeiten bereits die Tränen oder sie geht an die Decke. Je nach Tagesform.

»Raus mit der Sprache, Noah.« Paps zwinkert. »Wird schon kein Weltuntergang sein.«

Ich hab ihn lieb.

Das Gefühl packt mich und quetscht mein Herz zusammen. Ich will es aussprechen: Ich hab dich lieb, Paps. Aber so was sagen wir einander nicht. Die Hände auf den Schultern ge-nügen normalerweise.

Nur heute nicht.

»Ist besser, ihr erfahrt es gleichzeitig.«

Paps zieht die Brauen hoch. »Okay.«

Ich sehe ihm seine Sorge an.

Hat er bei einem Mädchen nicht aufgepasst? Hat es Fünfen gehagelt und er wird nicht zum Abitur zugelassen? Gab es Ärger mit anderen Jungs? Drogen? Nein! Nicht Noah.

Was ist es?

Paps Gedanken krumpeln jeder auf seine Weise das breite Gesicht.

»Stefanie?« Er winkt Mama zu uns. »Der Junge will uns was sagen.«

Mama reagiert direkter. Sofort drücken Haltung und Miene höchste Alarmbereitschaft aus. »Ja?« Die Frage gilt wahrscheinlich mir, auch wenn sie Paps ansieht. »Thomas? Was ist los?«

Ich hasse den schrillen Unterton.

»Kommt mit in die Küche.« Ich brauche vertraute Gemütlichkeit, durchsetzt mit alltäglicher Unordnung und Brötchenkrümeln vom Frühstück.

Meine Eltern folgen mir zögernd. In meinem Nacken kribbelt ihre Anspannung. Feuchte Handflächen, weiche Knie. Von dem Nervositätslevel her fühle ich mich wie vor dem ersten Mal.

»Und?« Paps verstaut seine Hände in den Taschen. Ich sehne sie auf meine Schultern zurück.

Schlucken, räuspern, lächeln. Hey, es sind meine Eltern, die sind okay. »Mama, Papa, nehmt euch ein Bier, setzt euch und hört mir zwei Minuten lang zu, ohne mich zu unterbrechen.« Klare Ansagen entstressen schwierige Situationen. Jeder, der Actionfilme kennt, weiß das.

Meine Eltern sehen mich an und bleiben stehen.

»Ist es was mit der Schule?« Paps's Miene wird streng. »Schlechte Noten?«

»Ach was. Die sind bestens.« Für mich jedenfalls. Eine gute Drei ist besser als hinkende Zweien oder eine freizeitkillende Eins.

»Hast du Ärger mit einem Lehrer?« Mamas Stimme flattert, als ob Ärger mit dem Lehrer zu haben etwas Entsetzliches wäre. »Oder ist was mit deinen Freunden?«

Gedanklich balle ich die Fäuste. Ich wollte verdammte zwei Minuten Ruhe. Mehr nicht. Zu viel verlangt.

Da meine Eltern es anscheinend nicht wollen, hole ich mir ein Bier aus dem Kühlschrank. Ich schnippe den Kronkorken mithilfe der unteren Kante der Küchenarbeitsplatte auf, was mir ein zischendes Lufteinziehen meiner Mutter einbringt.

Die harte Tour. Einfach gerade heraus und direkt zwischen die Augen. »Ich bin schwul.«

Schweigen und Starren.

Ich lächele in die Runde, obwohl mir überhaupt nicht danach ist und trinke die Hälfte der Flasche in einem Zug. Das habe ich beim Aushelfen in Paps Autowerkstatt gelernt. Schlucken, ohne abzusetzen und danach dezent zu rülpsen. Im Prinzip kann ich mich benehmen. Im Moment verweigere ich es. Ich nehme meinen Eltern übel, dass sie wie vom Donner gerührt vor mir stehen.

Ich will eine Reaktion. Ein *Aha, okay, macht nichts.* Oder zumindest ein *Schade, aber na gut. Du musst wissen, was du tust.*

Nichts davon bekomme ich. Bloß ihr Schweigen.

Dann doch der Rülps. Er unterbricht die Stille und das Eingefrorensein der beiden Menschen, die mich sehr gut kennen sollten.

In Paps kehrt das Leben zuerst zurück. Wenn auch extrem verhalten. »Wie kommst du darauf?« Seine Stimme klingt belegt. »Bis jetzt hast du nie etwas davon erzählt.«

»Als ich es zum ersten Mal bemerkt habe, standen wir vor Nils' offenem Grab. Das war der falsche Zeitpunkt, um mit euch darüber zu reden.« Ohne Vorwarnung wuchs mir ein Ständer, weil der Arsch meines Cousins in der schwarzen Jeans verboten sexy aussah. Ich werde diesen Moment nie vergessen. Ich war leer vom tagelangen Heulen, steckte bis zum Hals im Unglück und zack, fiel mir Gabors Hintern auf. Während des Gebrabbels des Trauerredners habe ich mich grässlich geschämt. Das harte Ding in meiner Hose hat sich daran kein bisschen gestört.

In Mamas Augen glitzert es gefährlich. »Danach hättest du es uns sagen können.«

»Dein Ernst?« Das folgende Jahr war entsetzlich. Kein Thema kam gegen Nils' Unfall an. Auch nicht bei mir, obwohl es immerhin mein Körper war, der rumzickte.

Ich habe mir vorm Einschlafen einen runtergeholt, dabei von hübschen Jungs geträumt und versucht zu vergessen, wie sehr ich meinen kleinen wuschelhaarigen Bruder vermisse.

Den Rest der Zeit verbrachte ich Schokolade mampfend vor der Playstation – was man mir bald ansah.

»Das kann nicht sein.« Mama räuspert sich. »Du bist mein Sohn. Ich kenne dich.«

Ja genau.

Mit Mühe verkneife ich mir ein Augenrollen inklusive eines genervten Stöhnens. Weder sie noch Paps wissen, dass ich mit Kraftsport angefangen habe, weil ich es satt hatte, dass mich auf dem Schulweg regelmäßig ein paar Saftsäcke fertiggemacht haben. Keine Dinger mit blutenden Lippen und Veilchen, sondern korrekt ausgeführte Schläge in den Bauch und auf die Nieren.

Muttersicher.

Eine aufgeplatzte Braue kannst du nicht verstecken. Einen blau geschlagenen Oberkörper schon. Innerhalb eines Jahres habe ich Gewicht und Breite aufgestockt und mir einen Fick-dich-oder-du-stirbst-Blick angewöhnt.

Mein Onkel lieferte mir auf Nachfrage ein sporadisches Boxtraining für den schlimmsten Notfall. Ich habe es selten anwenden müssen. Klasse, was Äußerlichkeiten bewirken.

»Woran hast du es denn gemerkt, dass du plötzlich meinst, schwul zu sein?« Endlich setzt bei Mama das logische Denken ein.

»Ich vögel lieber mit Malte als mit Jasmin.« Streng genommen bin ich nicht schwul, sondern bi. Diesen Hammer lasse ich vorerst stecken. Bei einem knackigen Männerarsch steht mir der Schwanz hoch. Bei einem Mädchen brauche ich einen längeren Anlauf.

»Du hättest es uns früher sagen müssen.« Paps' Schläfenader puckert. »Nicht dass du meinst, wir hätten ein Problem damit, aber ...«

»Ist okay!« Meine Mutter zwingt sich ein Lächeln ab. »Hast du einen Freund?«

»Keinen festen.«

Meine Eltern seufzen synchron und schämen sich im selben Moment für die offen gezeigte Erleichterung. Was soll der verhuschte Blickwechsel sonst bedeuten?

Paps nimmt mir das Bier aus der Hand und trinkt es aus. Sein Rülpser ist lauter als meiner. »Du hast deine Mutter gehört. Es ist okay.« Er geht aus der Küche und Mama sieht ihm nach. Ihre Hand versucht, etwas in der Luft zu greifen. Es scheint nicht zu funktionieren, denn sie lässt sie schließlich sinken. »Kann es sein, dass es sich mit der Zeit ...«

»Nein.«

Sie nickt. »Vielleicht ist es nur ...«

»Nein.«

Sie nickt wieder. »Du könntest doch versuchen ...«

»Nein.« Nun bin ich der Hand-auf-die-Schulter-Leger. »Ich bin schwul und ich kann und will es nicht ändern. Okay?«

»Okay.« Sie beißt sich auf die Lippen, bekommt tatsächlich ein Lächeln hin. »Dann gehe ich jetzt mal einkaufen.«

Es gibt schlimmere Outings. Mit Krach und Tränen und Verbannung und dem Androhen diverser Therapien.

Aufatmend sehe ich meiner Mutter nach, die übertrieben geschäftig ihr Portemonnaie sucht.

Eine SMS an Jonas: Alles im grünen Bereich.

Als Antwort schickt er mir einen Daumen nach oben. Trotzdem fühlt es sich nicht rund an.

Papa ist zu schnell gegangen.

- *Ciro* -

Der Kaffee wird kalt. Direkt vor meiner Nase. Die Tasse gehört Costa, wie der Rest in der Wohnung. Sie ist klein und genau über einer Pizzeria. Eigentlich ist es mehr ein Imbiss mit ein paar Tischen.

Eine alte Frau hantiert in der Küche. Es riecht ständig nach ausgelassener Salami und angebrannten Zwiebeln, obwohl kaum Gäste kommen. Für uns ist das praktisch. Fiamma bringt uns jeden Abend Essen.

Pizza und Pasta. Fleisch nie, Fisch manchmal.

Sie sagt nichts, scheint außerdem schwerhörig zu sein, und wenn sie grinst, kann ich ihre Goldkronen zählen. Dass ich an manchen Tagen als Chiara das Haus verlasse, ignoriert sie. Oder sie bemerkt den Unterschied nicht. Vielleicht denkt sie dann, ich sei Marcos Freundin.

Insgesamt haben wir es mit der Wohnung, die Costa für uns besorgt hat, gut getroffen.

Das Abkommen zwischen ihm und mir läuft seit einem Monat.

Costa ist ein Gentleman. Er hilft mir in die Jacke, hält mir die Türen auf, ist höflich und zahlt neben der Miete auch die Strom- und Wasserkosten.

Er nennt mich *seine Schöne* und negiert vollkommen die Tatsache, dass ich hinter meiner Maskerade ein Mann bin.

Während des letzten Treffens lugte eine braune Strähne minimal unter den blonden Haaren hervor. Ich bemerkte es nicht. Plötzlich starrte mich Costa an, als sähe er eine Schlange über meinen Kopf kriechen. Seine Stimme bebte, als er mich anwies, sofort die Toilette aufzusuchen und meine Frisur zu richten. Kaum war ich zurück, lächelte er, als sei nichts gewesen. Er goss mir Wein ein, plauderte und als wir schließlich in seinem Alfa Romeo saßen, lehnte er sich zu mir und küsste mich.

Richtig.

Es war nicht unangenehm. Mir fiel es leicht, mich darauf einzulassen und mein ständig nach Zärtlichkeiten hungernder Körper und der Wein flüsterten mir zu, dass es okay sei.

Ich öffnete meine Lippen und empfing Costas Zunge zusammen mit seinem tiefen Stöhnen. Er küsste mich wild, unbeherrscht. Fast wären mir die Sicherungen durchgebrannt.

Doch es blieb bei dem Kuss.

Dabei zitterten seine Hände danach und mein verstecktes Stück Mann drückte mir hart gegen den Unterbauch.

Costa fuhr mich schweigend nach Hause.

Ich glühte wie im Fieber.

Liebe?

Nein.

Reine Geilheit.

Ich kann mir nicht vertrauen.

Sehne mich nach mehr als einem Kuss von ihm und fühle mich gleichzeitig wie eine Hure. Ich verrate meinen heimlichen Helden Cassian für einen hypothetischen Schwanz in meinem Arsch.

Denn Costa wird mir das, was ich will, nicht geben. Seine Ansagen waren klar. Wenn er mich vögelt, bröckelt zwangsläufig die Illusion, dass ich eine Frau bin.

Außerdem liebe ich ihn tatsächlich nicht.

Sein selbstbewusstes Auftreten und sein Charme imponieren und schmeicheln mir, seine Großzügigkeit löst Dankbarkeit in mir aus – und warnt mich.

Ein seltsamer Deal.

Aus dem Badezimmer dringt das fröhliche Pfeifen meines Bruders. Costas materielle Zuwendungen tun ihm gut. Von Tag zu Tag blüht Marco in der neuen Wohnung auf.

Nie fragt er mich, wie es mit Costa gelaufen ist oder was ich dabei empfinde. Lediglich kurz bevor ich abgeholt werde, prüft Marco mein Äußeres strenger als vor einem Auftritt. Ihm ist ungeheuer daran gelegen, dass ich Costa nicht enttäusche.

Nur in Jeans betritt er die Küche. Aus seinen Haaren tropft es und dünne Rinnsale fließen ihm über die Schultern.

»Du musst in zwei Wochen aufs Seil.«

Er schlendert zur Kaffeemaschine, pfeift eine schräge Melodie, während er eine Tasse füllt.

»Wo?«

»Livorno.« Er zwinkert mir zu. »Dein Gönner rief mich vorhin an. Bei ihm zu Hause. Eine Gartenparty. Es kommen circa hundert Leute. Also bloß eine kleine Nummer.«

»Kann ich absagen?« Die Frage ist rein rhetorisch.

»Wo ist dein Problem?« Mein Bruder trinkt zu hastig. Hustend kleckert er sich auf die nackte Brust. »Verdammt!« Hektisch wischt er den Kaffee von sich. »Warum willst du die Hand beißen, die dich füttert?«

»Sie füttert uns!« Marco muss nichts dafür tun.

»Und wenn schon.« Seine Finger tippen ungeduldig auf die Küchenplatte. »Immerhin bekommst du die dicksten Brocken, oder geht Costa etwa mit mir essen?«

Die Erinnerung an den gierigen Kuss im Auto stellt mir die Härchen auf den Unterarmen auf. Es hat sich angefühlt, als würde ich Signore Costa etwas bedeuten. Dass er mich trotzdem bestochen hat, ohne

Sicherung zu laufen, passt nicht dazu.

»Bloß eine Gartenparty. Dort wird er keine Kräne aufbieten.«

»Bist du sicher?«

Marco rollt mit den Augen. »Costa steht auf dich.« Sein Grinsen entschuldigt ihn nicht. »Ein Tanz übers Seil, ein bisschen flirten und die Gäste umgarnen. Du hast es zig Mal gemacht. Was ist daran so schlimm?«

Die Lüge. Früher hat sie mich nie dermaßen gestört. Doch seitdem mich Costa vehement dazu zwingt, geht sie mir gegen den Strich.

Um nicht vollkommen abhängig von ihm zu sein, habe ich mir einen Job in einem Hotel gesucht. Gleich die Straße runter.

»Du hast gesagt, du liebst es, diese Seite in dir zu leben.« Er kommt zu mir, zwickt mir in die Wange. »Die bewundernden Blicke nach dem Absteigen, die vielen Komplimente.« Sein Lächeln verkratzt das bisschen Stolz, das mir geblieben ist.

Ich genieße Chiaras Art und das Echo, das sie bei anderen Menschen weckt. Dennoch muss ich ununterbrochen auf der Hut sein. Vor zu aufmerksamen Augen, vor einer zu intimen Berührung oder nur davor, dass mir das Halstuch verrutscht.

Ich streiche mit den Fingern über meinen Kehlkopf. Der kleine Mistkerl lugt weit hervor.

Im Moment will ich keinen Stress, sondern einen Alltag, in dem ich mich nach Feierabend nach Hause sehnen kann.

Cirò Marina. Meine Mutter hat mich danach benannt. Ein Ort in Kalabrien. Direkt am Meer. Salz und Fremde und ein Drahtseil zwischen zwei Giebeln am Markt. Marco und ich tanzten jeden Abend darauf. Unser Großvater hat es uns geschenkt, als sich Vater weigerte, den winzigen Zirkus weiterzuführen. Ein Haufen verlotterter Gaukler, mehr sei Zirkus Frattini nie gewesen. Seine Kinder sollten es besser haben.

Die Tiere und das Zelt wurden verkauft. Als der Fleischer die Esel abführte, habe ich laut aufgeschluchzt.

Mein Vater verpasste mir eine Ohrfeige, die mich nach hinten schleuderte. Ich kann mich an keine Zeit vor unserer Flucht erinnern, in der ich seinen Handrücken nicht gefürchtet habe.

»Keine Armut mehr«, grollte er damals und ballte die Fäuste. »Nie wieder.«

Als ich klein war, hat es mich nie gestört, arm zu sein.

Was er meinte, verstand ich erst später.

Vater brach mit dem Verkauf Großvaters Herz, ohne es zu bemerken. Hätte er hingesehen, wäre ihm aufgefallen, wie sich eine stumpfe Schicht vor das klare Leuchten der alten braunen Augen schob. Jeden Abend danach roch Angelo Frattini nach Wein. Früher hatte er nie einen Tropfen angerührt.

Eines Tages ging er dennoch aufs Seil.

Sein letzter Auftritt, sein letzter, spektakulärer Abgang.

»Was ist jetzt mit der Gartenparty?«

Marco nervt.

»Sei einfach noch ein wenig netter zu Costa, und du kannst dir den Job im Hotel sparen.«

»Das will ich nicht.« Ich mag die Arbeit im Casa di Mare.

Für die Küche einkaufen, beim Pflegen der Außenanlagen helfen, die Gäste in die Bergstädte fahren und den Touristenführer für sie geben. Ich lerne schnell. In der Geschichte Luccas und Volterras kenne ich mich mittlerweile aus. Auch Pisa steht auf meinem Programm. Es gibt eine Menge Trinkgeld. Vor allem von den Deutschen, die sich freuen, dass ich ihre Sprache beherrsche. Sogar ziemlich gut. Mit Großmutter haben wir Kinder nur in ihrer Muttersprache gesprochen. Schon weil sie sich darüber so gefreut hat.

Marco mustert mich wie einen Fisch auf dem Wochenmarkt. Langsam schieben sich seine Brauen übereinander. »Deine Haare sind zu lang. Sie werden dir unten rausrutschen. Du weißt, wie sehr Costa das hasst. Geh zum Friseur.«

Ich liebe meine braunen Locken. Sie sind weich, ich kann sie um den Finger drehen, wenn mir danach ist.

Du siehst aus wie ein Engel, hat mir Großmutter früher gesagt und mir über den Kopf gestrichen. Aber vertraue nie auf deine Schönheit.

Sie ist vergänglich.

Mag sein. Irgendwann einmal.

Bis dahin umgarnt sie Männer wie Paolo Costa und füllt Geld in unsere Taschen. Die Erkenntnis ist alt. Schmeckt mir dennoch nicht.

»Acht Uhr abends bei ihm. Das Seil spannen seine Leute.«

»Wie hoch?« Ich hasse es, dass andere über meinen Tanz entscheiden.

»Wenn es dich beruhigt, rufe ich ihn an und frage, Hasenherz.«

»Das kann ich selbst.« Und zwar mit meiner Männerstimme. Außerhalb unserer Treffen existiert keine Absprache zwischen Costa und mir.

Mit zwei Schritten steht Marco vor mir. Er schnauft vor Wut.

Ich rutsche mit dem Stuhl zurück, er packt mich in den Haaren, zieht meinen Kopf in den Nacken. Sein Mund ist nah, riecht nach Wein.

»Wenn Costa sagt, geh auf das Seil, tust du das.« Der Griff wird gröber. »Wenn er einen Kuss von dir will, gibst du ihn ihm.«

»Marco!« Was ist in ihn gefahren?

»Was er auch von dir begehrt, hüte dich und lass die Diva raushängen. Er ist unser Weg in ein besseres Leben und du wirst ihn nicht vergraulen. Ist das klar?«

»Ich tanze in der Höhe nicht mehr ohne Leine.« Meine Stimme klingt gepresst. Vor Wut und weil mir Marco den Kopf immer weiter in den Nacken zieht. Ich umfasse sein Gelenk, so fest ich kann. »Wenn ich aus dreißig Metern abstürze, bin ich tot. Willst du das?«

Die Finger in meinem Haar lockern sich. Marcos Blick irrt über mich, als suche er Halt. »Nein.« Seine Schultern fallen nach vorn. Auf einmal wirkt er alt und verbraucht. »Gott, nein!«

»Dann lass mich selbst entscheiden, welches Angebot ich annehme. Das gilt für *alle* Angebote, die von Costa kommen.« Der längst vergangene Kuss fühlt sich auf meinen Lippen plötzlich wie Schmutz an. Ich wische mit dem Handrücken darüber, ohne es besser zu machen.

Marco lässt den Kopf hängen.

Er ist mit mir geflohen. Hat sich um mich gekümmert, als ich bloß ein verängstigter Teenager war. Hat sich für mich, statt für die Familie entschieden.

Scheiße! Das schlechte Gewissen packt mich genauso grob wie eben noch Marco. All die Entbehrungen, die er für mich auf sich genommen hat. Doch, ich bin ihm etwas schuldig.

Mein Bruder setzt sich zu mir, starrt auf alte Kaffeeflecke. »Entschuldige.«

»Tut dein Knie weh?«

Er zuckt mit der Schulter. »Hält sich in Grenzen.«

»Hast du zu viel getrunken?«

»Geht es dich etwas an?«

Allerdings. Im nächsten ruhigen Moment werde ich mit ihm darüber reden.

Mein Handy liegt neben mir. Ebenfalls ein Beweis, dass es uns dank unseres Gönners besser geht. Bis vor Kurzem besaß nur Marco eines. Ich tippe in der Kontaktliste auf *Costa*.

Wo, wie hoch, wie lang und unter welchen Bedingungen. All diese Fragen muss er mir beantworten, bevor ich endgültig zusage.

»Er ist vernarrt in dich, Chiara.« Marco nimmt meine Hand und haucht einen Kuss darauf. »Halte ihn bei Laune. Mehr will ich nicht.«

»Nenn mich nicht so.«

Chiara bin ich auf dem Seil – und für Costa.

Die letzten Sommerferien. Ich schleudere den Rucksack in die Ecke und fühle mich leicht wie eine Feder. Sechs Wochen chillen, campen und auf jede erdenkliche Art mein Dasein genießen.

Ich liebe mein Leben.

Meine Eltern haben den Brocken geschluckt. Sie verhalten sich normal und keiner von beiden versucht eine Zwischen-Tür-und-Angel-Therapie. Alles wie immer.

Ich falle aufs Bett. Die Decke ist warm von der Sonne. Mein ganzes

Zimmer strahlt Sommer aus. Jonas und die anderen warten im Eiscafé auf mich – Ferienbeginn feiern.

Ein paar Minuten dösen und darauf freuen, dass in den nächsten sechs Wochen kein Wecker meinen Schlaf vor elf Uhr mittags beenden wird.

Perfektes Glück. Geiles Gefühl.

Irgendwo in der Wohnung klingelt das Telefon. Ich bin zu faul, um ranzugehen.

Neben mir brummt das Handy. Eine Nachricht von Jonas. *Wir warten auf dich!*

Ich gähne meine Trägheit weg, schnappe mir einen zehn Euro Schein. Der Kellner im La Toskana sieht lecker aus. Ein wenig anflirten schadet nicht.

Die Tür zum Wohnzimmer klafft einen Spalt. Vom Flur aus höre ich Paps reden. Er scheint mit Onkel Rainer zu sprechen.

Er klingt seltsam. Ist ihm etwas über die Leber gelaufen?

Paps steht mit dem Rücken zu mir. Plötzlich schluchzt er auf. Wie ein Kind. Seine Schultern zucken, er krümmt sich zusammen. Wie damals, als die Polizei wegen Nils anrief.

Der Schreck fährt mir in den Magen.

Ist was mit meinem Onkel? Ein Unfall? Krebs?

»Er vertraut mir nicht.« Paps zieht lautstark die Nase hoch. »Dabei liebe ich ihn. Das weiß Noah auch. Ich habe nur noch ihn.«

Scheiße, was geht mit Paps ab?

»Ich will keinen schwulen Sohn.« Er zuckt, als hätte ihn jemand Unsichtbares geschlagen. »Doch, doch. Natürlich will ich Noah. Gott, natürlich! Aber nicht schwul. Ich will eine Schwiegertochter ... Enkel. Halt eine richtige Familie.« Schniefend wischt er sich übers Gesicht. »Das Schlimmste ist, ich sehe ihn an und muss daran denken, was andere Kerle mit ihm machen ...« Er wimmert. Mein großer, starker Vater wimmert ins Telefon.

Weil ich im Sterben liege? Weil mich eine unheilbare Krankheit am Wickel hat?

Nein. Weil ich schwul bin.

Ein falscher Film. Ich spiele den Schurken und weiß nichts davon.

»... will mit ihm über Männerdinge reden ... will keine Angst haben, dass er eines Tages an Aids verreckt wie ein Straßenstricher ... will keine Tunte am Frühstückstisch sitzen haben und nett zu ihr sein müssen, weil Noah sie in den Arsch ...« Er schlägt sich die Hand vor den Mund. Dieselbe Hand, sie sonst auf meiner Schulter liegt. Tränen fließen ihm übers Gesicht. Mischen sich mit Rotz, tropfen zäh auf die Kommode.

Wir haben nie über Männerdinge geredet. Wir haben überhaupt kaum geredet. Und was meint er mit Tunte? Malte ist größer und breiter als ich, spielt Fußball und ist mir lediglich auf der Matratze unterlegen. Bei meinen anderen Eroberungen sieht es ähnlich aus und zum Frühstück würden die nie bleiben. Einfach weil sie nicht bei mir schlafen. Wo steht geschrieben, dass man ausschließlich nachts und im Bett vögeln darf?

Ich verstehe Papas Tränen nicht.

Ich bin gesund. Mache mein Ding. Es gab nie viel Ärger mit mir. Keine Drogen, kaum Alkohol. Rauchen bloß ab und an. Alles andere heimlich und halblegal, Ritzen nie.

Trotzdem bricht für ihn die Welt zusammen.

Wegen mir.

Ich habe noch nie vorher einem Menschen so großen Kummer bereitet. Innerhalb von Sekunden wächst mir ein Kloß im Hals, der mich würgen lässt. Ich schaffe es aufs Klo, doch da kommt nur Galle.

Mit einer Hand stütze ich mich am Becken ab, mit der anderen tippe ich eine SMS an Jonas. *Eine Runde um die Häuser? Ich brauche dich. Nachwirkung meines Outings: katastrophal!*

Während ich auf seine Antwort warte, sehe ich den Schleimfäden aus meinem Mund beim Baumeln zu.

Papa ist rotzunglücklich. Als ob ich gestorben wäre.

Ich will zu ihm, ihn trösten. Oder ihn anbrüllen. Das täte mir besser.

Ist eklig, mein Gesicht zu waschen. Davon wird mir erneut schlecht.

Bin gleich bei dir. Auf Jonas ist Verlass. *Muss noch zahlen.*

Ich trockne mich ab und kämpfe mit den Tränen.

Paps heult. Wie damals bei Nils.

Ich schleiche aus dem Bad wie ein Zwölfjähriger nach dem Onanieren. Bis oben hin voll Scham. Warum? Ich habe nichts Verbotenes getan. Das Gefühl bleibt in mir hocken und macht etwas mit meinem Herz, dass ich kaum atmen kann.

Leise ziehe ich meine Turnschuhe an, greife nach dem Schlüssel.

Das Wohnzimmer ist leer. Aus der Küche klingt gedämpft die Stimme meiner Mutter.

Ich habe genug vom Lauschen, will raus.

Ich husche die Treppe hinunter. Erst vor dem Haus geht es mit dem Atmen leichter.

Jonas lehnt bereits an den Briefkästen. Er gibt mir einen Moment, dann kommt er auf mich zu und nimmt mich in den Arm. Ich stammele alles, was mich bis zum Überlaufen an Mist füllt, gegen seine Schulter. Als ich ihm sage, dass Paps wegen mir fast in die Knie gegangen ist, grunzt er bloß und zieht mich vom Eingang weg.

»Laufen, rauchen, quatschen.« Er schüttelt mir eine Zigarette aus der Packung. Mir ist zu schlecht dafür. Schulterzuckend stupst er sie zurück. »Ganz ruhig, Alter. Das wird schon.«

Mir läuft es aus den Augen. Vor Jonas ist das kein Problem.

Wir hängen bis weit in die Nacht auf Parkbänken ab und reden.

Falsch.

Ich rede. Jonas hört zu. Mehr muss er nicht tun. Mir ist klar, er versteht mich und fühlt mit. Immerhin war er der Erste, bei dem ich mich geoutet habe. Obwohl es kaum nötig war. Die Sache mit Malte hatte er unabsichtlich akustisch mitbekommen. Die Zelte standen zu dicht beieinander.

Jonas kassiert eine Stress-SMS von seiner Mutter. Wo er bliebe? Sie sei kurz davor, einen Suchtrupp loszuschicken.

Er zeigt mir die Nachricht und grinst. »Eltern sind die Pest. Aber ohne sie geht's auch nicht.«

Ich strotze vor Dankbarkeit, der Freund eines so coolen Typen sein zu dürfen.

Damit seine Mutter nicht am Rad dreht, bringe ich ihn heim. Er spottet, ich lache und schon sieht die Welt freundlicher aus.

Von ihm zu mir sind es zwei Straßen. Etwa fünf Minuten Einsamkeit und Grübeln. Meine eben erst aufgefrischte Laune versickert irgendwo zwischen parkenden Autos und dunklen Hauseingängen.

Kaum dass die Tür hinter mir ins Schloss gefallen ist, beginnt die Schleicherei im Treppenhaus von Neuem.

Ich habe keine Lust, meinen Eltern über den Weg zu laufen. Auf Zehenspitzen will ich am Schlafzimmer vorbei, da öffnet sich die Tür.

»Noah?« Verschlafen blinzelt mich meine Mutter an. »Komm mal mit. Reden.«

Das ist so ziemlich das Letzte, wonach mir gerade ist.

Sie tappt vor mir entlang bis zur Küche und schaltet das Licht an. »Setz dich.« Zwei Minuten später steht ein heißer Kakao vor mir. Da er aus der Thermoskanne kommt, scheint sie sich auf dieses Gespräch langfristig vorbereitet zu haben.

»Nervennahrung.« Lächelnd schiebt sie den Becher noch näher. »Ich habe mit Onkel Rainer was ausgeklügelt.« Ihre Nase wird spitz vor Arglist. »Alles an Papa vorbei, also halt den Mund, ja?«

Ich nicke, schlürfe mich durch süße Brühe und frage mich, seit wann meine Mutter eine hintertriebene Seite hat. Wenigstens weint sie nicht. Überhaupt macht sie einen erstaunlich aufgeräumten Eindruck.

»Rainer und Tante Astrid sind sich nicht grün im Moment.«

»Im Moment?« Die beiden streiten sich seit Jahren durch ihr Eheleben.

Mama zuckt die Schulter. »Wie auch immer. Deshalb hat Rainer jedenfalls Thomas angerufen. Er wollte Papa Bescheid geben, dass er eine Woche Urlaub nimmt. Allein. Um endlich mal wieder klar zu sehen und den Mut zu finden, Astrid um die Scheidung zu bitten.« Schaudernd schnappt sie sich einen der Pullis, die auf diversen Stuhllehnen genau darauf warten. »Jetzt zu Rainers und meinem Plan: Du fährst mit. Es geht nach Italien. Konkret: Toskana. Irgendwo am Meer links.«

»Westküste«, helfe ich nach.

Mama schürzt die Lippen. »Genau. Hauptsache, du kommst mal raus und Papa hat Gelegenheit, mit der Situation klarzukommen. Wenn du ihm ständig vor der Nase herumspringst, wird das nichts.«

»Er hat geweint.«

Mamas Augen werden groß.

»Wie damals, als ...«

»Scht!« Sie legt sich den Zeigefinger auf die Lippen. »Vergiss das Telefonat mit Rainer. Paps hat überreagiert. Das ist alles.« Sie tätschelt meine Hand. Mir ist das unangenehm, aber wegziehen will ich auch nicht.

»Eine Woche Sonne und Dolce Vita mit deinem Onkel. Ich bearbeite in der Zeit Thomas.«

»Du bist doch selbst nicht begeistert von der Tatsache, dass ich schwul bin.«

»Bin ich auch nicht«, kommt es prompt. »Einen weinenden Mann und einen unglücklichen Sohn will ich allerdings auch nicht. Thomas hat in seinem Leben genug Tränen vergossen. So wie ich. Also werde ich so lange mit ihm diskutieren, bis er sich gefangen hat.«

»Ich bin bi.« Keinen Schimmer, warum ich das ausgerechnet jetzt sage.

Mama hebt die Brauen. »Fein. Dann ist ja noch was zu retten. Freitagnacht geht es los. Freust du dich?« Die Antwort wartete sie nicht ab.

Sie lässt mich mit dem Kakao sitzen und tappt zurück ins Bett.

Hatte ich eine faire Chance, ja oder nein zu sagen? Woher will sie wissen, ob ich Lust auf eine Italienreise habe?

Rainer ist okay. Ich mag ihn gern. Allerdings eine Woche Tag und Nacht mit ihm zusammenhängen?

Dauerpoker und Flachwitze.

Außerdem habe ich keinen Schimmer, wie er die Nachricht von meinem Outing aufgenommen hat.

Morgen muss ich ihn anrufen.

Halb drei. Das ist morgen.

Ich wähle seine Nummer, bevor ich meinen Finger daran hindern kann. Habe ich 'ne Meise? Rainer wird mich durchs Telefon ziehen.

Nach dem zweiten Klingelton geht er ran. »Hast mit Stefanie gesprochen, was?« Er klingt kein bisschen müde. »Ich würde mich freuen, wenn du mitkämst, Noah. Fakt ist nämlich, dass ich noch nie allein irgendwo hingereist bin. Schon gar nicht ins Ausland, wo mich keine Sau versteht. Hatte immer Astrid dabei und ihr perfektes Englisch.« Er lacht traurig. »Na ja, so perfekt ist es nicht. Halt ein bisschen besser als meines.«

»Und das wird kein Therapieversuch?« Meiner Mutter traue ich plötzlich alles zu.

Rainer schnauft. »Junge, Hauptsache ist, du findest was zum Poppen, das sich lohnt. Allein darum beneide ich dich. Ist bei mir länger nicht der Fall gewesen.« Er legt auf.

Ich mag Rainer. Echt.

- *Ciro* -

Signore Costa tupft sich die Lippen mit einer cremeweißen Serviette. »Ich liebe es, wenn das zarte Fleisch auf der Zunge zerfällt.«

Ich versuche, die gebratenen Zwiebelringe auf die Gabel zu drehen, ohne mich dabei zu bekleckern. Nach Fleisch hat sich das, was ich kaum kauen brauchte, um es schlucken zu können, nicht angefühlt.

So wie Costa reagiert, war es eine Köstlichkeit. Mich haben Geschmack und Konsistenz irritiert, sodass ich jeden Bissen mit Wein hinunterspülen musste.

Ich verstecke den Rest unter ein paar dünnen Scheiben Bratkartoffeln. Costa bemerkt es nicht. Seine Augen sind geschlossen und er seufzt zufrieden. So wie er lege ich das Besteck quer über den Teller, dass die Griffe ein wenig über den Rand stehen.

Bei unserem ersten Treffen ließ ich Messer und Gabel neben dem

Teller auf der Serviette liegen. Costa wies mich mit einem nachsichtigen Lächeln auf den Fehler hin. Seitdem beobachte ich ihn beim Essen unauffällig.

Sein Blick trifft mich mitten in meinen Gedanken. »Noch ein Glas Wein, Chiara?« Hinter ihm geht die Sonne unter. Die letzten Strahlen schimmern durch die Blätter der Quittenbäume in Costas Garten.

Das Zirpen der Grillen, ein leichter Abendwind, der Duft des Lavendels, der in großen Kissen am Rand der Terrasse wächst. Ich fühle mich wie in einem Traum, in den ich nicht gehöre.

»Chiara?«

»Nein danke.« Der Wein vernebelt meinen Kopf. Ein Weißwein aus Ligurien. Costa hat seine Würze betont, bevor er mir einschenkte.

Er zwinkert mir zu und füllt mein Glas dennoch mit absoluter Selbstverständlichkeit. Mein *Nein* scheint für ihn kein Gewicht zu haben. Wenn er es beim Wein ignoriert, wie geht er dann in anderen Situationen damit um?

Bis auf eine Hausangestellte sind wir allein. Erst jetzt wird mir das bewusst. Fürchte ich mich vor Costa? Nicht wirklich. Was soll er mir tun? Selbst wenn er seine Regeln bricht und mir zu nahe kommt, kann ich mich wehren.

Innerlich lache ich über meine Dummheit.

Er ist etwas größer und sehr viel breiter als ich. Seine Hände sehen kräftig aus. Wie die eines Arbeiters, obwohl die schrundige Hornhaut fehlt.

Costa hat mir erzählt, dass er schon als Vierzehnjähriger in der Werft gearbeitet hat. Sein Vater hätte ihm nichts geschenkt.

Ein Mann wie er kann sich jederzeit nehmen, was er will.

Auch mich.

Hat er mich deshalb zu sich nach Hause eingeladen? Ich wusste nichts von seinen Plänen, als er mich abgeholt hat. Erst als ich vor dem Landhaus stand und nicht fassen konnte, dass es in unmittelbarer Nähe zu Livorno eine solch abgeschiedene Idylle gab, wurde mir es klar.

Ich befinde mich auf seinem Terrain.

Der Schutz der öffentlichen Restaurants fehlt mir. Warum habe ich mich ausgerechnet heute für einen Minirock und ein knappes Top entschieden?

Ich gefalle mir in dem Outfit. Ist eine Abwechslung zu dem Flatterding, das ich auf dem Seil trage. Sportlicher. Aber auch sexy.

Costa entgeht das nicht. Den ganzen Abend über erwische ich seine Blicke auf meiner nackten Haut.

Ich habe es provoziert.

Wie weit bin ich bereit zu gehen? Diese Frage stelle ich mir ununterbrochen.

Die Hausangestellte betritt lautlos die Terrasse und serviert die Teller ab.

Das rotgoldene Leuchten der Quittenblätter fasziniert mich.

Es lenkt mich von der Vermutung ab, was Costa als Dessert geplant hat. Eine Stimme raunt mir zu, dass ich es sein werde.

Die Frau lässt uns an einem aufgeräumten Tisch zurück. Lediglich eine Schale Obst, die Flasche und unsere Gläser stehen noch darauf.

Ein Teil von mir will gehen. Der andere setzt sich auf Costas Schoß und bittet ihn darum, das ziehende Ding zwischen meinen Beinen in die Hand zu nehmen, und es lange genug zu streicheln, bis ich mein Stöhnen nicht mehr unterdrücken kann.

Was bin ich für ein Mensch?

Vor Scham prickeln meine Wangen vor Hitze.

Ich liebe Costa nicht. Dennoch zieht es mich unter seine Hände, unter seine muskulöse Masse.

Zu viel Enthaltsamkeit. Mein Körper wehrt sich mit ganzer Kraft dagegen. Moral und Gewissen sind ihm gleichgültig.

Costa scheint es mir anzusehen. Sein Lächeln bittet mich um Dinge, die gegen unsere Absprache verstoßen. »Ein Gang durch den Garten?« Er erhebt sich, reicht mir die Hand. »Lass uns in den Duft des Sommerabends eintauchen.« Seine Stimme klingt belegt. Traut er sich selbst nicht mehr über den Weg?

Er führt mich die Terrassenstufen hinunter, neigt sich zu mir und berührt meine nackte Schulter mit den Lippen. Ein tiefes Seufzen verrät, dass es ihm ebenso geht wie mir.

Die Illusion. Er will sie unter allen Umständen wahren.

Wie?

In mir beginnt es zu brennen.

Mein Herz bleibt ruhig. Bloß das Ding zwischen meinen Beinen stürzt sich in Aufruhr.

Sex ohne Liebe. Und wenn schon? Ich brauche ihn heute Nacht.

Ich bleibe stehen, lege meine Hand in Costas Nacken. Ein Kuss. Wie der im Wagen.

Er lässt es zu.

Wein, ein zu schweres Aftershave. Ein Hauch gebratener Zwiebeln. Seine Lippen sind fest, werden auch durch meine Liebkosungen nicht anschmiegsamer.

Costa gestattet sie nur Sekunden. Er löst sich von mir, packt mich am Handgelenk. »Komm mit.«

Gott, wie rau seine Stimme klingt.

Er führt mich zu einen Oleanderstrauch. Sein schneller Atem und das Zirpen der Grillen. Mehr nehme ich nicht wahr.

»Knie dich hin, Chiara.« Er öffnet den Reißverschluss seiner Tuchhose.

Ich gehorche. Ist nicht mein erster Blowjob.

Sein Schwanz drängt gegen die Pants. Ich ziehe sie zusammen mit der Hose bis unter seinen Hintern. Meine Finger streichen über Haare, meine Nase versinkt in ihnen. Auch hier ist der Geruch zu herb, zu intensiv. Sacht küsse ich die Länge bis zur Spitze.

»Nicht so zaghaft.« Costa drückt mein Gesicht gegen sich. »Nimm ihn und beeile dich.«

Wenn ich ihn kommen lasse, tut er dann auch etwas für mich? Ich kann mir nicht vorstellen, dass er mich in den Mund nimmt. Im Moment würde mir seine Hand genügen.

Mein Herz schlägt so heftig, wie sein Atem über mir geht.

Ich nehme ihn so, wie ich es gern hätte. Zwischen meinen Beinen zuckt es sehnsüchtig.

Costa stöhnt auf, stößt mir in den Rachen.

Zu tief.

Ich würge, weiche zurück.

»Weiter«, kommt es rau von oben.

»Nicht so tief.«

»Verzeih, Chiara.« Seine Hand an meinem Hinterkopf. Sein Schwanz verschwindet erneut in meinem Mund. Costa hält still, lässt mich machen.

Nicht unangenehm. Meine Lust treibt mich voran. Unbefriedigt beginnt sie zu schmerzen.

Zieht er sich aus mir zurück, wenn es ihm kommt?

Sein Keuchen wird lauter. Er hält meinen Kopf fest, krümmt sich.

Bittere Hitze.

Ich schlucke sie.

Wie sein Geruch ist mir auch der Geschmack zu intensiv.

Minuten vergehen, bevor mich Costa am Ellbogen nimmt und mir beim Aufstehen hilft. »Danke, Chiara.« Er streichelt meine Wange. »Ich fahre dich nach Hause. Es ist spät.«

Was ist mit mir? Warum kann er nicht über seinen Schatten springen, nach dem, was ich für ihn getan habe?

Sein mildes Lächeln wird väterlich.

Verstehe.

Die Illusion muss gewahrt werden.

Albern, aber mir steigen die Tränen vor Frustration in die Augen. Ich wende mich ab. Sie gehen ihn nichts an.

Während der Fahrt bedankt er sich für den Abend und wie sehr er sich freut, dass ich am nächsten Tag die Gartenparty mit meiner Anwesenheit verschönere.

Sein Reden ist mir zu geschwollen. Wie das Ding, eingeklemmt in meinem Slip.

Ich könnte es mir selbst machen. Nachher, wenn ich allein im Bett liege.

Der Gedanke schreckt mich ab. Er kommt mir erbärmlich vor. So wie eine Lüge. Davon gibt es in meinem Leben genug.

Zum Abschied küsst er mir die Hand.

Ich sollte lächeln, lasse es bleiben.

Will nur noch Costas Geschmack aus dem Mund spülen und unter meiner Bettdecke verschwinden, um von Cassian zu träumen.

DOLCE VITA

Hinter der Seitenscheibe von Rainers Passat ziehen reihenweise spitze Bäume vorbei. Auf blau und gelb blühenden Wiesen stehen Steinhäuser. Rainer singt lautstark ›Azuro, das ist die Farbe der Verliebten, denn Azuro, heißt Blau!‹

Plötzlich stecken wir mitten in einem Mario-Kart-Rennen. Rainer lacht und setzt sich Marios rote Schirmmütze auf. Er tritt das Gaspedal durch und wir lassen kleine, runde Rennwagen am Auspuff schnuppern.

Wie bin ich in ein Playstationspiel gekommen? Als ich mich zum letzten Mal damit befasst habe, konnte ich die Konsole auf meinen Rettungsringen ablegen.

Mein Onkel stößt triumphierend die Faust in die Luft. »Ich liebe Italien!«

Am Straßenrand steht Mario, nimmt seine Mütze ab und verneigt sich. »Darf ich dein Prinz sein?« Der dicke Schnauzer zuckt.

»Klar!« Ich bin in Geberlaune. Was sollte der Beziehung zu einem computeranimierten, italo-amerikanischen Klempner im Weg stehen?

Rainer fährt rechts ran, ich steige aus, bücke mich und reiche meinem Verehrer die Hand. Das Kerlchen geht mir gerade bis zu den Knien.

»Du brauchst einen Hocker.«

Mario grinst. »Wenn du mich küssen willst, ja. Du könntest dich auch hinknien.«

Will ich das? Langsam wird mir mulmig.

»Mach schon!« Ungeduldig schnippt Rainer mit den Fingern. »Der Strand wartet.«

Wenn es sein muss. Ich knie mich hin, spitze die Lippen. Um mich her wird es dunkel.

»Lass mich dein Prinz sein«, klingt es mit leichtem Echo und wunderbar sanfter Stimme. Sie kann unmöglich Super Mario gehören.

»Schlaf weiter.« Rainer lächelt zu mir herüber. »Sind gerade an München vorbei. Hast noch Zeit bis zum ersten Kaffee.«

»Wollen mir mogeln und ich löse dich ab?« Der Traum fällt stückchenweise von mir.

»Lass mal, Junge. Dein betreutes Fahren funktioniert ausschließlich mit deinen Eltern.«

»Das heißt *Führerschein mit siebzehn*.« *Betreutes Fahren* klingt nach Rollator und Sabber in den Mundwinkeln. »Kommst du klar?« Allzu frisch wirkt mein Onkel auch nicht mehr.

»Keine Bange«, zerstreut er meine Bedenken. »Hab vorgeschlafen.«

Ich kuschele mich in den Sitz und ziehe die Jacke bis zum Kinn.

Darf ich dein Prinz sein?

Kitschig aber schön. Wenn mich eines Tages jemand so etwas fragt, werde ich schmelzen wie eine Kugel Malagaeis in der Sonne.

- *Ciro* -

Giulia hat mir eine Nachricht geschickt. Ob ich trotz meines freien Tages für Luis ein paar Besorgungen erledigen könnte.

Natürlich kann ich das. Der Auftritt bei Costa ist erst heute Abend.

Luis ist der Chefkoch im Casa di Mare, Giulia arbeitet meistens am Empfang und teilt mir die anfallenden Arbeiten zu.

Ich verzichte auf das Frühstück und koche mir bloß einen Kaffee. Das Essen von gestern liegt mir im Magen, zusammen mit der Erinnerung an Costas Geruch und Geschmack.

Bin mit einem Fleck auf dem Laken aus feuchten Träumen aufgewacht. Cassian hat sich meiner ungestillten Lust angenommen.

Geträumte Traumprinzen. Wie lange halte ich es aus, mich selbst zu belügen?

Ich gieße genug Milch in den Kaffee, um ihn gemeinsam mit düsteren Grübeleien hinunterstürzen zu können.

Neun Uhr zwanzig. In zehn Minuten soll ich im Hotel sein.

Marco schläft immer noch. Die zwei leeren Weinflaschen auf dem

Küchentresen führen mir stumm den Grund vor Augen.

Mein Bruder lässt nicht mit sich reden. Sagt, es ginge mich nichts an und zieht sich in sein Zimmer zurück.

Vor ein paar Tagen habe ich ihm das Glas weggenommen und den Wein in die Spüle gekippt.

Marco schrie mich an. Was wüsste ich schon von ihm? Nur meine eigenen Sorgen seien mir wichtig. Seinethalben könnte es so bleiben. Solange ich ihm die Wohnung ermögliche und ihn nicht ständig nerve.

Mir war nicht bewusst, dass ich ihm lästig bin. Ich habe die Erkenntnis geschluckt und die Divaallüren, so sie auch außerhalb Marcos Einbildung existieren, unterdrückt.

Dabei ist mir seit gestern Nacht nach Diva. Das Abkommen zwischen Costa und mir stößt mir bitter auf. Erst jetzt begreife ich, was genau mein Teil des Deals ist.

Mein Herz zieht. Es ist leer. Dass ein Vakuum wehtun kann?

Die Illusion wahren. Das heißt, alles, was mit meinem Schwanz oder Arsch zu tun hat, existiert für Costa nicht.

Aber das bin ich.

Auch.

Wie das tägliche Rasieren, wie mein Kehlkopf, der geküsst werden will.

Von Costa wird nichts kommen.

Ich verrate meine Träume, wenn ich bei seiner und Marcos Absprache weiterhin mitspiele.

Ohne Wein im Blut, liegt es sonnenklar auf der Hand. Ich muss den Deal beenden.

Vielleicht kann ich zusätzliche Stunden im Hotel arbeiten. Warum hat sich Marco nicht längst einen zweiten Job gesucht? Als mein Manager ist er ohnehin chronisch unterbeschäftigt.

Es gibt eine Lösung außerhalb von Costas Bedingungen. Nach dem Auftritt heute Abend werde ich es ihm sagen. Mich erwarten dort lediglich sieben Meter Höhe.

Ein Kinderspiel.

Von einem Nussbaum führt das Seil in einer mäßigen Steigung zum Giebel seiner Villa. Ob ich mich diesmal entscheiden könnte, ungesichert aufzutreten?

Selbstverständlich.

Bis zu zehn Metern habe ich mental kein Problem. Danach wird es eng. Je höher das Seil hängt, desto stärker zieht die Tiefe.

Ich würde es gern ignorieren. Würde mich liebend gern auf den Auftritt freuen und mich in hundert Meter Höhe sehnen. Keine Angst mehr haben. Die Menschen bloß winzige Punkte unter mir, ihr Raunen und Klatschen unhörbar für mich. Stolz aufgerichtet, verschmolzen mit dem Seil, finden meine Füße immer wieder Sicherheit. Die Stange ist lang und schwer. Ihr Gewicht drückt mich in meine Mitte.

Schritt für Schritt.

Mein Herz zuckt zusammen. Fürchtet sich vor dem eingebildeten Mut.

Über alle Sorgen hinwegbalancieren.

»Ich bin ein Gaukler der Lüfte.« Der Spiegel im Flur beschlägt von meinem Atem. »Ich tanze zwischen Himmel und Erde.« Wärme breitet sich in mir aus. Meine Schultern straffen sich von selbst.

Ich bin stolz.

Nicht auf meine Locken oder mein Gesicht, sondern auf das, was ich sein könnte.

Eine völlig neue Empfindung und gänzlich unangebracht. Es bleibt dennoch. Wächst weiter, bis mein Herz schneller schlägt. Da ist etwas in mir, das plötzlich in Einklang schwingt.

Ich lächle mir zu.

Gaukler sind frei. Sie kommen und gehen, wie es ihnen beliebt. Leben abseits der anderen, sind niemandem verpflichtet. Müssen nichts erklären. Nicht begründen, wer und was sie sind. Ciro? Chiara? Gleichgültig!

Ich lache und erschrecke mich vor der Lautstärke.

Jetzt verstehe ich, warum Großvaters Tanz auf dem Seil stets leicht und verspielt erschien.

Trotz der Anmut der Bewegungen und der zweifellos vorhandenen Konzentration.

Er war frei. Ich bin es auch.

Was mein Vater hasste, erleichtert mir das Herz, bis es in der Brust schwebt.

Wenn ich heute Abend nach Hause komme, werde ich die Sachen packen und mir etwas anderes suchen. Vielleicht kann mir Giulia helfen. Was Marco dazu sagen wird, ist klar.

Kein Streit vor dem Auftritt.

Ich werde meinen Bruder danach vor vollendete Tatsachen stellen.

Leise verlasse ich die Wohnung. Das tanzende Gefühl in mir bleibt. Um es zu schüren, schlage ich ein Rad auf dem Hof.

Fiamma lacht aus dem Fenster, tippt sich an die Stirn.

Ja, ich bin verrückt. Ein bequemes Leben aufzugeben, nur weil mich der Stolz zwickt.

Ich knie kein zweites Mal vor Costa. Den nächsten Schwanz, den ich schlucke, will ich lieben.

Ich verneige mich vor Fiamma wie vor großem Publikum und laufe als Zugabe auf den Händen bis zum Tor. Sie wirft mir eine Zwei-Euro-Münze zu. Ich grinse, als ich sie aufhebe. »Danke!«

Die Alte zeigt mir erneut einen Vogel, schüttelt den Kopf und verschwindet in ihrer Küche.

»Gute Vorstellung.« Ein Mann in Jeans und Sakko lehnt an der Mauer der Einfahrt. Vielleicht Anfang zwanzig. Die Sonnenbrille ist ins zurückgekämmte Haar geschoben, sein schmales Lächeln schneidet meinem Herz die Flügel ab.

Ich kenne ihn.

Woher? Zu viele Gesichter wechseln sich bei den Auftritten ab. Ich kann ihn nicht zuordnen. Ein Gast aus dem Hotel ist er nicht. Auch kein Angestellter.

Wieso mustert er mich auf diese abschätzende Weise?

Ich muss an ihm vorbei. Und zwar schnell, wenn ich nicht zu spät kommen will.

Er wartet, bis ich neben ihm stehe, und schnippt mir einen Euro zu. Ich fange ihn aus Reflex, murmele ein Danke.

Auf der anderen Straßenseite parkt ein silberfarbener Lamborghini. Ob das seiner ist? Ich lasse ihn links liegen und eile die Straße hinunter. Mein Nacken kribbelt. Der Kerl sieht hinter mir her.

Bis zum Hotel sind es wenige Minuten. Erst als sich die Glastür hinter mir schließt, lässt das Gefühl nach, beobachtet zu werden.

»Ciro?« Giulias Blick trennt sich vom Bildschirm ihres Computers.

»Guten Morgen!« Lächelnd reicht sie mir den Schlüssel für das Vespacar. »Luis wartet schon. Wenn du Glück hast, kannst du danach gleich wieder nach Hause. Heute steht nichts weiter an.«

Die Arbeit hätte mich vom Grübeln abgehalten. Ich grinse dennoch, als würde ich mich auf einen Tag mit verkatertem Bruder und der Aussicht auf einen heftigen Streit am Abend freuen. Die Euphorie von vorhin ist verflogen. Stattdessen zieht sich ein nervöses Kribbeln durch meine Nerven, bis ich bei Luis in der Küche bin.

»Ciao Ciro!« Er schneidet Zucchini in dünne Scheiben. »Der linke Obststand auf dem Weg nach Cecina.« Das Messer fliegt über das Gemüse, Luis wischt die Stücke vom Schneidbrett in eine große Schüssel. »Spare bloß nicht an den Tomaten.« Er nickt zu dem speckigen Portemonnaie auf dem Tisch. »Der Einkaufszettel steckt da drin. Das Geld auch. Und beeil dich.«

»Bis gleich.« Ich nehme das Geld und verschwinde aus der Hintertür. Sie führt direkt auf den Hotelparkplatz.

Die Ape steht dreirädrig und staubig neben einem gigantischen Caravan und wirkt klein wie ein Spielzeugauto. Die Tür klemmt. Mittlerweile habe ich den Dreh raus, sie mit sanfter Gewalt zu öffnen, ohne das der Rost rieselt. Gegen seine Gewohnheiten springt das Gefährt mühelos an. Ich schlängele mich an den parkenden Autos vorbei bis zur Zufahrt.

Ein silberner Lamborghini fährt langsam die Straße entlang. Die Scheiben sind getönt.

Erst als er das Hotel hinter sich gelassen hat, gibt er Gas.

- Noah -

Haufenweise Kleinwagen. Fiats und Renaults vor allem. Mir fehlen die Hochglanz-Kisten aus Berlin. Nicht weil ich scharf darauf bin, eine zu fahren, sondern weil ich gerne schöne Dinge sehe.

Trotzdem sitze ich mittlerweile sechzehn Stunden neben einem Mann Mitte fünfzig mit Halbglatze, breiter Nase und dunklen Haaren auf den Unterarmen.

Wir sind die Nacht über durchgefahren. Seit gestern Abend kurz vor acht klemmt Rainer hinter dem Steuer. Seine Augenschatten überwinden die Wangenknochen.

Mein schlechtes Gewissen plagt mich. Scheiß auf genehmigte Begleitungen. Ich hätte ihn ablösen sollen.

In unregelmäßigen Abständen sieht er zu mir und lächelt durch die Müdigkeit hindurch.

Mit der Reise retten wir uns gegenseitig. Ich ihn vor Tante Astrid und der Situation, im Urlaub allein zu sein, und er mich vor Paps' Tränen. Bis ich diesen Anblick verdaut habe, wird mehr als eine Woche vergehen.

»Noah?«

»Hm?«

»Wenn wir in Marina die Bibbona angekommen sind, meldest du dich bei Thomas. Ja?«

Das Navi räumt mir eine fünfzehnminütige Galgenfrist ein.

Ich nicke so unverbindlich wie möglich und blinzele in grelles Vormittagslicht. Ich will Paps nicht anrufen. Vielleicht später. Am Ende der Ferien. Ich nehme es ihm verdammt noch mal übel, dass er mein Schwulsein in dieselbe emotionale Schublade steckt wie Nils' Tod.

Okay, bei dem Polizeianruf damals ging es schlimmer ab.

Mir wird flau, dabei geht die Straße geradeaus.

»Ist was?« Flüchtig schaut Rainer zu mir.

»Bist ein bisschen käsig um die Nase.«
»Brauche bloß einen Kaffee«, lüge ich.
Erst das erstarrte Schweigen, dass ich dachte, Paps sei eingefroren, dann der komplette Zusammenbruch und Mama hat gleich mitgemacht. Scheiße, habe ich mich gefürchtet.
Ist vorbei.
Ich scheuche die Gedanken an früher zum Teufel.
Hier scheint die Sonne.
Italien.
Das ist mal was.
Wir fahren durch ein winziges Kaff. California steht auf dem Ortsschild. Ein Café direkt an der Straße, ein paar Häuser, zwei Obststände mit riesigen Melonen.
Mir läuft das Wasser im Mund zusammen. Noch zehn Minuten bis zum Hotel. Ich kann nicht warten. »Rainer?« Ich zeige mit dem Daumen auf den Stand auf unserer Straßenseite.
Er nickt, fährt rechts ran. »Du versuchst bloß, das Telefonat nach hinten zu schieben.« Sein Zwinkern ist gutmütig, erwischt mich jedoch eiskalt. Klar will ich das. Was soll ich Paps auch sagen? Dass ich es mir in Italien abgewöhnen werde, schwul zu sein? Dass es mir das Herz zerreißt, ihn weinen zu sehen? Das Erste geht nicht und das Zweite ist längst passiert.
Seufzend steigt Rainer aus. Ich folge ihm. Mein Seufzer bleibt in mir stecken. Wieder fühlt es sich in der Kehle eng an.
»Machst du das?« Mein Onkel wirft mir sein Portemonnaie zu und streckt sich ausgiebig.
Gütiger, ist es heiß. Meine klimaanlagenverwöhnte Haut öffnet sämtliche Poren. Hoffentlich hält das Deo.
Die Verkäuferin lächelt mich an. Ihr Blick streift über die kurzen blonden Haare, die breiten Schultern.
Schmeichelhaft. Ich schinde mich auch genug dafür.
»Bist du sicher, dass du nicht aufs falsche Pferd setzt?« Rainer grinst. »Italienerinnen haben was.«

»Italiener ebenfalls.« Ein Urlaubsflirt wäre genau das Richtige, um die Seele aufzuhellen.

Ich versuche mein Glück auf Englisch. Die Melonen-Frau hebt die Brauen. Allzu viele italienische Brocken konnte ich mir während der Fahrt nicht aneignen. Ein schlichtes Buongiorno und mein Finger, der auf eine der angeschnittenen Riesenfrüchte zeigt, müssen ausreichen.

Die Frau verpackt den saftigen Snack. Das Ding ist so schwer, dass die Plastiktüte beinahe reißt, die sie mir über Berge von Pflaumen in verschiedenen Größen und Farben hinweg reicht.

Sie sagt etwas, das weich und schwungvoll klingt.

Ich tippe auf den Preis, verstehe null und halte ihr wie eine alte Oma im Supermarkt das Portemonnaie hin. Sie lacht, bis ihre Augen blitzen, und plündert bescheiden die Reisekasse.

Ich bedanke mich lächelnd mit einem *Mille Grazie* und schleppe unser Frühstück zu Rainer.

Der verpasst mir eine sachte Kopfnuss. »Das hätte ich auch gekonnt.« Er kramt aus seinem Rucksack ein Schweizer Taschenmesser und ich opfere eines meiner Strandhandtücher. Keine zwei Meter neben dem Obststand breite ich es auf spärlichem Gras aus.

Ächzend plumpst Rainer auf die improvisierte Picknickdecke und faltet die Beine untereinander. »Schön hier, hm?«

Stinkende Mofas, räuchernde Mini-Transporter und eine absolut unspektakuläre Handvoll Häuser. »Klar, ist schön hier.« Ich grinse ihn an und er grinst zurück.

»Das Meer wird dir gefallen, Noah.« Er schneidet dicke Dreiecke aus dem Melonenboot. Der Saft läuft über seine Finger und bleibt tropfenweise in den dunklen Haaren hängen. »Halber Tag Strand, halber Tag Kultur. Wenn's regnet: ganzer Tag Kultur. Gut?« Er reicht mir ein Monsterstück.

Lecker.

Mich beschleicht das Gefühl, ewig nichts so Süßes und Frisches gegessen zu haben. Vor lauter Schmatzen und Schlürfen überhöre ich das knatternde Geräusch eines verbeulten Irgendwas mit drei Rädern und

Mini-Ladefläche. Das Ding hält hinter unserem Auto. Der Passat sieht gegen den Schrotthaufen wie eine Nobelkarre aus.

Ein Typ steigt aus.

Ich verschlucke mich am Melonensaft.

Locken in warmem Braun. Ein Goldschimmer in einzelnen Strähnen. Rehaugen, eine etwas zu lange Nase, ein hübsches Kinn. Und der Mund! Ich wische mir über meinen eigenen, beseitige die wesentlichen Spuren des rot-triefenden Snacks.

Der Kerl lächelt die Obstverkäuferin an. Mit Lippen, in die ich dringender beißen will als in die Melone.

Ich steh auf Knabbereien. Nicht nur am Mund. Überall. Nacken, Schwanz, Achseln, Fingerspitzen, Nippel.

Nicht zu fest aber auch nicht soft.

Über meine Zunge rinnen Ströme von Spucke.

Wie alt mag der Typ sein?

Siebzehn scheidet aus. Er darf allein fahren. Oder reicht für die komische Karre ein Mofaführerschein?

Achtzehn? Wenn es hochkommt.

Sehr schlank.

Leider versteckt sich seine wahrscheinlich nicht ganz so muskulöse Brust samt Schultern unter einem weiten T-Shirt.

Die Beine sind ein bisschen kurz. Der Hintern verschwindet in der locker sitzenden Jeans, aus deren Saum zwei braun gebrannte Füße gucken. Sie stecken in Flip Flops und ich frage mich schwachsinnigerweise, ob man mit den Dingern Auto fahren darf.

Die Finger, die das Geld abzählen, sind lang und wirken sensibel. Ich mag sie. Vor allem dann, wenn ich mir vorstelle, wie sie sich auf mir anfühlen.

Ich schlucke zu laut, höre innerlich Jonas theatralisch seufzen und mir Vorträge über meine unerträgliche Geilheit halten.

Ist leicht, mich in Brand zu setzen. Weiß ich. Dass meine Erfahrung zum Thema Vögeln größer ist als die der meisten Typen in meinem Alter, weiß ich auch. Und es stört mich kein bisschen.

Rainer schaut zu mir, schwenkt zu dem Star meines momentanen Kopfkinos. Aus dem Augenwinkel sehe ich, wie seine Braue zuckt. »Bin ich froh, dass ich ein zweites Zimmer gebucht habe.«

Ich brumme eine Bestätigung, weil mir kein vernünftiger Satz dazu einfällt. Mit Rainer hätte ich mir ohnehin nie ein Doppelzimmer geteilt. Ich brauche meine Intimsphäre. Vor allem morgens. Heimliches Wichsen ist stressig.

Rainer driftet aus meinem Bewusstsein. Dafür breitet sich der Italiener bis zum letzten Winkel darin aus.

Wie anmutig seine Bewegungen und Gesten sind. Dabei kauft er lediglich palettenweise Grünzeug.

Möhren, Zucchini, zwei Bund Stangensellerie.

Meine eigene Stange zuckt, bloß weil der Typ eine Tomatenstaude an die Nase führt und daran schnuppert.

Es ist nicht das Was, es ist das Wie, das mich fasziniert.

Er hält die roten Früchte sanft in seinen Händen und nimmt ihren Duft mit geschlossenen Lidern auf. Mir ist noch nie ein Mensch aufgefallen, der so hingebungsvoll Gemüse einkauft.

Die Vorstellung, dass er sich mit derselben Anmut über mich beugt, mein Gesicht – nein – besser meinen Schwanz samt Anhang auf diese zärtliche Weise in den Händen hält und daran ... schnuppert? ... lässt es unter meiner Haut kribbeln.

In der Jeans wird es eng.

Okay, die lange Fahrt ist mir aufs Hirn geschlagen. Zu wenig Kaffee, zu wenig Wasser. Das trocknet aus.

Wortfetzen überleben den Straßenlärm und dringen zu mir. Keinen Schimmer, was sie bedeuten. Trotzdem könnte ich dem Italiener stundenlang zuhören. Vor allem wenn er beim Reden lächelt, so wie jetzt.

Er bezahlt, versucht drei Stiegen auf einmal zu heben.

»Bin gleich wieder da.« Meine Stimme klingt verräterisch belegt. Mein Herz klopft im Hals, als ich den Typ ansteuere.

Wann war ich das letzte Mal beim Flirten nervös?

Definitiv nie.

Ich wische die klebrigen Hände an der Hose ab. »Kann ich dir helfen?«, frage ich in meinem besten Englisch. Das einzige Fach, das mir wirklich Spaß macht und in das ich Zeit und Mühe investiere. Hoffentlich ist der lockige Traum im Schlabbershirt sprachtalentierter als die Obstverkäuferin.

Er sieht auf, lächelt. »Sicher.« Er hebt nur eine Stiege hoch und drückt sie mir in die Hände. »Danke.«

Den Krämpfen in meinen Wangen nach grinse ich wie ein Idiot. »Du kaufst für eine große Familie ein, hm?«, reite ich das italienische Klischee und schäme mich im selben Moment.

Er schnappt sich den Rest des Grünzeugs. Die lang gestreckten Muskeln an seinen Oberarmen treten angenehm hervor.

Trotzdem ärgere ich mich, dass ich nicht den größten Teil zu dem Schrotthaufen auf Rädern schleppen darf. Dann hätte er was zum Anstarren gehabt.

»Das ist für ein Hotel.« Er hievt die Last über die Laderampe. »Ich arbeite dort.«

Sein Englisch ist nicht übel. Sein Akzent ist wundervoll und sein Lächeln wirft mich um. Ich stelle die Stiege neben die anderen, um die Hände freizuhaben. »Cool.« Bilde ich es mir ein oder funkelt es in den braunen Augen? »Ich bin Noah.«

Nein. Tut es nicht.

Er nickt bloß und ergreift meine Hand nach einem Zögern. »Ciro.« Flüchtig schweift sein Blick über mich.

Ich weiß, dass er fast alles bemerkt, auf das ich stolz bin. Leider scheint es ihn kalt zu lassen.

Der Typ steht auf Frauen. Wäre ja auch der Treffer gewesen.

Er dankt mir noch einmal und schwingt sich in das Fahrerhäuschen. Aus dem Auspuff quellen stinkende Wolken und er tuckert davon.

»Guter Versuch.« Rainer grinst. »Ich glaube zwar, deine Mutter hat diese Reise eingefädelt, weil sie auf den heilsamen Charme der Italienerinnen hofft, aber letztendlich ist es dein Urlaub.« Er schneidet mir eine weitere Melonenscheibe ab. »Mach, was du magst. Doch die Ausflüge nach Volterra, Pisa und so, die habe ich bei dir gebucht. Klar?«

»Klar.« Mich ärgern drei Dinge. Meine Enttäuschung über Ciros unmotivierte Reaktion, die Tatsache, dass meine Mutter mich heilen will und eine fette Fliege, die an meiner Melone nuckelt.

Ich schnipse sie weg. Mit dem dumpfen Gefühl im Bauch kann ich das leider nicht.

Rainer plaudert über Sehenswürdigkeiten toskanischer Bergstädtchen, während es in meinem Magen zu glucksen beginnt. Ich habe noch nie so viel Wassermelone auf einmal gegessen.

Endlich ist das Kanu bis auf die Außenhülle entkernt und ich versenke es im Mülleimer.

Rainer schüttelt mein Handtuch aus, legt es zusammen und wirft es in den Kofferraum. »Auf zum Dolce Vita.«

- *Ciro* -

Netter Kerl. Ungeheuer attraktiv. Ein Deutscher.

Im Rückspiegel wird er kleiner. Eine Zeit lang sieht er dem Wagen hinterher.

Ich atme tief über das flatternde Gefühl in mir hinweg.

Ich habe ihm gefallen.

Sein Blick auf meinen Locken, auf dem Rest von mir. Sogar an meinen Füßen blieb er haften.

Graue Augen und ein beneidenswert selbstbewusstes Lächeln.

Ich grinse mir im Innenspiegel zu. Ich bin hübsch. Auch als Mann. Egal, was Marco sagt, wenn er betrunken ist.

Die Gedanken fliegen die Straße zurück zu Noah. Er sah stark aus. Beinahe so stark wie Cassian in meinen Träumen. Ob er mich auffängt und festhält, wenn ich falle?

Bloß in meinen Wünschen.

Dabei werde ich gerne gehalten.

Ebenso gern, wie ich gestreichelt werde.

»Schwuchtel!« In meinem Kopf brüllt Marco mit knallrotem Gesicht. Spucke spritzt von seinen Lippen. Ich ekele und fürchte mich gleichzeitig. Er reißt mich am Shirt, schleudert mich quer durchs Zimmer.

Ich kann nicht schlucken, nicht atmen. Damals nicht und jetzt auch nicht. Ich klammere mich ans Lenkrad, versuche mich auf den Verkehr zu konzentrieren.

Mein privater Tanz auf dem Drahtseil begann mit dreizehn.

Ein verräterisches Wort, ein sehnsüchtiger Blick, und ich verriet mich an den Falschen.

Mein erster Absturz geschah vor den Augen meines Bruders.

Pasquales Stimme höre ich manchmal, wenn es ganz still ist.

»Du bist wunderbar, Ciro. Sag Onkel Pasquale, wie sehr es dir gefällt.« Seine rauen Hände berühren mich immer hektischer. Das tiefe Stöhnen, die Finger, die fahrig meine Tränen abwischen.

Als Marco in der Tür steht, schreit Pasquale auf. Er springt vom Bett, zerrt die Hose hoch. »Verrate es deinem Vater nicht!« Selbst er fürchtet ihn. Dabei ist er beinahe ebenso alt.

Es hat mich damals nicht gestört. Ich fand es schön, auf diese Weise berührt zu werden.

Bis sich der große Schwanz in mich bohrte.

»Sonst erfährt er, dass der da mit Weiberklamotten am Wanst sein Spiegelbild küsst!« Pasquale zeigt auf mich, verzerrt den Mund nicht mehr vor Lust, sondern vor Ekel. Bevor Marco ihn erreicht, klettert er aus dem Fenster und flüchtet.

So wie mein Bruder und ich eine Stunde später mit dem alten Transporter unseres Großvaters.

Seitdem gehört Marco das Drahtseil, auf dem ich tanze.

Die Erinnerungen füllen mich aus und drücken mir das Herz ab. Ich drehe das Radio auf, bis das Blech regelrecht auseinanderfliegt.

Nach dem Ortsschild beherrsche ich meine Gefühle – halbwegs. Das Seil schwankt unter mir, aber ich habe die Balance wiedergefunden.

Was liegt heute an? Der Besuch beim Friseur.

Ich zwirbele eine Locke um den Finger.
Ich könnte den Termin schwänzen. Noch geht es, noch verraten mich die Haare nicht. Ich werde sie sorgfältig mithilfe des Perückenbandes einfangen. Dieses Mal wird mir keine Strähne entwischen.
In der Kurve taucht das Hotel auf.
Luis steht am Lieferanteneingang. Er wartet auf das Obst und Gemüse.
Für ihn bin ich Ciro. Wie für Noah.
Seine Arme sahen stark aus.
Wie fühlt es sich an, in ihnen zu liegen?

- *Noah* -

Marina die Bibbona ist ein Kaff. Nett, doch unspektakulär. In die Jahre gekommene Ferienhäuser, Cafés und jede Menge Plüngelbuden mit Sonnencremes, Strandmatten und Schaufeln. Kein Schimmer von Mittelalterromantik oder dem Flair enger Gässchen und schiefer Häuser.

Rainer meinte, die Toskana sei voll davon. Da scheinen wir uns den blinden Fleck auf der Linse ausgesucht zu haben.

»Da vorne.« Mein Onkel schlängelt den Wagen zwischen Radfahrern und braun gebrannten Senioren entlang. »Unser Hotel!«

Gelborange, modern, ein bisschen schlicht, aber okay. Wir parken vor dem Eingang und Rainer prüft sein Aussehen im Innenspiegel.

»Machst was her.« Zumindest wenn man bedenkt, dass er übermüdet und ungeduscht ist.

»Echt?« Sein Mundwinkel hebt sich.

»Wie ein Gorilla in Kurzarmhemd und Sandalen.« Ich bin ein Schwein. Muss trotzdem grinsen.

Sein Mundwinkel senkt sich. »Idiot«, murmelt er und schnappt sich die Reiseunterlagen.

Ich boxe ihm gegen den Oberarm und treffe straffe Muskeln. »War ein Spaß. Die Italienerinnen werden Schlange stehen.«

Ein zweites Idiot trifft mich. Ich habe es verdient. Obwohl ich mit der Behauptung, er sähe aus wie ein Gorilla, nah an der Wirklichkeit liege.

Eine lächelnde Brünette empfängt uns. Halb verdeckt von einem Monitor.

»Ich mach das.« Selbstbewusst wirft sich Rainer in die Brust.

»Seit wann bist du so mutig?« Immerhin graute ihm bis vor Kurzem noch vor der fremden Sprache.

»Seit mir bewusst ist, dass ich die Hälfte meiner Lebenszeit überschritten und bis jetzt viel zu selten hübsche Frauen angesprochen habe.«

Sein Englisch ist katastrophal. Die Empfangsdame versteht ihn gut genug, um ihm zu erklären, wo die Zimmer, der Frühstücksraum und der Pool sind. W-Lan-Verbindung existiert nur in der Lobby.

Spontan entscheide ich mich für Facebookfasten. Auf dämliche Urlaubs-Selfies habe ich keine Lust. Auch nicht auf die meiner Freunde. Irgendwie hänge ich trotz Sonne und Italien seelisch im Jammertal.

Rainer flirtet radebrechend mit der Frau hinterm Tresen und wirft mir pfeifend eine der Zimmerkarten zu.

Zweiter Stock.

Sie: »The elevator is broken.«

Er: »Bitte?«

»The Elevator ...«

»Der Aufzug ist kaputt.« Schön, dass ich mich nützlich machen kann.

Rainer nickt bedächtig. »Ist kein Beinbruch. Wir schaffen das.« Mit Schwung und entschlossen hochgezogenen Mundwinkeln hievt er den Koffer hoch. Seine Miene zuckt, das Lächeln wirkt gemeißelt. Bis zur dritten Stufe schafft er es. Schließlich stöhnt er erbarmungswürdig genug, dass die Italienerin besorgt die Stirn runzelt und uns hinterherruft, dass wir warten sollen. Hilfe wäre unterwegs. Sie telefoniert, plaudert zig Worte in wenigen Sekunden in den Hörer und reckt schließlich aufmunternd den Daumen in die Luft.

»Reiß dich zusammen!« Ein Mann wie Rainer kann seinen Kram allein tragen.

Mein Onkel fasst sich gequält ins Kreuz. »Ich habe Rücken. Weißt du doch.« Er flucht leise, aber eindringlich. »Als ich das Mistding eben hochgehoben habe, hat es im Gebälk gekracht. Hoffentlich ist es nicht die Bandscheibe.«

»Warum sagst du das nicht gleich?« Ich werde den Koffer für ihn hochtragen.

»Cosa sta succedendo?«

Ich kenne die Stimme.

In der Schwingtür steht Ciro.

Die Frau wirft ihm ein paar Sätze zu und zeigt zu uns.

Er grinst.

Ich versinke im Erdboden. »Ich kriege das allein hin.« Mit Rainers Koffer hochrennen und danach meine Tasche holen. Guter Plan.

Wäre ich bloß früher draufgekommen, dann müsste ich nicht wie ein Depp hilflos herumstehen.

»Ich will ja auch nicht dir helfen, sondern deinem Onkel.« Ein winziges Zwinkern, spöttisch und frech, ändert den Takt meines Pulses.

Ciro beugt sich zu Rainers Gepäck.

Instinktiv mache ich dasselbe.

»Lass ruhig.« Ciros Hand drückt sich an meine, als er den Griff ebenfalls umfasst. »Es ist mein Job.« Seine Locken fallen nach vorn. Ein schmaler Nacken kommt zum Vorschein. Eine dünne Schweißschicht bringt ihn zum Schimmern und Duften.

Ich atme so tief ein, wie ich kann.

Frisch. Ein Hauch Süße. Irgendwie auch zitronig. Mir läuft das Wasser im Mund zusammen.

Mehr!

Der Gedanke wirft mich geistig an die Wand und lässt mich sanft daran hinabgleiten.

»Noah?« Ciros Brauen heben sich. »Lass los.«

Ich versinke in den schönsten braunen Augen der Welt. Sie sind ganz nah. Kein Wunder, wir bücken uns beide zu demselben Koffer. Fast tippen sich unsere Nasenspitzen an.

Das wäre es. Ein kleiner Stupser und ein Kuss danach.

»Will nicht loslassen.« An den Stellen, wo seine Finger meine berühren, prickeln winzige Stromschläge.

Wenn er hetero ist, mache ich mich gerade komplett zum Affen. Ist mir völlig schnurz.

Selbst eine Absage von ihm wäre besser, als ein gelungenes Date mit irgendeinem anderen Typ.

»Wann hast du Feierabend?« Kein Problem, seinem überraschten Augenaufschlag standzuhalten. Das Leben ist kurz und mein Urlaub wahrscheinlich noch wesentlich kürzer. Ich werde nichts verschwenden.

»Eigentlich jetzt schon.« Sein sonnenverwöhntes Gesicht färbt sich dunkler. Er senkt die Lider, zupft meine Hand vom Koffergriff. »Der Strand ist ganz nett«, sagt er leise. »Ich wollte nachher dorthin.«

Mein Puls ändert den Rhythmus.

Es ist die Mischung aus Ciros klassischer Schönheit, einer minimal gekrümmten Nase im Profil, einem Kinn, das meinen Zahn tropfen lässt und ... ich schnuppere, statt zu denken.

Garantiert gibt es Stellen an seinem Körper, die noch betörender duften.

Er schleppt sich mit Rainers Koffer ab und ich starre ihm hinterher. Mein Hirn interpretiert alles in seine Worte, was meine Körpermitte hören will.

Ich sollte ihm folgen. Die sauschwere Reisetasche erscheint mir plötzlich leicht. Wie auf Federn hopse ich hinter Ciro her. Oben angekommen läuft mir der Schweiß dennoch aus den Poren. In dem Gang steht die Luft. Dafür ist das Zimmer klimatisiert. Ich schiebe das Gepäck hinein und hetze sofort wieder in den Flur.

»Wie lange bleiben Sie?« Ciro lächelt Rainer freundlich an.

Der wischt sich dicke Tropfen von der Stirn, als hätte er seinen Kram allein gebuckelt. »Leider nur eine Woche, aber die werden wir

genießen.« Er gibt Ciro ein Trinkgeld und sagt brav *mille Grazie*.
Das mehr gelächelte als gemurmelte Prego setzt mir zu. Denn Ciro sieht mich an. Nicht meinen Onkel. Ich taumele auf einen verträumten Blick aus Wahnsinnsaugen zu. Mit einem leisen Platsch versinke ich darin auf Nimmerwiedersehen. Am Rand meiner zurückgebliebenen Intelligenz vernehme ich Rainers ermahnendes Räuspern. Mühsam krieche ich aus sanfter Dunkelheit zurück in die stickige Gegenwart. Bloß, um mich in weichen Locken und langen Seidenwimpern zu verheddern.

Ciro erwischt mich beim Schmachten. Er beißt sich rührend verlegen auf die Lippe, während er eine braune Strähne hinters Ohr streift.

Ich will sie um den Finger wickeln. Will sie zerzausen. Will, dass Ciro dabei lacht. Anschließend schiebe ich mich auf ihn, fange seinen Mund mit meinem ein, koste ihn von innen und außen, bis Ciro stöhnend sein Becken an meinem Schenkel reibt.

In meiner Mitte sammelt sich Glut. Stünde Rainer nicht neben ihm, würde ich Ciro bitten, mich aufs Zimmer zu begleiten.

Er wartet.

Darauf, dass ich etwas Intelligentes sage?

Kann er vergessen.

Mir fällt kaum noch mein eigener Name ein.

»Bis später?«

Ciros zweifelnd-schüchterner Augenaufschlag macht mich fertig. Der Typ ist Naschwerk. Mir läuft das Wasser im Mund zusammen.

»Ich freue mich auf dich.« Und wie!

Ein Strahlen gleitet über sein Gesicht.

Ein kurzes Nicken, das sowohl Rainer als auch mir gilt, und er geht. Mit perfekter Körperspannung und dynamischem Schritt. Wie ein Tänzer. Ich will hinterher, ihn von hinten mit meinen Armen umschlingen und ihm ins Ohr knabbern, wie wahnsinnig sexy ich ihn finde.

»Okay.« Rainer sieht mich an, als wäre ich todgeweiht und er würde es ehrlich bedauern. »Du hast mich überzeugt.«

»Dass ich schwul bin?« War ganz leicht.

Flucht. Ins Zimmer.

Die Tür fällt ins Schloss. Ich höre nur Rauschen.

Und Bummern. Es kommt von meinem Herz.

Ich schmeiße mich quer aufs Doppelbett und wünsche mir Ciro unter mich. Meine Nase erinnert sich an seinen Duft. Das ziehende Gefühl in mir ist neu. Keine bloße Geilheit auf einen heißen Kerl. Dann fände es ausschließlich zwischen den Beinen statt und ein bisschen im Bauch. Doch jetzt ist mein Bauch geflutet davon. Auch mein Schwanz freut sich.

Ciro steht auf mich. Warum sollte er sonst so verlegen reagieren? Ich habe ihn offen angeflirtet und er ist darauf eingegangen. Ergo ist ihm klar, wie ich ticke und mir ist klar, wie er tickt.

Mann, habe ich ein Glück!

Ich knautsche das Kopfkissen in meinen Arm. Am liebsten würde ich sofort aufbrechen, aber ein paar Minuten Vorsprung muss ich ihm geben.

Außerdem will ich nicht notgeil rüberkommen.

Dieser Nacken! Ich schließe die Augen und träume, wie ich meine Hand hineinlege und Ciro zu mir ziehe. Ganz sacht lege ich meine Lippen auf seine, um zu testen, ob er es mag. Ich probiere ihn.

Der Mund ist der Anfang, mit den Achseln werde ich fortfahren und mich schließlich mit dem Gesicht zwischen seine Beine schmiegen.

Die Jeans kneift an einer empfindlichen Stelle.

Meinem Kopfkino ist das egal.

Ist Ciro der Typ, der sich hingibt oder mehr der Mann, der die Führung übernimmt? Im zweiten Fall hätten wir ein Problem, denn das bin ich und den Job lasse ich mir nicht nehmen. Locken hin, Locken her. Ich gebe meiner Fantasie konkrete Vorgaben. Ciro ist der eher schüchterne, anschmiegsame Typ. Basta.

Seine Hände auf meiner nackten Haut, die mich vorsichtig und zögernd erkunden.

Mir wird heiß. Und das im voll klimatisierten Zimmer.

Mein intimer Freund begehrt Freiheit und Zuwendung. Ich spreize die Beine und drücke gegen prall ausgefüllten Stoff. Darunter zuckt es. Zeit, sich das Bad anzusehen. Ein Bidet wäre cool. Selbermachen unter warmem Wasserstrahl kommt doppelt gut.

Es klopft.

»Noah? Mach auf.« In Shorts und Shirt steht Rainer vor der Tür. Gähnend fährt er sich durch die Haare. »Ich muss eine Runde schlafen. Kommst du allein klar?«

»Auf jeden Fall.«

Meine Motivation lässt seine Braue zucken. »Geht es um den Italiener?«

»Ich wecke dich spätestens zum Abendessen.« Ich schiebe ihn aus dem Zimmer. Plötzlich habe ich es eilig. Am Strand kann ich keine Lanze in der Badeshorts gebrauchen. Es wird Zeit, dass ich mich um dieses Problem kümmere.

Bidet? Fehlanzeige.

Duschen?

Noch nicht.

Also zurück zum Bett, Reißverschluss auf, Schwanz raus. Ich stöhne erleichtert. Endlich ist die Enge weg.

In meinen Gedanken schmiegt sich Ciro an meine Seite. Sanft gleiten seine Finger über meine Leiste.

Küsse auf den Innenseiten meiner Schenkel. Dort, wo kaum Haare wachsen. Sein warmer Mund lässt meinen Unterleib zucken.

Ciro ist behutsam. Seine zärtliche Zungenspitze tippt meine Eichel an.

Feuchter Samt, der mich leckt.

Ich bin bisher nie in den Genuss eines Blowjobs gekommen. Außer in meinem Kopf.

Warum eigentlich nicht? Ziere mich doch sonst wenig bis gar nicht. Aber oral ist halt oral und damit intimer, als bloß miteinander zu poppen. Erstaunlich, welche moralischen Gedanken mir plötzlich durchs Hirn spuken.

Zurück zu meinem Tagtraum. Neuland zu erobern, ist spannend.

Meine Beine spreizen sich von selbst weiter. Ich schwöre, ich spüre Lippen sich eng um mich schließen.

Ciro macht es mir, bis ich bebe.

Ich möchte nicht in seinem Mund kommen. Ich muss richtig in ihn rein.

Es ist leicht, ihn unter mich zu drehen. Die Schwere seiner Beine auf meinen Schultern. Seine Augen, glasig vor Sehnsucht. Oder ist da ein bisschen Angst? In der Fantasie greife ich zu dem, was sich zuunterst in der Reisetasche befindet – Gleitgel. Auch in den nassesten Tagträumen will ich niemandem wehtun. Lediglich die Fingerspiele lasse ich aus, was inkonsequent ist. Dafür gleite ich ganz langsam tiefer in ihn.

Seine verzerrte Miene, die sich zögernd entspannt. Sein Seufzen, meine Stöße, unser Stöhnen. Gott, tut das gut.

Meine Faust imitiert Ciros Enge. Anscheinend übertreibe ich, denn die Muskeln meines Unterarms beginnen zu brennen. Der Hitzeball im Unterleib wächst, wird bis zum Platzen prall, explodiert.

Ciro, keuche ich, sehe, wie er sich unter mir aufbäumt und seinen Hintern gegen mich presst. Das warme Glibbern auf meinem Bauch holt mich zurück in die Realität.

In der ich allein auf einem Hotelbett wichse wie der letzte Depp. Traurig, so was.

Ich will echte Liebe. Einen echten Arsch, eine echte Zunge, ein echtes Herz, das für mich schlägt. Kitsch? Peinlich romantisch?

Und wenn schon. Ich bin cool genug, um mir das leisten zu können.

Bisher lief es folgendermaßen: Ich vögele herum. Unverbindlich und fair. Sex zum Entspannen, zum Vergnügen und einfach, weil es geil ist. Für mein zartes Alter kann ich auf eine beträchtliche Anzahl eroberter Ärsche zurückblicken.

Jede verpasste Gelegenheit ist eine Sünde. Jedes bisschen ungelebter Spaß ein Frevel.

Und nun? Will ich mehr! Ich weiß auch, von wem.

Mit weichen Knien husche ich zum Bad und weihe die Dusche doch noch ein. Mein Schwanz gibt die Härte nur langsam auf.

Ein schönes Stück. Echt. Es gibt ne Menge Absonderliches in Hosen, aber meiner gefällt mir gut. Groß genug, um vor sich selbst damit anzugeben, nicht zu dick, um andere zu erschrecken.

Ciro ist hoffentlich ebenso begeistert von ihm.

Ich trockne mich ab, lasse literweise Melonensaft frei und hoffe inständig, dass Ciro tatsächlich am Strand ist.

In Sekundenschnelle räume ich den Inhalt meiner Tasche in den Schrank. Badeshorts und Flip Flops bleiben draußen.

Und eines der Tanktops.

Schwarz und eng. So wie ich es liebe. Schlabbernde Klamotten sind eine Seuche. Wozu trainiere ich wie ein Ochse, wenn man unter dem Feinripp nicht jeden Muskel ahnen kann?

Eng ist sexy. Wie eine zweite Haut.

Meine würde ich gern an Ciros schubbern. Er ist so schön braun gebrannt. Sonnenhaut sieht samtig aus. Ich rate das Aroma seiner nackten Schulter. In meinem Mund wird es nass.

Feuer und Flamme für einen Typ, den ich seit ein paar Minuten kenne. Mein Verstand geht in die Knie, meine Libido leckt sich die Lippen, als hätte ich sie eben nicht erst gefüttert.

Die Zimmerkarte wandert zusammen mit ein paar Euroscheinen in die Tasche der Shorts, ein Badehandtuch landet auf meinen Schultern.

»Ciro.« Ich liebe den Klang dieses Namens.

- *Ciro* -

In meinem Magen flattern taubengroße Schmetterlinge wild durcheinander.

Noah will mich treffen. Ein Date?

Ich schlinge die Arme um mich. Sonst löse ich mich vor Glück auf.

Ausgerechnet Noah wohnt in dem Hotel, in dem ich arbeite. Wir werden uns sehen. Was noch? Sein Blick versprach mir das, wonach ich mich so lange sehne.

Er begehrt mich. Anders als Costa.

Auch das, was ich wirklich bin?

Mein Herz schlägt heftiger, warnt mich vor zu viel Hoffnung.

Ich lege die Hand darauf, beruhige es und erinnere es daran, dass ich gut im Schauspielern bin. Er muss mich nicht kennenlernen. Nur das, was er reizend findet. Das genügt, rede ich mir ein und fühle den Stich im selben Moment.

Es muss mir genügen.

Denn mehr bekomme ich nicht.

Vor Costa verberge ich Ciro. Vor Noah Chiara.

Ich bin zu glücklich, um darum zu trauern, dass es keinen Menschen auf der Welt geben wird, der mich komplett will.

»Alles klar mit den beiden?« Giulia taucht hinter dem Monitor auf.

Ich nicke und versuche, nicht allzu euphorisch auszusehen.

»Dann ist ja gut.«

»Brauchst du mich noch?« Bitte nicht!

»Ach was.« Ihre Aufmerksamkeit driftet zurück zum Computer. »Genieße die Sonne, du Glücklicher.«

»Das werde ich.« Ich lege den Wagenschlüssel auf den Tresen. »Bis Morgen.« Mir schwirrt der Kopf vor Glück.

Den Weg zur Wohnung renne ich fast. Sie liegt auf halben Weg zwischen dem Casa di Mare und dem Hauptzugang zum Strand. Normalerweise kürze ich durch das Pinienwäldchen hinter der Pizzeria ab.

Schon weil der Strandabschnitt, zu dem der Pfad führt, weniger überlaufen ist. Doch dorthin wird Noah an seinem ersten Urlaubstag nicht finden. Also werde ich gleich am Parkplatz auf ihn warten.

Ich bin nervös.

Leise schleiche ich mich die Treppe hinauf, öffne vorsichtig die Wohnungstür.

Marco schläft nach wie vor.

Gott sei Dank.

Er darf von dem Treffen nichts erfahren. Ich will keine Vorhaltungen und Ermahnungen. Ich will einfach glücklich sein. Wann war ich es das letzte Mal? Kann mich nicht erinnern.

In Badeshorts und mit Handtuch über der Schulter husche ich wie ein Einbrecher durch die Wohnung. Erst als ich aus dem dämmrigen Eingang ins grelle Sonnenlicht trete, atme ich auf.

Der Tag gehört mir, nicht Costa, nicht Marcos Fragen und Geboten.

Nur ein Flirt.

Vielleicht ein Kuss.

Oder mehr?

Prickelnde Sehnsucht. Gibt es das? Ich spüre sie auf meiner Haut und tief in mir drin.

Bitte sei da!

Und wenn ich umsonst warte?

Ich verdränge den Gedanken und die dumpfe Enttäuschung, die er auslöst. Er muss dort sein.

Für mich.

- *Noah* -

Ein Junge mit Smartphone vor der Nase rennt mir auf der Treppe entgegen. Bevor ich reagieren kann, stößt er mit mir zusammen. Erschrocken starrt er mich an. Seine Ohren wechseln zu einem glühenden Rot. »Scusi«, nuschelt er und drängelt sich an mir vorbei.

»Macht doch nichts.«

Schon ist er weg. Kommt der zarte frische Duft von ihm? Ich schnuppere mich die Treppe hinab bis zur Lobby. Entweder liegt mir Ciro immer noch in der Nase, oder er war eben hier.

Wie er wohl duftet, wenn nach dem Schwimmen das Salzwasser auf seiner Haut trocknet? Ich werde es erfahren. Vor Vorfreude schlägt mein Herz schneller. War ich jemals dermaßen aufgekratzt vor einem Date?

Ciros schüchterner Blick geht mir nicht aus dem Sinn. Ein Typ wie er muss zig Angebote bekommen. Jeden Tag.

Warum reagierte er bei meinem Anflirten so überrascht?

Die Brünette lächelt, als sie mich bemerkt. Das ständige Mundwinkelhochziehen scheint eine Berufskrankheit zu sein.

Da das Meer vom Hotel aus nicht zu sehen ist, frage ich sie danach. Prompt zieht sich ihr Mund noch weiter in die Breite. »Immer die Straße hoch, bis es nicht mehr weitergeht. Da ist ein großer Parkplatz. Der grenzt direkt an den Strand. Möchten Sie eine Liege mit Sonnenschirm?«

»Nein danke.« Ich will keine Liege, ich will liegen – auf Ciro. Der Gedanke setzt sich fest. Ich zupfe das Handtuch nach vorn, sorge dafür, dass es meine sichtbare Begeisterung für den Lockenkopf kaschiert.

Himmel, tanzen meine Hormone. Wie sollte es auch anders sein, mit Ciros Duft in der Nase? Ich könnte Giulia, ein kleines Schild an der Bluse nennt mir den Namen der ständig lächelnden Frau, nach ihm fragen.

Oder einfach dem Hauch Sommerfrische nachgehen.

Vor der Glastür verfliegt er.

Links wenden und die Straße hoch.

Meine Flip Flops klatschen in schnellem Takt auf heißen Asphalt.

Ich habe Flöhe im Magen. Sie springen dort wie verrückt durch die Gegend.

Was mache ich, wenn er die Verabredung sausen lässt? Nachher ist er hetero und wollte nur nett sein, oder er hat mich verarscht.

Blödsinn. Das Lächeln war echt. Die Überraschung auch. Und er hat sich über mein Interesse gefreut. Meine Menschenkenntnis – auf die ich mir für gewöhnlich etwas einbilde – jubelt mir zu, dass Ciro jede noch so angedeutete Geste ehrlich gemeint hat.

Selbst wenn nicht ...

Hey, mein erster Urlaubstag!

Den lasse ich mir durch gar nichts verderben.

Obwohl es ein herber Dämpfer wäre, sollte Ciro ...

Schluss damit!

Ich konzentriere mich auf die Umgebung. Ein kleiner Laden links, eine Imbissbude rechts. Davor eine Ferienwohnsiedlung zwischen Pinien. Dahinter ein Wegweiser zum Campingplatz.

Hitze, Grillenzirpen und ein paar Strandflüchtlinge mit roter bis dunkelbrauner Haut. Wo wollen die hin? Der Tag hat gerade begonnen. Siesta halten?

Am Ende der Straße stapeln sich Hotels auf die letzten hundert Meter vorm Strand. Auf der anderen Seite dringt Mädchenlachen aus einem alten Gebäude. Wie eine Burg ragt es neben dem Parkplatz auf.

Das Gemäuer hat was. Fehlen bloß noch die Zinnen. Anscheinend wird es als Jugendherberge genutzt. Vor einer breiten Steintreppe reihen sich Fahrräder. Bunt wie Kinderräder mit kleinen dicken Reifen und niedrigen Gepäckträgern.

Wer fährt denn freiwillig mit so was?

Ich umrunde das seltsame Haus, schlappe zwischen parkenden Autos und Mofas entlang, bis mir der Sand an den Zehen reibt.

Flip Flops aus, Füße in die körnige Hitze.

Vor mir liegen vereinzelt Urlauber auf Handtüchern. Ciro ist nicht dabei. Sein Lockenkopf würde mir sofort auffallen.

Rechts reihen sich Liegestühle mit Schirmen und Nummern aneinander. Muttis, Papis und Blagen, so weit das Auge reicht. Und dazwischen wollte mich Giulia quetschen?

Ich schlendere zum Meer. Mit jedem Schritt wächst die Enttäuschung. Der Strand ist endlos, zieht sich schnurgerade in beide Richtungen. Keine Bucht, keine Felsen. Nur Sand, Wasser und ab und zu ein Café.

Vielleicht wartet Ciro an einer anderen Stelle auf mich?

Oder er kommt einfach später.

Neben einer Art Rezeption lehnt ein Typ von der Wasserwacht. Ebenfalls ein Hingucker. Ich riskiere einen flüchtigen Blick.

An seiner Seite steht noch jemand. Er ist fast vollständig von dem Rettungswachtler verdeckt. Ein hübscher Fuß kratzt ein Schienbein, zwischen langen Fingern wippt eine Zigarette.

Lässig. Ich mag so was.

Zwei Mädels recken die Köpfe, als ich an ihnen vorbeigehe. Die eine grinst, die andere kichert. Okay, auch die beiden sind süß, lassen mich jedoch nicht vor Sehnsucht schmelzen.

So nah es geht breite ich mein Handtuch an der Wasserkante aus. Ein paar Schritte in den Wellen. Kühl, aber nicht kalt. Bevor ich schwimme, will ich mich dennoch zum Glühen bringen.

Ich strecke mich aus, bis die Gelenke knacken.

Die Sonne brutzelt mir auf den Bauch, blendet mich durch geschlossene Lider. Ich lege die Arme über das Gesicht, genieße die Hitze und das Wellenrauschen.

Ob mich Ciro hier findet?

Vielleicht ist ihm auch etwas dazwischen gekommen. Kann auch sein, dass er kneift, weil wir uns streng genommen überhaupt nicht kennen.

Ich mag das Gefühl der Enttäuschung nicht, das sich in mir breitmacht.

Ciro arbeitet für das Hotel. Sehe ihn sicherlich später.

Werde träge. Mein Körper fühlt sich schwer an.

Das Geschnatter der Leute, das Wasserplätschern ...

Der Wust meiner Gedanken wird leiser. Wie es Paps wohl geht? Wäre nett, wenn er sich wieder einkriegt.

Meerwasserluft. Riecht gut. Eine fruchtige Frische mischt sich unter. Riecht noch besser.

Ich verschränke die Arme hinter dem Kopf und tue so, als kämen meine Augen mit der Helligkeit klar.

Ein Schatten. Hoffentlich zieht die Wolke schnell weiter.

Sachtes Rieseln auf meinen Füßen. Schön warm. Ein leises Kichern. Keins der Mädchen. Dazu klingt es zu tief. Außerdem ist es nah. Richtig nah.

Blinzelnd stütze ich mich auf die Ellbogen.

»Ich dachte schon, du willst dir einen Hitzeschlag holen.«

Deutsch mit einem wundervollen italienischen Akzent.

Meine Augen tränen vom Licht. Ich muss Ciro nicht sehen, um zu wissen, dass er neben mir steht. Für einen Moment flattert mein Herz.

Es kribbelt bis in meine Kehle.

Er ist da.

Woher weiß er, dass ich Deutscher bin und wieso spricht er meine Sprache so gut? Zwei hervorragende Gründe für eine lange währende, hochinteressante Unterhaltung.

Wahrscheinlich grinse ich wie ein Idiot, doch die Mundwinkel wollen unbedingt die Ohrläppchen kitzeln.

Ich blinzele die Tränen weg. Ein Fehler. Ich schlucke vor Schreck.

Ciro steckt nur in Shorts. So wie ich. Alles andere verführt durch samtige Bräune, dezente Muskeln und Nähe. Automatisch atme ich tief ein. Und erwische sein volles Aroma. Gut, dass ich liege, so kann es mich nicht umhauen. Sein leises Lachen verwöhnt mein Ohr wie sein Anblick meine Augen.

Himmel, ist der Junge süß.

»Wie geht es deinem Onkel?«

Welchem Onkel?

»Tut ihm sein Rücken noch weh?«

Ich nicke. Stimmt, er wird von Rainer reden. Die sandigen schlanken Füße lenken mich ab. Sexy Knöchel, sexy Beine. Von unten aus betrachtet wirken sie länger und erstaunlich glatt. Hat nicht jeder Affenhaare an den Beinen wie ich.

Ciros sehnige Schenkel verschwinden in den Shorts. Ein paar Zentimeter kann ich sie mit den Augen verfolgen. Dann schluckt sie der Schatten des karierten Stoffes.

Ich will auch dahin. Wie duftet er dort?

Ich stehe auf betörende Intimgerüche.

Rasiert? Ganz bestimmt.

Komplett? Vielleicht auch sorgfältig getrimmt wie bei mir.

Ciro räuspert sich.

Richtig, er wartet noch auf eine Onkel-Antwort. Ich fange meine hin- und herflatternden Gedanken ein, die sich um alles andere als Rainers Gesundheit drehen. Mann, bin ich ein mieser Neffe.

»Das wird wieder. Er hat sich hingelegt und ruht sich aus.«

Es klingt fürsorglicher, als ich bin.
»Der Arme.« Ciro kniet sich zu mir. »Und das am ersten Urlaubstag.«
Was für lange Wimpern er hat.
Wie sich die Locken in der Stirn kringeln. Die dünne Sandschicht auf seinen Knien glitzert. Er hat geschwitzt, sonst würden die Körnchen nicht an der Haut haften. Die Sehnsucht nach seinem Schweiß setzt sich in Nase und Mund fest.
»Schön, dass du dich freust, mich zu sehen.« Er schaut sekundenschnell über mich hinweg. Sein Grinsen wird breiter.
Ich folge ihm.
Nein!
Ein Zelt ragt von meiner Mitte fast senkrecht hinauf.
Scheißweite Shorts!

- *Ciro* -

Mit einem verzweifelten Stöhnen dreht sich Noah auf den Bauch. Seine Wangen sind rot. Es liegt keinesfalls an der Sonne.
Sein offen gezeigtes Interesse an mir genieße ich wie die ersten Kirschen im Sommer.
»Vergiss, was du gesehen hast.« Seine Finger versuchen die wie Gold glänzenden Haare zu raufen, rutschen jedoch ab. »Schätze, ich sollte die Karten endgültig auf den Tisch legen.«
»Musst du nicht.« Ich lasse eine zweite Handvoll Sand auf ihn rieseln. Diesmal über die Wade. Die Körnchen bleiben in den Härchen hängen. »Ich kenne den Unterschied zwischen Flirten und Freundlichsein.«
Er legt den Kopf in den Nacken, lächelt zu mir hinauf. Von Verlegenheit keine Spur mehr. Als ob sein Selbstbewusstsein auf den Lippen läge. Sie sind geschwungen, schmal, dennoch sinnlich auf eine Weise, die mir neu ist.
Entschlossenheit, ein starker Wille, die Lust, zu lachen und zu küssen.

Es war mir nie klar, dass der Mund so viel über einen Menschen verrät.

Möchte ihn liebkosen. Mit der Zunge, den Fingerspitzen. Fühlen, wie er sich um meine Nippel schließt, wie er langsam und feucht Stück für Stück von mir verwöhnt.

Mein Herz verschluckt sich. Es erstickt an den Wünschen. Sie werden mehr und intensiver mit jeder Sekunde, in der ich Noah betrachte.

Ich ich räuspere mich, um sprechen zu können. »Ich weiß längst, wie du tickst. Sonst wäre ich nicht hier.« Bin ich das, der solche Dinge sagt? Woher kommt plötzlich der Mut?

Noah kräuselt die Nase.

Will auch sie küssen. Wie den Rest von ihm.

»Habe ich dich so offensichtlich angeschmachtet?« Er kneift die Augen zusammen. Das selbstbewusste Lächeln bleibt.

»Hast du.« Mein Herz wächst mit jedem Schlag. »Und ich habe mich darüber sehr gefreut und freue mich noch.« So offensiv bin ich nie rangegangen. Ich habe überhaupt nie bei den kläglich wenigen Gelegenheiten die Initiative ergriffen.

Heute fühlt sich mein Leben nach Sommer und Sonne an. Alles ist leicht und gut. Der Moment ist flüchtig, also nutze ich ihn aus. Es macht Spaß, mutig zu sein.

Noah sieht mich an. »Dein Ernst?« Seine Überraschung ist echt.

Ich nicke, will am liebsten laut auflachen.

Noah rutscht zur Seite, klopft auf den schmalen Streifen Handtuch neben sich. »Dann war mein Flirten erfolgreich.« Er reckt er das Kinn nach oben. »Wenn es dich nicht stört, dass ich auf dem Bauch liegen bleibe, können wir weitermachen.«

Ich breite mein Handtuch aus und lege mich dichter zu ihm, als ich müsste. Nah genug, um zu sehen, wie seine Pupillen weit werden, als wir uns an den Schultern berühren. Ich will ihn küssen. Zuerst auf die Nase.

Ich küsse so gern, tue es so selten.

In meinem Mund wird es nass, bloß weil ich seinen betrachte. Sollte wegsehen, seinen Lippen keine Beachtung schenken, bis ich mich beruhigt habe.

Es geht nicht. Jeder Seitenblick entlohnt mich mit einem Lächeln.

»Du sprichst wirklich gut deutsch.« Er malt Kringel in den Sand. Die Körnchen rieseln auf die Handtuchkante. »Wie kommt's?«

»Meine Oma stammte aus Hannover.«

»Echt?«

»Sie war blond wie du.« Ich lache und weiß kaum, warum. »Mit uns Kindern hat sie nur in ihrer Muttersprache gesprochen. Vielleicht aus Protest gegenüber der restlichen vereinnahmend italienischen Familie.« Genau so war es. Seltsam, es wird mir erst jetzt klar, wo ich es ausspreche.

»Demnach ist unsere Begegnung kein simpler Glücksfall, sondern Schicksal.« Bei den letzten beiden Worten senkt er die Stimme und zieht seine Brauen zusammen. »Wir dürfen uns ihm keinesfalls in den Weg stellen.«

»Hab ich nicht vor.« Mein Herz schlägt wie verrückt. Gut, dass um uns so viel Geschnatter ist, sonst würde er es hören.

»Den Deutschen hört man mir an, hm?« Noah rümpft die Nase. Meine Fingerkuppe will unbedingt über die kleinen Runzeln streichen. »Und ich habe mir immer was auf mein Englisch eingebildet.«

»Kannst du auch.« Ich ziehe mit dem linken Zeigefinger dieselben Kringel im Sand wie er mit dem rechten. »Viele Touristen radebrechen bloß.«

Sein Finger fängt meinen ein. Hakt sich einfach darum. Ich zucke zusammen, muss lachen.

»Ich verstehe es nicht.« Er hält mich weiter fest. »Ich komme hier an, begegne dir und keine Stunde später liegen wir nebeneinander am Strand.«

»Schicksal?« Von dem Punkt unserer Berührung breitet sich eine prickelnde Wärme über den Rest meines Körpers aus. »Du hast es selbst gesagt.«

»Ich glaube nicht an so einen Quatsch.«

Mir geht es ebenso. Was zwischen uns passiert, ist zu unwahrscheinlich, um Teil meines Lebens zu sein. Ich blinzele. Der Traum bleibt, wo er ist – neben mir. »Gehst du immer so ran?« Mein Zeigefinger steckt nach wie vor in seinem. Ich wackele mit ihm, aber Noah hält ihn fest.

»Klar.« Sein Gesicht ist nah genug, um die Sommersprossen darauf zu zählen. »Schockiert?«

Ja. Ich schüttelte dennoch den Kopf. »Es passt zu dir.« Auch wenn ich bloß ein Urlaubsflirt bin. Es genügt mir. Ist so viel mehr, als ich sonst bekomme.

Noah will Ciro. Endlich muss Chiara beiseite treten.

In Gedanken lege ich den Kopf in den Nacken und erwarte Küsse auf meinem Kehlkopf. Ich fühle mich unendlich leicht, könnte bis zum Himmel fliegen und die Wolken umarmen.

Noah senkt die Lider, beobachtet unsere verschränkten Finger. »Du hast mich ziemlich überrumpelt.« Sein Blick kommt zu mir zurück, bleibt auf meinem Mund liegen. »Meistens bin ich derjenige, der anfängt.«

War ich zu direkt? Er soll nicht schlecht von mir denken. Darf keinesfalls auf die Idee kommen, ich würde mich jedem gut aussehenden Touristen an den Hals werfen. Nein, so bin ich nicht. Die Situation ist besonders für mich. Wie mache ich ihm das klar?

Ciro beißt sich auf die Lippen und senkt die Lider. Schämt er sich? Süß.

»Hey, ist doch gut so. Auf diese Weise ersparen wir uns zeitraubendes Umeinander-her-Geschleiche.« Ich rutsche näher. Jedes bisschen Haut von ihm, das meine berührt, sendet mir ein Kribbeln durch den Körper.

»Ich habe lange nicht mehr ...« wieder der Lippenbiss. »Ich wollte nur ...« Die dichten Wimpern werfen einen Schatten auf seine Wangen. »Tut mir leid, wenn ich zu schnell war.«

Ihm ist es wirklich peinlich. Warum? Er war mutiger als ich. Das weiß ich zu honorieren.

»Kommst du mit schwimmen?« Das kühle Wasser wird uns beiden guttun. Außerdem will ich ihn vor seinen Selbstzweifeln retten.

Mühsam fange ich die Schmetterlinge im Bauch ein. Sie sind dabei, sich erneut in südlichere Gefilde zu verirren.

Wie kann ein Junge bloß so hinreißend aussehen und riechen? Ich neige mich zu ihm, schnuppere an seinem Hals. Das Brummen kommt von allein aus meiner Kehle.

Ciro lächelt verlegen. »Nicht zu offensichtlich flirten. Ein paar kennen mich und ein Outing kommt für mich nicht infrage.«

»Warum nicht?« Mir wäre nach einem Geplänkel im Meer mit nassen Küssen und Streicheln zwischen den Beinen.

»Kompliziert.« Er zwinkert, grinst. »Wollen wir trotzdem schwimmen?«

Sein Mund ist so verdammt nah. Ich will nach ihm schnappen und darf es nicht.

»Bitte«, flüstert Ciro. »Ich bekomme wirklich Ärger, wenn ...«

»Okay.« Wird mir schwerfallen, mich zurückzuhalten. Schüchternheit ist Lebenszeitverschwendung.

Ciro atmet erleichtert auf. Er ist Zucker. Ich will an ihm lecken und freue mich auf den Zuckerschock. Mein Kopfkino springt an und wirbelt mir die Hormone durcheinander.

Ich renne ins Wasser, werfe mich hinein, noch bevor es mir bis zur Hüfte reicht. Ciro schlendert bis zum Rand, beobachtet mich. Verträumt und glücklich.

Ich grinse innen und außen.

Schnurgerade zieht sich der Strand kilometerlang in beide Richtungen. Wo, verdammt, existiert ein abgelegenes Örtchen?

Langsam watet mein Urlaubsflirt ins Nasse. Hopst gegen die Wellen an, kommt näher. Seine Locken hängen ihm über die Augen. Grinsend schleudert er sie zurück. »Zur Boje?« Schon krault er an mir vorbei.

Mir wird schwummerig vor Glück.

Ich schwimme zu ihm raus, lass mich auf dem Rücken treiben. Wir dümpeln allein, weit weg von den anderen. Wenigstens können wir uns ungestört unterhalten.

»Weiß niemand, dass du auf Männer stehst?« Den Eltern kann man viel vormachen. Freunden nicht.

»Mein Bruder.« Ciro wirkt ernst. »Doch er hat angeordnet, dass ich es gefälligst zu verbergen habe.« Er zieht eine Grimasse. »Ist mies fürs Geschäft.«

»Was machst du beruflich?« Er sieht jung aus. Hätte ihn für einen Schüler gehalten.

»Ich bin ein Gaukler.« Wieder runzelt er die Nase bis obenhin. »Ich tanze auf dem Seil. Neulich auf dreißig Meter Höhe.« Stolz schiebt er das Kinn vor.

Ein Straßenartist oder Zirkuskünstler? Nicht schlecht. Hat was Mittelalterlich-Romantisches.

»Im Hotel arbeitest du nebenbei?«

Ciro nickt und taucht unter. Seine Haare streifen meinen Rücken. So weich.

Die zarte Berührung lässt mich schaudern. Der Kniff in den Hintern weniger.

Na warte! Ich erwische ihn mit den Beinen, umklammere ihn.

Er zappelt wie ein Fisch. Ich lasse ihn los, und als er auftaucht, funkelt er mich wütend und nach Luft schnappend an. »Das war lang!«

»Angst?«

»Wie kommst du denn darauf?« Der gespielte Zorn steht ihm gut.

»Wollen wir zurück?«

»Kannst du nicht mehr?« Ciro spritzt mir eine Ladung Wasser ins Gesicht. »Dabei siehst du bärenstark aus.«

Meine Arme werden langsam lahm, aber das werde ich vor ihm mit Sicherheit nicht zugeben. »Ich dachte bloß an dich.«

»Ja klar.« Die Wasserschlieren in seinen Wimpern glitzern. Die Locken schmiegen sich an seinen Hals.

Sein Lächeln weckt eine Wärme in mir, die vom Bauch über die Brust bis zum Hals aufsteigt. Ich will es probieren. Es wird salzig schmecken. Mir ist nach Salz. Und nach Ciros Mund.

»Du hast recht.« Ciro gleitet an mir vorbei, beginnt zu kraulen. »Lass uns zurückschwimmen.«

Kann man sich in ins Wasser eintauchende Arme verlieben? Oder in nasse Strähnen, die spritzend hin- und herschleudern?

Mir wird eng um die Brust. Oder zu weit.

Wirkt mein Herz deshalb allein in ihr?

Ich folge Ciro langsamer, als ich könnte. Ihm zuzusehen ist schöner, als ihn einzuholen. Fast am Strand erwischt ihn eine Welle und zieht ihm die Beine weg. Er lacht, als er in der Gischt verschwindet. Auch noch, als er kurz danach wieder auftaucht.

- *Ciro* -

Grelles Licht und verschwommene Flächen. Habe Salzwasser in den Augen. Mein Hintern schrammt über Kieselsteine und ich kann nicht aufhören zu lachen.

»Hoch mit dir.« Noah steht prustend über mir. Das helle Etwas vor meinem Gesicht ist seine Hand.

Ich ergreife sie, lasse mich emporziehen.

Sommersprossen auf seiner Nase, ein paar auf den Wangen. An seinem Ohrläppchen hängt ein Tropfen. Ich will ihn auffangen, damit er über meinen Daumennagel fließt.

Noah neigt den Kopf und der Tropfen fällt ab. »Lust auf einen Cappuccino?« Aus der Innentasche seiner Shorts zieht er einen zehn Euro Schein. Er ist klatschnass. »Ich lade dich ein.«

Wie auf Wolken schwebe ich an seiner Seite. Zu viel Glück. Wie gehe ich mit diesem Zustand um? Die Seifenblase zerplatzt spätestens, wenn ich wieder zuhause bin, oder wenn sein Urlaub endet.

Eine Woche.

Der Abschied quält mich, obwohl noch kein Anfang existiert.

Noahs Seitenblick lässt mein Herz lächeln. Doch ein Anfang? Er geht neben mir. Streift meine Hand mit seiner. Jede Berührung fühlt sich unwirklich an. Dennoch intensiver als der Sand zwischen den Zehen oder die Hitze in meinem Gesicht.

Mein Held hat die Träume verlassen.

Kann es nicht glauben, dabei berühren sich unsere Finger erneut.

Noah wählt im Strandcafé einen Tisch am Rand der Terrasse. So wie ich, kommt er aus dem Grinsen nicht heraus.

Wann habe ich das letzte Mal auf Teufel komm raus geflirtet?

Versteckt hinter Chiaras Schminke. Da fällt es mir leicht. Als Ciro bin ich anders. Zurückhaltender. Nur nicht bei Noah. Selbst wenn ich wollte, könnte ich es nicht. Gut, dass er nicht ahnt, wie verrückt mein Herz in der Brust herumspringt. Auslachen würde er mich.

Einer der Kellner kommt zu uns.

Ich bemühe mich um eine entspannte Miene. Das wilde Flattern in mir geht ihn nichts an.

Er fragt uns, was wir möchten und ich bestelle für uns beide auf Italienisch. Auch ohne hinzusehen weiß ich, dass Noah mich dabei beobachtet. Er lehnt sich nach hinten, verschränkt die Finger auf dem immer noch nassen Bauch.

Wir schweigen, sehen uns an, grinsen, schweigen weiter. Bis vor jedem von uns ein Cappuccino steht.

Noah zahlt gleich. Sogar mit Trinkgeld.

Er wirkt jünger als ich. Einerseits. Andererseits strahlt er eine Gelassenheit aus, die ihn älter erscheinen lässt.

Ob ich fragen soll?

Seine Muskeln spielen unter der schimmernden Haut, als er sich nach vorne beugt und die Unterarme auf den Tisch legt.

Meine Handflächen kribbeln. Sie wollen über die runden Schultern und den deutlich hervortretenden Bizeps streicheln.

In leisem Plauderton erzählt er von Berlin, seiner Heimat-stadt, und der Musik, die er mag.

Ich sehe Noah beim Reden zu und träume von zarten Küssen.
Seine Zungenspitze leckt den Schaum von der Unterlippe.
Mir wird warm. Ich will mehr. Näher. Allein mit ihm sein.
Er fragt nach mir, meinem Leben.
Ich weiche ihm aus.
Wie es auf dem Seil ist, ob ich Angst hätte.
Nicke ich? Oder schüttele ich den Kopf?
Mir geht es nicht um Informationsaustausch. Seine Stimme hören und ihn dabei ansehen dürfen. Das genügt.
Noah ist der erste Lichtblick seit Jahren.
Ein Wunder.
Ich kann es kaum fassen.
Die Gänsehaut auf seinem Unterarm, die die Härchen aufstellt, die hellen Nippel mit den kleinen Höfen. Keine Haare auf der Brust.
Mein Kopf dagegengelehnt. Sein Geruch in meiner Nase, seine salzige Haut an meiner Wange. Ein bisschen lecken, um sie zu probieren.
Ein Tagtraum.
»Hey, ich komme mir blöd vor, wenn ich als Einziger stundenlang am Quatschen bin.« Noah neigt sich zu mir, stößt mich an den Arm. »Du bist ein Artist. Dein Leben ist garantiert spannender als meins.«
Stundenlang?
Die Uhr über dem Eingang zum Café ist eine elende Verräterin. Kurz vor halb vier. Unmöglich. Wo ist die Zeit hin?
Wann war der Friseurtermin? Auch ohne ihn muss ich mich beeilen. Das komplette Enthaarungsprogramm wartet auf mich.
»Danke für den Cappuccino.«
Noah zuckt zusammen, als ich aufspringe.
»Habe heute Abend einen Auftritt.«
»Wo?« Seine hellen Augen leuchten. »Ich würde dir liebend gern applaudieren.«
»Privatparty in Livorno. Ohne Einladung läuft da nichts.« Gott sei Dank. Noah darf mich nicht auf dem Seil sehen. Wahrscheinlich würde

er mich ohnehin nicht erkennen. Dennoch erschreckt mich die Vorstellung, er könnte im Publikum auftauchen.

Für ihn bin ich Ciro und werde es bleiben. Nur eine Woche, danach spielt es keine Rolle mehr. Mein Magen zieht sich zusammen.

»Treffen wir uns morgen?« Er steht auf, grinst direkt in mein Herz. Es lacht ihm zu, noch bevor meine Lippen es können.

»Wenn du willst. Nachmittags habe ich frei.«

»Perfekt.« Er reicht mir die Hand, streichelt beim Zufassen mit dem Daumen über den Handrücken. »War schön mit dir zu schwimmen. Hoffentlich habe ich dein Hirn nicht fransig gequatscht.«

»Bis morgen.« Ich bin glücklich. Richtig echt glücklich. Werde heute Nacht von grauen Augen träumen, die wegen der Sonne blinzeln, und mir vorstellen, wie Noah mich sacht an der Stelle hinter dem Ohr küsst. Seine Finger werden sich um das Ding in meiner Mitte schließen, während ich ihn drängend an mir, dann in mir fühle.

»Ciro?«

Den Schmerz wird er mir mit Nackenküssen versüßen. Ich werde mich gegen ihn pressen, werde nicht genug bekommen können.

»Hey, Ciro!« Noah schnippt mit den Fingern. Sein Grinsen verschwindet. »An was hast du eben gedacht?« Runzeln auf der Stirn. Sie wirken nicht mürrisch, höchstens erstaunt.

»Du hast ...«

»Ciao.« Ich muss los. Kann meine Gefühle kaum noch für mich behalten.

»Ciro?« Er hält mich am Arm zurück. »Morgen Nachmittag. Hier. Okay?«

Könnte ich doch in seinem Lächeln untergehen und nie mehr auf Feiern und bei Costa oder sonst wo auftauchen.

Meine Füße sind festgewachsen.

»Ich freue mich auf dich«, sagt Noah leise.

Seine Worte flößen mir genug Mut ein, endlich zu gehen. Ich werde wiederkommen.

Renne über sandige Planken und heißen Asphalt.

Häuser, Pinien, Frauen mit Strandtaschen, sie fliegen an mir vorbei.
Was für ein wundervoller, wundervoller Tag!
Das weiß getünchte Haus liegt auf halbem Weg zwischen Strand und dem Casa di Mare. Wenn Marcos Ansagen nicht wären, könnte mich Noah von Zuhause abholen, um mit mir gemeinsam zum Meer spazieren.
Fiammas Essensgerüche stören mich nicht. Die Dunkelheit auf der schmalen Treppe ist mir auch gleichgültig. Mein Tag war voll Sonne. Wird es morgen erneut sein.
Marco ist fort.
Stand sein Mofa auf dem Hof?
Ob ich ihn anrufen soll?
Mein Handy!
Schreibtisch, Bett, Küchentisch. Es ist weg.
Am Strand hatte ich es nicht dabei. Verdammt, ich habe es bestimmt in der Vespacar vergessen. Zusammen mit dem Portemonnaie. Das ist auch verschwunden.
Ich ziehe mich um, stopfe die ohnehin zerknüllte Zigarettenpackung mit dem Schlüssel in die Jeanstasche. Für den Rückweg. Als Zigarette danach.
Nach was?
Ich habe von Noahs Schwanz in mir lediglich geträumt. Das Grinsen fühlt sich gut auf dem Gesicht an.
Zurück in die grelle Hitze der Straße.
Giulia lacht, als ich ihr erkläre, warum ich den Wagenschlüssel noch einmal brauche.
Ich trabe am Pool vorbei, lasse das Restaurant rechts liegen und schlängele mich durch den schmalen Mauerdurchlass zu dem Schotterplatz, auf dem zwischen Olivenbäumen und Oleander die Autos der Gäste und der Angestellten parken. Auf dem abgewetzten Fahrersitz finde ich meine Habseligkeiten.
Marco hat versucht, mich anzurufen. Sieben Mal.
Nervende Diskussionen nach einem fantastischen Nachmittag? Das

würde ihn verderben. Es ist besser, ich bin fertig, bevor er zuhause ist.

Ich verschließe den Wagen, bringe den Schlüssel zu Giulia zurück.

»Danke, hab alles.« Zum Beweis halte ich meinen Kram hoch.

Sie winkt ab. »Macht doch nichts. Bis morgen.«

Morgen.

Ich werde mich mit Noah treffen.

»Hey! Ciro!« Marco reißt mich aus meinen Gedanken. Er wartet mit dem Mofa vor der Zufahrt zum Hotel. »Steig auf, ich fahre dich zum Friseur.«

»Das kann ich allein.«

»Du bist spät dran!«

»Und wenn schon, ich ...«

»Du willst ihn vergessen«, faucht er. »Ist mir klar, dass du an deine Löckchen hängst. Aber daraus wird nichts.«

Der strenge Ton geht mir gegen den Strich.

Marco ist mein Bruder, nicht mein Vater. Auch der hätte mir nichts mehr zu sagen. Etwas in mir zuckt erschrocken über die trotzigen Gedanken zusammen.

»Los jetzt!« Marco wartet, dass ich aufsteige.

Noah hat meine Locken verträumt und bewundern betrachtet. Nein, ich will sie nicht abschneiden. »Den Termin lasse ich ausfallen.« Mit den Haaren komme ich klar. Noch.

»Das wirst du nicht.« Marcos Augen werden schmal. »Steig auf.«

»Ich kriege das hin.«

»Und wenn nicht?« Seine Lider senken sich tiefer. »Kein Risiko, Ciro.«

»Kein Risiko? Warum vermittelst du mich an Idioten, denen meine Sicherheit einen Scheißdreck wert ist?«

Eine Zeit lang starrt er geradeaus. Schließlich holt er Luft. »Beweise, dass es funktioniert.« Er fährt mit der Hand unter seine Jeansjacke.

Ich ahne, was er herausziehen wird. Die Perücke. Denkt er wirklich, ich würde es vor dem Hotel machen? Giulia sieht mich. Von den Gästen ganz zu schweigen. »Hör auf!«

»Dann komm mit.« Um seinen Mund wird es blass. »Oder willst du, dass jeder erfährt, dass du eine Tunte bist?.«

»Das ist nicht wahr!« Ich rede zu laut. Vor Wut. Ich bin keine Tunte. Ich bin ... Mir schießen Tränen in die Augen. Was, bitte, bin ich?

»Steig auf.« Marco senkt die Stimme. »Ich scherze nicht, Ciro. Ich bin deine Zicken leid.«

Wie ich diesen harten Blick hasse. Nur um hier wegzukommen, setze ich mich hinter ihn und lege ihm die Arme um die Taille. Innerlich zucke ich zusammen. Ich will ihn nicht berühren. Ich will ihn vom Mofa stoßen.

MÜLLTONNENTRÄNEN

Ohne Ciro gibt der Strand nicht halb so viel her.
Ob Rainer schon wach ist?
Mir ist nach Essen, obwohl es dazu noch zu früh ist. Meinen Magen habe ich vorhin mit einer Tüte Pommes beruhigt. Das Trostpflaster schmeckte ihm nicht. Zu fettig. Ich muss mir ständig das Rülpsen verkneifen.
Das Meer schwappt mir über die Füße. Je nachdem, wie weit es Anlauf nimmt, auch hoch bis zu meinen Beinen.
Sanfte Wellen.
Mein Körper fühlt sich angenehm schwer an. Bloß mein Hirn ist leicht. Es träumt von Ciro – andauernd.
Hätte nichts dagegen, ihn mitten am Strand, auf mir zu spüren. Mit nassem Bauch, mit vor Kälte harten Nippeln, breit grinsend und dem Wunsch in den Augen, mich in sich reinzulassen.
Falscher Gedanke! Er schießt mir in die Körpermitte. Mein Freund dort unten schert sich einen Dreck um die feuchte Badehose und hebt neugierig den Kopf.
Okay. Höchste Zeit zu gehen. Mit dem Handtuch konsequent vor mir, verstecke ich die Vorfreude auf morgen.
Wenigstens bis zu einem Kuss will ich es schaffen.
Irgendwo muss es ein Eckchen geben, in dem ich Ciros Lippen wund knabbern kann.
Strand und Parkplatz nehme ich durch rosa Nebel wahr.
Das Gefühl im Unterleib gefällt mir. Auch das im Herz. Zwischen den Beinen fühlt es sich ohnehin gut an.
Der halbe Weg liegt hinter mir, als das penetrante Knattern eines Mofas meine Tagträume stört.
Die beiden Typen darauf zanken sich über die Schulter des Vordermannes hinweg. Ein ziemlich breiter Kerl. Er bellt.

Jedenfalls klingt es danach. Von dem anderen sehen ich hauptsächlich dunkle Locken. Bis er den Kopf zu mir wendet und der Fahrtwind sie ergreift und auseinanderweht.

Ciro.

Er sieht wütend und unglücklich aus.

Meine aufgeregte Freude erstickt im Keim.

Er schlägt seinem Kumpel mit der flachen Hand auf den Rücken. »Fermata!« Das wiederholt er oft. Neben mir, vor mir, weit vor mir.

Ich stehe im Rasenmäherdunst und mache mir Sorgen.

Fermata. Keine Ahnung, was das heißt, aber es klang dringend. Was Ciro auch gewollt hat, der andere hat es ihm nicht gegeben. Er ist einfach weitergefahren.

Die Wut lässt mein Herz heftiger schlagen. Ich hasse so was. Nicht das harte Schlagen meines Herzens, sondern so eine Macht-Nummer. Ich erkenne solchen Mist sofort, habe mich oft genug selbst darunter wegbücken müssen.

Wenn wir uns morgen treffen, frage ich ihn danach. Was hat er auch auf dem Stinkemofa dieses Deppen verloren?

Es geht mich nichts an. Das sage ich mir mit aller Deutlichkeit. Ich habe Ciro beflirtet, mehr nicht. Eigentlich weiß ich nichts von ihm. Kein Grund zur Eifersucht. Wir tingeln einfach ein bisschen um uns herum.

Weil Urlaub ist, weil es Spaß macht.

Mein Herzklopfen bleibt. Die verkappte Wut ebenfalls.

Breitschultriger, bellender Mistkerl!

Vorhin hat Ciro noch glücklich ausgesehen. Sein Lächeln hat mein Herz gepfählt, so wundervoll war es.

Geht mich trotzdem nichts an.

Doch, tut es. Morgen frage ich ihn.

Ich kämpfe mich weiter durch die Hitze.

Eine alte Frau schlurft aus einer unscheinbaren Pizzeria. Sie bringt den stechenden Geruch frisch geschnittener Zwiebeln mit. In Schlappen und Schürze starrt sie mich an, murmelt etwas und verzieht sich wieder. Bis auf eine junge Frau und ein kleines Kind ist der Gastraum leer.

Einsamkeit. Das Gefühl weht mich an und schert sich nicht um Sonnenschein und Urlaub. Passt zu Ciros Traurigkeit. Klasse, jetzt werde ich noch triefelig.

Wer war der Kerl auf dem Mofa? Einfach ein Kumpel, rede ich mir ein. Wenn auch ein mieser.

Hinter dem weiß getünchten Haus – es ist kaum größer als eine Garage – beginnt ein Wäldchen. Aus den Pinien zirpt es laut genug, um alle anderen Geräusche in den Hintergrund zu drängen. Das müssen Monstergrillen sein. Auf jeden Fall geben sie ihr Bestes. Dem Trampelpfad nach bin ich nicht der Erste, der sich in den Schatten der Bäume flüchtet.

Der Zwiebelgestank sagt tschüss und der Pinienduft versöhnt meine Nase. Ich atme ihn tief ein, lege den Kopf in den Nacken. Über mir blitzt strahlendes Blau durch dunkles Grün. Das Zirpen der Grillen wird gigantisch.

Der Weg schlängelt sich zwischen den Bäumen entlang. Ich folge ihm, komme nicht weit.

Jemand bellt. Irgendwas auf Italienisch. Es dringt aus einer Ecke hinter der Garagen-Pizzeria. Das Mofa von eben lehnt an einer Mauer. Dahinter ist Ciro mit dem breiten Kerl und lässt sich anschnauzen. Jede Wette. Der Grund ist mir egal. Ich will, dass er aufhört.

Bevor ich die Mauer erreiche, kommt mir der Stämmige entgegen. Er humpelt ziemlich stark. Seine Brauen schieben sich übereinander, sein Mund ist ein Strich. Er sieht mich kurz an, ballt eine Faust, öffnet sie, schüttelt sie aus.

Ein beschissenes Zeichen. Ich kenne es zu gut. Er massiert seine Knöchel, setzt sich aufs Mofa. Er startete die Kiste, fährt an mir vorbei. Meinen Wut-Blick registriert er nicht. Er starrt geradeaus und ich kämpfe mit Adrenalin. Es fordert, dass ich ihn vom Mofa ziehe und ihm zeige, wie toll sich fünf Knöchel im Gesicht anfühlen. Oder im Magen. Mir egal, wo er sie hinhaben will.

Misch dich nicht ein, ermahnt mich eine Stimme in mir. Sie interessiert mich nicht. Ich umrunde die Mauer mit dröhnendem Herzschlag in den Ohren.

Hinter ihr sitzt Ciro. Direkt neben einer Mülltonne. Die Knie an die Brust gezogen, die Augen rot. Sonst scheint es ihm, rein äußerlich, gut zu gehen. Kein blaues Veilchen, keine aufgeplatzte Lippe. Dennoch ist er durch den Wind. Seine Hände zittern, als er sich eine Zigarette ansteckt.

Er bemerkt mich nicht.

»Hey.« Sinnig, ich weiß. Mir fällt nichts Gescheiteres ein.

Ciro zuckt zusammen. Er schaut mich an, als wäre ich eine Erscheinung. Schnell stopft er etwas Helles, Flauschiges unter sein Shirt. Seine Wangen glühen. »Was machst du hier?« Er klingt nicht abweisend, eher erschrocken. »Bist du mir gefolgt?«

»Denkst du, ich bin ein Salker?«

Er mustert mich tatsächlich, als wäre das eine Option. »Entschuldige.« An seinen langen Wimpern hängen Tränen. Er lässt sie dort. Auch, als eine abfällt und zu einem kleinen dunklen Fleck auf dem T-Shirt wird.

Lass ihn verdammt noch mal in Ruhe. Deine Anwesenheit ist ihm *unangenehm.* Ich klebe meiner Vernunft den Mund zu. »Ich komme gerade vom Strand.« Was er sich denken kann. Wo sind schlaue Sätze, wenn man sie braucht? »Ohne dich war es nicht mehr der Renner.« Charmant. Gut. Ein Anfang.

»Ich möchte allein sein.« Er beißt sich auf die Lippen. »Bitte.«

»Geht nicht.« Himmel, was mache ich bloß? Ciro ist ein trauriger Magnet. Ich klebe an ihm und komme nicht los. Ich schlucke das dumpfe Gefühl hinunter, das mir nach wie vor zuschreit, Leine zu ziehen, und hocke mich unaufgefordert zu ihm. Was ich brauche, ist ein Überraschungsangriff. Ich bin gut in so was. Wer Schlägereien aus dem Weg gehen will, benötigt Intuition und Spontanität.

Ich lächele, picke ihm die Zigarette aus dem Mund. »Darf ich?« Ohne auf die Antwort zu warten, gönne ich mir einen Zug.

In Ciros Mundwinkeln zuckt es.

Er schaut mir beim Rauchen zu, beinahe verträumt. Der gequälte Ausdruck in seiner Miene verschwindet. »Ich glaube, du bist mir doch gefolgt.« Sein Misstrauen liegt in der Stimme, nicht im Blick. Der bleibt verträumt.

Das schmeichelt mir. Gleichzeitig schäme ich mich, dass ich in einem Moment wie diesem mein Ego füttere. Ich drehe die Kippe zwischen den Fingern. Was sage ich ihm? Am besten bleibe ich bei der Wahrheit.

»Ich habe mitbekommen, wie ihr euch auf dem Mofa gestritten habt. Aber dass ihr hier seid, wusste ich nicht. Ich bin wegen der Grillen und der Kühle in das Wäldchen gegangen. Dann kam mir der Typ entgegen und hat seine Hand so komisch ausgeschüttelt. Ich dachte ...«

»Du dachtest, er hätte mich geschlagen?«

Was hätte ich sonst denken sollen?

»Er ist mein Bruder.« In sein Lächeln mischt sich Spott, den ich ihm nicht abnehme.

Ich weiß, was ich gesehen habe. Auch wenn der Kerl es nicht getan hat, er hat daran gedacht, es zu tun. Ich bin Profi im Interpretieren von unbewussten Gesten. Es gab eine Zeit, da hat mich dieses Talent wenigstens ab und an vor Prügel bewahrt.

Ich reiche ihm die Zigarette zurück.

Ciro nimmt sie zwischen die Fingerspitzen, betrachtet den aufsteigenden Rauch. »Marco ist wütend auf mich, weil ich einen Friseurtermin platzen lasse.« Er rümpft die Nase, probiert ein Lächeln. »Ich saß schon auf dem Stuhl, hatte diesen lächerlich geblümten Umgang um. Doch plötzlich ...«

»Warum wolltest du deine Haare abschneiden?« Seidenweich schimmern sie im Licht. Ich möchte sie berühren. Verkneife es mir im letzten Moment.

»Will ich ja nicht. Marco wollte es.«

»Was geht ihn das an?« Zu spät. Diesmal macht meine Hand, was sie will. Ein bisschen fühlen, so belanglos wie möglich. Weich und schwer schmiegen sich die Locken an meine Finger. »Ich kenne niemanden, der so tolle Haare hat.«

Sein Lächeln dringt mühelos in mein Herz und stellt etwas Seltsames mit ihm an. Es schlägt zu schnell, verschluckt sich, versucht es langsamer, was nicht funktioniert. Also trommelt es wieder, bis ich es im Hals spüre. »Sie gehören dir«, krächze ich über das Chaos in mir hinweg. »Lass dir nicht reinreden.«

»Triffst du alle Entscheidungen deines Lebens allein?«

Ich könnte schwören, Ciro lehnt sich in die Berührung.

»Nein, natürlich nicht«, stammele ich, noch gefangen von dem Gefühl zwischen meinen Fingern. Ich sollte öfter anderen Männern in den Haaren kraulen. »Doch so was Elementares wie Frisur, Klamotten und Wahl meiner Freunde geht lediglich mich was an.«

Kann ein Lächeln geseufzt werden? Ciro tut es. Der Laut, den er dabei ausstößt, ist leise genug, um überhört zu werden. Dennoch springe ich darauf an – mit dem Bedürfnis, ihn in den Arm zu nehmen und fest an mich zu drücken.

Gott, bin ich heute weich drauf.

Ciro nimmt meine Hand, zieht sie sanft aus seinen Locken. Mein Herz bleibt stehen. Nur wegen dieser Berührung.

»Das verstehst du nicht.« Statt sie loszulassen, führt er sie an den Mund. Sein warmer Atem streicht über meine Haut, die Härchen auf meinem Handrücken stellen sich auf. »Danke, dass du mir helfen wolltest.« Ein gehauchter Kuss auf meine Knöchel.

Ich kämpfe gegen den Impuls, wegzuziehen. Ein Mann lässt sich keinen Handkuss verpassen. Dennoch rieseln es warm und kribbelnd durch mich. Ich will noch einmal auf diese Weise geküsst werden. Mit dem Mund kann er weitermachen, braucht dort längst nicht aufhören. Mein Körper schaltet in den High-Sensitivity-Modus. Küsse in jeder Form sind willkommen.

Ciro lässt mich los. Einfach so. »Ich muss gehen.« Er steckt sich die Zigarette in den Mundwinkel, steht mit einer trägen Lässigkeit auf, die mir den Atem verschlägt. Ahnt er, was für ein verflucht sexy-emomäßiges Bild er abgibt?

Es schreit: Schütze mich! Liebe mich! Rette mich!
Ich bin bereit, alles gleichzeitig zu tun. Und noch mehr.
Plötzlich ändert es sich. Ciro strafft die Schultern, reckt das Kinn in die Luft. Seine Haltung gleicht der eines Tänzers. Stolz, unnahbar.
Keine Schreie nach Liebe und Rettung.
»Bis dann.« Seine schönen Füße rutschen in den Flip Flops nach vorn. Die feinen Härchen, die hervorstechenden Fußknöchel. Der ausgefranste Saum der Jeans. Die schlanken Finger, die lässig die Zigarette halten.
Alles nehme ich wahr, wie ins Bewusstsein gezoomt.
Bin ich noch zu retten?

- *Ciro* -

Noah sieht mir nach.
Ich will zurückrennen und mich ihm heulend an den Hals werfen. Chiara würde es tun. Niemand nähme ihr das übel.
Die blonde Perücke kitzelt mich am Bauch.
Bitte Herr, gib, dass er sie nicht bemerkt hat.
Wüsste er, wie ich wirklich bin – was ich bin – würde er sich angewidert von mir abwenden und vor sich selbst leugnen, jemals mit mir geflirtet zu haben.
Keine Tränen.
Ich habe mich in meinem Leben genug geschämt.
Ein paar Schritte aus den Pinien heraus und die Straße entlang. Ich hätte zur Hintertür hineingehen können, aber Noah darf nicht wissen, wo ich wohne. Der Umweg zum Vordereingang führt ihn hoffentlich in die Irre. Außer er folgt mir erneut. Ein Blick über die Schulter beruhigt mich.
Das Mofa steht auf dem Hof. Marco wartet auf mich.
Das Drahtseil wackelt unter mir.

Meine Familie besteht nur aus ihm. Wenn ich gehe, bin ich allein.
Ich breite die Arme aus, suche meine Mitte. Ein Knie auf dem Seil, das andere weist nach vorne. Dorthin, wo mich das schwankende Konstrukt aus Lügen und Schwindelfreiheit tragen soll.
Nicht hinabsehen.
Noah könnte dort stehen und zu mir heraufschauen. Er sorgt sich um mich. Begehrt mich. Die Frage ist, auf welche Weise.
Nicht auf meine. Das kann niemand.
Der Schlag in den Magen lässt mich keuchen. Ich spüre ihn immer, wenn ich mich schäme.
Das Seil schwankt hin und her und ich mit ihm.
Ich werde fallen.
Egal, wie sorgfältig ich mich vorbereite. Ich spüre das erschrockene Reißen hinter dem Zwerchfell. Es kündigt den Sturz in die Tiefe an.
Vor Angst bleibt mir die Luft weg. Ein paar Meter, dann schluckt mich nach Zwiebeln und Fett riechende Dunkelheit.
Die Treppe zu unserem winzigen Zuhause ist steiler als sonst. Bei jedem Schritt schlägt das Drahtseil weiter aus.
Keine Balance mehr.
Graue Augen verfolgen meine Bewegungen.
Fang mich auf!
Er ist nur ein Junge. Was bilde ich mir ein?
Leise betrete ich die Wohnung. Die Tür zu Marcos Zimmer ist geschlossen. Ich schleiche wie ein Dieb daran vorbei ins Bad. Enthaaren, Duschen, Schminken. Die Handgriffe sind mir längst vertraut. Ich streife mein oberflächliches Ich ab, um das darunter in Szene zu setzen.
Ciro wird zu Chiara. Sie lächelt mich an, zeigt mir ihre glatten Achseln und Beine. Ein Bandeau mit Silikonkissen schminkt die Lüge zur Wahrheit.
Fast fertig.
Die Anspannung vor dem Auftritt kribbelt im Bauch.
Konzentration, damit ich unversehrt die andere Seite erreiche. Auch ohne Sicherung.

Ich weiß, dass ich es kann.

»Vergiss es!« Marco steht hinter mir. Unsere Blicke treffen sich im Spiegel. »Ich habe Signore Costa gesagt, du seist krank.«

»Warum hast du das getan?«

»Deine Haare!« Mein Bruder greift hinein, zerrt daran. Der Schmerz fließt bis in den Nacken. »Sie werden dich verraten.« Glasige Augen starren mich an.

Er hat getrunken. Schwer sickert der Alkoholdunst bei jedem Wort aus seinem Mund.

»Marco!« Er soll mich loslassen. Ich schlage nach seiner Hand, bis sie wie ein reifer Apfel von mir fällt.

»Wegen dir habe ich unser Zuhause verlassen.« Er schwankt, stützt sich am Regal ab. »Um dich zu beschützen. Du warst noch ein Kind. Ohne mich wärst du in der Welt verloren gegangen.«

Mag sein. Vielleicht auch nicht. »Ruf Costa an und sag ihm, mir ginge es besser und ich würde mich auf den Abend freuen.« Ich bin schon zu weit von mir entfernt, um abzubrechen. Ich will das Eintauchen in mein zweites Leben. Ich kann nicht zurück. Stehe bereits auf der Mitte des Seils.

»Zu spät.« Marco krallt sich an der Tischplatte fest. »Er hat einen Jongleur und Feuerspeier engagiert. Ich soll dir beste Genesungswünsche ausrichten und er möchte dich persönlich sprechen, sobald du in der Lage dazu bist.«

Der Auftritt ist alles, was zählt. Mein Großvater legt mir die Hand in den Nacken und schaut mir streng in die Augen. *Ein Artist ohne Auftritt ist kein Artist.*

»Marco!« Ich bin wütend bis zum Anschlag. »Du wirst nie wieder über meinen Kopf hinweg handeln.«

»Ich bin für dich verantwortlich!« Er brüllt. »Du bist mein Bruder! Mein kleiner, schwuler, tuntiger, kranker Bruder, der sich nicht zwischen Fotze und Schwanz entscheiden kann! Mein feiger Bruder, der Schiss vor der Höhe hat!«

Nicht die Höhe. Die Tiefe lässt mir den Schweiß ausbrechen.

»Schwanz.« Ich quäle mir ein arrogantes Lächeln ab und bete, dass er meine Angst dahinter nicht bemerkt. »Du weißt, wie ich aussehe. Was faselst du von Fotze?« Ekliges Wort. Es klammert sich an meinen Lippen fest. Ich muss es spucken, um es überhaupt aussprechen zu können.

»Und ich weiß, von was du träumst.« Mit triefenden Augen torkelt er auf mich zu. Seine Finger graben sich in meine Schultern. »Von einem Prinzen, der dir die Lüge glaubt. Den du mit deinem sanften Blick umgarnst, bis ihm egal ist, was zwischen deinen Beinen baumelt.« Er wischt mir grob über den Mund und verschmiert den Lippenstift. »Soweit dein Traum, Brüderchen. In Wirklichkeit wird er dich verachten, sobald er begreift, dass von euch beiden nicht nur er einen Steifen hat.«

Das Seil schlägt aus.

Ich kann mich kaum halten.

»Er wird dir seinen Ekel ins Gesicht brüllen, wird dich von sich stoßen und dir dein verschenktes Herzchen vor die Füße klatschen.« Er lässt mich los, dreht sich um und schleppt sich aus dem Zimmer. Ich höre es auf der Treppe poltern, finde nicht den Mut, nachzusehen.

Meine Hände zittern, als ich meinen Mund abschminke. Sie zittern immer noch, als ich den Lippenschwung tiefrot nachziehe.

Der Abend gehört Chiara. Auch ohne Costas Party.

Ich muss über das Seil tanzen.

Egal, was mich am anderen Ende erwartet.

An der Zimmerdecke ist ein kleiner dunkler Fleck. Etwas weiter davon ein zweiter.

Erschlagene Mücken. An sich wenig faszinierend, doch ich starre seit Stunden darauf. Mit hinter dem Kopf verschränkten Armen liege ich auf dem Hotelbett und male mir tausend Szenen aus, in denen ich Ciro vor seinem brutalen Bruder rette. Eine ist dramatischer als die andere.

Mein Handrücken kribbelt. Dort, wo Ciro mich geküsst hat.

Ich hätte ihn nicht gehen lassen dürfen. Bei einem Bruder, der ihn wegen eines geplatzten Friseurtermins schlagen will, ist er schlecht aufgehoben.

Sensibel wie seine Hände, weich wie seine Haare. So stelle ich mir Ciro vor. Nicht von außen weich. Natürlich nicht. Sein Körper ist schlank und die dezenten Muskeln gefallen mir. Muss nicht jeder als Kraftprotz herumlaufen.

Aber von innen, von der Seele her erscheint er mir weich. Er sollte niemandem begegnen, der in seiner Gegenwart die Fäuste ballt.

Ich hätte deutlicher den Helden rauslassen sollen. Offen mein Ohr und meine Hilfe anbieten. Hinter dem Streit steckt mehr als ein dämlicher Termin.

Treffe ich ihn morgen, werde ich ihm sagen, dass er mir vertrauen kann. Und wenn ich mich mit der Heldennummer zehnmal zum Depp mache.

Neben der Mülltonne hat Ciro entsetzlich verloren gewirkt. Mein Herz zieht. Es will zu ihm. Will ihn trösten.

In meinem Schwanz zieht es auch. Er will dasselbe, nur auf eine andere Weise.

Die Wärme in meinem Bauch beginnt zu glühen.

Stehe plötzlich in Flammen. Möchte zu Ciro, sie von ihm löschen lassen. Warum bin ich nicht gleich hinter ihm her?

Ciro weckt alles in mir, was ich an guten Seiten aufweisen kann. Meinen Beschützerinstinkt, mein Helden-Ding und mein Sinn für Gerechtigkeit. Von dem brennenden Gefühl in mir ganz zu schweigen.

Das Handy säuselt mir ins Ohr.

Kurz vor acht. Ob Rainer schon auf dem Damm ist?

Wie in Trance wandele ich aus dem Zimmer. Auf mein Klopfen hin öffnet mein Onkel in schicker Tuchhose und hellem Hemd. Wow, er sieht richtig schnieke aus.

»Da staunst du, was?« Wie ein Pfau schreitet er hin und her. Sogar seine Lederschuhe glänzen frisch geputzt.

»Moment!« Ich lasse ihn stehen, schlängele mich aus meinen Klamotten, kaum dass die Tür hinter mir zugefallen ist.

Rekordzeit-Duschen.

Mit Bügelfalten kann ich nicht dienen, doch eine gute schwarze Jeans habe ich dabei. Auch ein weißes Hemd. Ich mag es gern, mich ab und an herauszuputzen. Meine leicht verbrannten Füße stopfe ich sockenlos in die Sneakers. Noch die Haare in Form gewachst und fertig.

Als ich mich Rainer zum zweiten Mal präsentiere, hebt er die Brauen und pfeift leise. »Donnerwetter.« Er streicht sich übers Kinn, legt den Kopf schief. »Hab 'nen schicken Neffen.«

Wir grinsen uns an wie Kumpel, was wir streng genommen auch sind. Ein paar Jahrzehnte Altersunterschied ändern daran nichts.

Wir machen uns auf den Weg.

Leider sitzt ein Mann hinter dem Tresen. Er lächelt ähnlich stereotyp wie Giulia. Rainer seufzt dennoch enttäuscht.

Draußen blickt er sich um, führt mich die Straße hinunter bis zu einem Abzweig. »Dahinten ist ein Gartenlokal.«

Wir stehen vor einem Laden, der ausschließlich Flip Flops und Crocs verkauft.

Rainer zeigt an ihm vorbei zu einem Pavillon mit breiter Terrasse und Biertischen im Garten. »Das habe ich vom Fenster aus entdeckt. Nett, oder?« Er stopft die Hände in die Taschen.

»Du verbeulst den Stoff.«

»Echt?« In einer Mischung aus Schuldgefühl und Erstaunen zuckt er mit den Schultern. »Und wohin soll ich mit ihnen?«

»Locker schlenkern lassen.«

Er geht ein paar Probemeter. Seinen Händen merkt man an, dass sie fern von Zuhause sind. Sehnsüchtig nähern sie sich ihm erneut.

Als wir ankommen, verschränkt Rainer genervt die Arme vor der Brust. Sofort kommt uns ein Kellner entgegen und fragt beinahe ängstlich etwas auf Italienisch.

Rainers versehentlich gezeigte Dominanz verpufft.

»Darf ich?« Mit Englisch kommen wir weiter als mit Deutsch.

Mein Onkel nickt dankbar und ich bitte um einen Tisch für zwei. Der Mann, kaum älter als ich und ein echter Hingucker, lächelt entschuldigend und erklärt sehr viel – auf Italienisch. Zu einem Plätzchen auf der Terrasse führt er uns dennoch und Speisekarten bekommen wir auch. Neben den Gerichten sind kleine Fotos, die, so hoffe ich, exakt das zeigen, was daneben geschrieben steht.

Rainer stürzt sich auf die Seite mit den Pizzen und in seinen Augen beginnt es zu leuchten. »Ich liebe Italien. Die essen den ganzen Tag mein Lieblingsessen.«

Ich träume durch die Gegend und erfreue mich an straffen Hintern in dunklen Jeans' und breiten Schultern in schwarzen Kurzarm-Hemden. Die Kellner machen alle was her. Doch an Ciro reicht keiner heran. Der hat was Besonderes. Ich kann es nicht greifen oder korrekt in Worte fassen, weiß jedoch, dass es da ist. Wie sein frischer Duft und das Lächeln. Allein die Haltung: kerzengerade, ohne dabei steif zu wirken.

Anmutig.

Seltsamer Begriff, um einen Mann zu beschreiben.

Der Kellner kommt zurück und wir ordern auf einen Schlag Vorspeisen, Getränke und den Hauptgang. Wäre es still um uns, könnten wir die anderen Gäste mit unserem Magenknurren unterhalten.

Tomaten mit Mozzarella und Basilikum heißt *Caprese*. Schon fühle ich mich schlauer. Danach Pasta mit irgendeiner Tartufo-Soße.

»Trüffelnudeln«, doziert Rainer und schnuppert skeptisch. »Hau rein!«

Erdig, leicht muffig und trotzdem lecker. Der Geschmack breitet sich im Mund aus, fühlt sich hartnäckig an. Auch nach dem dritten Schluck Wein lässt er sich nicht wegspülen. Ich spiele mit der Zunge am Gaumen und ziehe das fettige Aroma in die Breite, während ich mir rein visuell smarte Kellner gönne.

Zack, ploppt Ciros spöttisches Lächeln in meiner Erinnerung auf. Himmel noch mal, mich hat's erwischt, wenn ich ihn für keine paar Minuten abschütteln kann.

Kein Wunder, bei den Augen, diesen Locken und überhaupt.

Der kleine Höcker auf Ciros Nase ist reizend. In Gedanken streiche ich mit dem Finger den Nasenrücken entlang bis zur Oberlippe. Dort tausche ich Finger mit Mund, probiere den ersten Italiener meines Lebens. Sein Geschmack würde sicher nicht am Gaumen kleben wie die Trüffel-Sahnesoße. Er wäre flüchtig und würde mich dennoch nie verlassen.

Verliebtsein hat wenig mit Logik zu tun.

Es gefällt mir, dass ein Gefühl die Gesetze der Naturwissenschaft sprengt.

Selig lächelt Rainer in sein Glas. Vor ihm liegen die Trümmerreste einer Pizza mit winzigen Tintenfischbabys.

Sie tun mir leid, wie sie ihre Tentakelärmchen von sich strecken. Die Kerlchen haben sich ihre Zukunft unter Garantie anders vorgestellt.

»Ist schön hier, hm?« Mein Onkel rafft sich zu einem trägen aber glücklichen Zwinkern über den fettverschmierten Glasrand auf. »Morgen Vormittag bummeln wir am Strand. Am Nachmittag soll das Wetter schlechter werden, dann fahren wir in irgendeine hübsche Stadt und spielen Touristen.«

Wir sind Touristen.

Rainer plaudert über toskanische Sehenswürdigkeiten und untergegangene Völker.

Sind mir die Etrusker bereits mal untergekommen? Eher weniger. Ich höre zu, genieße rein optisch die Kellner und trinke den Wein langsamer als mein Onkel. Zwei Gläser werden es auch. Er sackt mir in die Knie, packt meinen Kopf in fröhliche Wolken. Ist mir heute egal.

Urlaub und Verliebtsein. Kaum noch zu toppen.

»Weißt du was?« Rainer kichert. »Ich brauche dein Englisch gar nicht.« Mit der Zungenspitze im Mundwinkel tippt er auf sein Smartphone. »Ich habe ja Siri!«

Er will mitten in der Öffentlichkeit mit einer Computerstimme plaudern? Bei der Geräuschkulisse um uns herum muss er brüllen, damit Siri ihn versteht.

»Rainer, tu es nicht!« Zu spät. Er donnert ins Mikro, was *die Rechnung bitte* auf Italienisch heißt.

Die sanfte Stimme säuselt ihm ein paar Höflichkeiten zu, bevor sie *Il conto per favore* sagt. Mein Onkel bedankt sich peinlich überschwänglich.

Mir ist völlig schleierhaft, warum der eingebildete Charme einer animierten Frauenstimme kleine Jungs und gestandene Männer gleichermaßen dazu veranlasst, verbal zu flirten.

»Il conto per favore.« Er seufzt hingerissen. »Auf Italienisch klingt alles viel schöner.«

Es sei denn, ein breiter Kerl bellt es.

»Eine Runde Poker auf dem Zimmer?« Die Hoffnung in seinem Blick ist rührend. Kann sie unmöglich enttäuschen und nicke.

Auf dem Weg zum Hotel erzählt er mir, dass er mit Tante Astrid mal in Italien war. Vor vielen Jahren, als sie einander noch liebten und jede modrige Ecke Venedigs unfassbar romantisch fanden.

Ich werfe ihm hier und da ein gebrummtes ja oder nein zu.

Die Nacht ist mild. Leise. Duftet. Ganz anders als in Berlin. Sie lockt mich in sich hinein. Sehr sanft. Wie eine erste Umarmung.

Lautes Reden und Lachen verscheucht meine neu entdeckte Romantik.

Eine Horde Jugendlicher fährt auf hässlichen kleinen Rädern an uns vorbei. Irgendwie sind die alle gleich. Ob man sich die leihen kann? Kinderräder in grellem Grün und grässlichem Orange. Dicke Stangen, kleine Reifen. Keiner meiner Leute würde sich auf so einem Ding erwischen lassen.

Mein Spott löst sich in Nichts auf, als ich bemerke, was die Jungs transportieren.

Mädchen.

Und was für welche.

Sie stehen auf den lächerlich niedrigen Gepäckträgern, kerzengrade und mit wehenden Sommerfähnchen. Zwei haben den Nerv, nebenbei mit ihren Handys zu daddeln. Ganz relaxt.

Jede Wette, so was wäre in Deutschland verboten worden.

Dabei kommt es fantastisch rüber. Leicht, extrem selbstbewusst und einfach ... grazil.

Eine von ihnen ist blond. Ein paar Strähnen flattern träge mit einem Halstuch um die Wette, als der Wind hineingreift. Ihre braun gebrannten, ein bisschen zu kurzen Beine ragen unter einem knielangen Kleid heraus.

Hübsches Grün, passend zum Schal.

Ihr Blick richtet sich stolz nach vorn. Lässig ruhen ihre schlanken Hände auf den Schultern ihres Chauffeurs.

Faszinierend.

Sie ertappt mich beim Starren. Für einen Moment versinke ich in Rehaugen. Sie kommen mir bekannt vor, und auch wieder nicht.

Der Moment radelt vorbei. Hinterlässt ein sanftes Ziehen in mir, das sich großzügig Herz, Seele und Schwanz schnappt.

»Junge?« Rainer hält mich am Arm fest und dreht mich zu sich. »Du verarscht mich doch.«

»Was?« Ich sortiere meine Gedanken, was schwierig ist, da ihnen plötzlich haufenweise seltsamer Gefühle im Weg stehen.

Mein Onkel lässt ein Lid auf Halbmast fallen. »Du hast der Kleinen da eben nachgestarrt.«

»Sie ist hübsch.«

»Kann sein, aber warum starrst du ihr und nicht dem Kerl nach, der sie fährt?«

Gute Frage. Mir fällt keine Antwort ein. Wenigstens nicht auf die Schnelle. »Sie war die Einzige mit blonden Haaren«, wage ich einen Versuch. »Das sticht hervor.« Gefärbt oder nicht. Es sah zu den gebräunten Schultern und den großen Augen wunderschön aus. »Außerdem habe ich null Probleme mit Frauen. Mir sind Männer nur lieber.«

Rainer schaut mich an und ich höre Zahnräder ineinandergreifen. »Du bist bi.« Die Feststellung kommt prompt und unerwartet.

Ich hebe die Brauen. »Stimmt. Das hält meinen Vater allerdings nicht vom Heulen ab.« Autsch.

Der Stich geht durch Herz und Bauch, während die Erinnerung an das Telefonat für eine kurze Zeit mein Hirn lähmt.

Ich habe Paps lieb. Hatte nie einen Grund, das nicht zu tun. Mal ein Streit wegen Mist, mal die Androhung von Hausarrest. Mehr Stress gab es nie. Wir gehören beide nicht zu den seelischen Plaudertaschen, die sich ihre täglichen Befindlichkeiten auf dem Weg zum Bad gegenseitig analysieren. Kommunikation zwischen ihm und mir findet meist mit Gesten statt. Ein Grinsen, eine Hand auf meiner Schulter und ich weiß, alles ist okay.

Jetzt weint er und gar nichts ist okay. Meine eigenen Augen laufen über. Muss am Wein liegen.

Rainer breitet die Arme aus und plötzlich verschwinde ich darin. Mitten auf der Straße. Mein Schamgefühl tippt mir kurz auf die Schulter, dann duckt es sich weg.

»Noah«, brummt er an meinem Ohr. »Thomas liebt dich heiß und innig. Das hat er immer – auch bevor das mit Nils passiert ist. Dass sich dieses Spektakel ausschließlich in seinem Inneren abspielt, ist doch nichts Neues.« Er tätschelt mir den Rücken. »Er braucht Zeit zum Verdauen. In ein paar Tagen ist er wieder der Alte.«

»Und wenn nicht?« Die Frage macht mir Angst. Die Antwort auch.

»Wird schon.« Rainer entlässt mich aus der Umklammerung und wuschelt mir wie einem Kind durchs Haar.

»War bisher noch keiner schwul in der Familie. Bi, glaube ich, auch nicht. Ist Neuland. Damit tut sich Thomas schwer. Er ist mehr so der bodenständige Typ, der keine Lust auf Veränderungen hat.«

Veränderung ist, wenn einem der Sohn wegstirbt. Nicht, wenn der andere lieber Schwänze als Muschis mag.

Rainer zuckt die Schultern. »Komm, Poker spielen. Das bringt dich auf sonnigere Gedanken.«

Nach Tanzen ist mir ohnehin nicht mehr.

— *Ciro* —

»Danke, dass du bei mir aufgestiegen bist.« Matteo grinst durch den Rauch einer Zigarette. Das Entzücken in seinen Augen streichelt meine Seele. Ihm ist nicht klar, dass es bei einem Kuss und harmlosem Flirten bleiben wird.

Ich führe ihn sanft an der Leine, seit er mich angesprochen hat. Heute Nacht brauche ich Ablenkung.

Ich habe mich nicht einsperren lassen. Bin raus auf die Straße. In voller Montur. Bin durch die Gegend geschlendert, habe die Blicke der Männer genossen. Bis mich Matteo ansprach. Ich sei hübsch. Ob ich mit ihm und den anderen zum Strand wollte?

Ich stieg auf sein Fahrrad. Sofort fiel jeder Zweifel von mir. Ich war Chiara.

Bis ich Noah mit seinem Onkel traf. Er hat mich nicht erkannt, aber in seinen Augen bemerkte ich ein Leuchten, das er bereits Ciro geschenkt hatte.

Ich war traurig und glücklich im selben Moment. Noah darf sich nicht in Chiara verlieben – weil ihn Ciro will.

Ich schiebe die verwirrenden Gedanken beiseite, bevor ich mich vollkommen zwischen meinen Existenzen verliere. Wenigstens will ich dasselbe wie Chiara: Eine kurze Zeit Leichtigkeit am Strand, mit Lachen, einem Feuer, Zigaretten, ein bisschen flirten.

Mehr nicht.

Bisher hat mich keiner der Jugendlichen durchschaut.

Sie verbringen ihre Ferien in dem Jugendcamp neben dem Parkplatz. Ein altes Gebäude mit einem winzigen Museum im Erdgeschoss.

Das Plaudern über Schulnoten, Lieblingsfächer, Ärger mit Lehrern, verflossenen Partnern tut mir gut. Mein Alltag hätte ähnlich aussehen können, wäre ich daheimgeblieben. Jedenfalls dann, wenn Pasquale ein paar Minuten früher aus dem Fenster gesprungen wäre.

Ein Mädchen fragt mich, woher ich komme und was ich so mache. Ich lüge ihr eine Existenz zusammen. Sie spielt in Rom. Ein Vater im Ausland, eine zu viel arbeitende Mutter, ein junger Onkel, bei dem ich die Ferien verbringe.

Ich lache und rede mit Fremden, bis sie mir vertraut vor-kommen. Lasse mich zurücksinken in geborgene Leichtigkeit.

Das Leben gefällt mir, solange ich ihm zwanglos als Chiara begegnen kann. Es ist freundlicher zu mir, charmanter.

Mir werden Zigaretten angeboten, obwohl ich selbst welche habe. Wir teilen uns zwei Flaschen Wein, als gehöre ich ebenso in die Gruppe wie die anderen.

Und immer wieder Blicke, die mir sagen, dass ich schön bin.

Als Ciro schäme ich mich für diese oberflächliche Sehnsucht nach Lob und Schmeicheleien. Als Chiara genieße ich sie in vollen Zügen.

Matteo lächelt. In seinen Augen spiegeln sich die Flammen. Er streicht mir mit den Fingern über den Nacken, den Rücken, bis zu der Stelle unter den Schulterblättern, an der mein Kleid beginnt. Es wird von dünnen Trägern gehalten.

Von dem mit Silikonkissen ausgefüllten Bandeau ahnt er nichts.

Ein Pärchen küsst sich.

Matteo wird mutiger. Er rückt näher, seine Lippen streifen meine Wange.

Sofort fällt die leichte Sorglosigkeit von mir ab.

Ich muss auf seine Hände achten. Sie dürfen ausschließlich das berühren, was ich ihnen gestatte.

Sie sind kälter als meine Haut. Ich schaudere, neige mich zum Feuer und vergrößere die Distanz zu meinem Verehrer.

»Du frierst?« Erneut berührt er mich. Diesmal an der Schulter. »Ich kann dich wärmen, wenn du willst.« Seine Stimme klingt nach unerfüllbaren Wünschen. Dabei sehne ich mich genau danach. Gestreichelt zu werden, Lippen nicht nur auf meinem Mund zu spüren. Meine Beine zu spreizen und sanfte Finger auf der Innenseite der Schenkel emporwandern zu fühlen.

In meiner Mitte regt es sich. Gut, dass ich ein Kleid trage. Meine Lust bleibt unsichtbar. Was Matteo unter grünem Nylon fände, ließe ihn entsetzt zusammenfahren. Er würde aufspringen und davonrennen. Oder mich schlagen. Die Angst davor springt aus der Dunkelheit. Ich falle zurück in die Zeit, als der Handrücken meines Vaters ein Quell echter Schmerzen war. Sie kamen in einer Geschwindigkeit über mich, die mir keine Chance zum Wegducken ließ.

»Hey!«

Eine Gestalt nähert sich. Sie humpelt.

»Chiara!«

»Was will der Kerl?« Matteo steht auf, sieht Marco entgegen.

Er ist mir nachgegangen?

Innerlich kauere ich mich zusammen, äußerlich straffe ich die Schultern. Warum missgönnt er mir dieses kleine bisschen Spaß?

»Was tust du hier?« Der Zorn lässt seine Stimme beben. Er kommt näher, bis der flackernde Lichtschein zuckende Schatten auf sein Gesicht wirft. »Komm mit, sofort!« Er streckt die Hand nach mir aus.

Matteo verschränkt die Arme vor der Brust. »Und wenn sie bleiben möchte?«

»Halte dich raus«, herrscht Marco.

Matteo atmete scharf ein. »Was gibt dir das Recht, sie herumzukommandieren? Um ihr Vater zu sein, bist du zu jung.«

»Ist in Ordnung.« Ich möchte nicht, dass Matteo wegen mir Ärger bekommen. »Er ist mein Bruder.«

Matteos Blick fragt mich vieles, das ich ihm weder beantworten kann noch will. Ich verabschiede mich, folge Marco, um den Abend nicht in einer Katastrophe enden zu lassen. Der Griff um mein Handgelenk ist grob. Er zieht mich in die falsche Richtung. Wo will er hin?

Das Feuer wird kleiner, das Raunen von Matteo und seinen Freunden leiser, bis es von dem Rauschen der Wellen verschluckt wird. Marco schleppt mich weiter hinter sich her. Bis auf die Lichter der Stadt ist es dunkel um uns. Ich erkenne kaum den Wassersaum.

Ich versuche, meinen Arm aus seiner Faust zu drehen.

»Hör auf, mich wie ein Kind zu behandeln!«

Er fährt herum. Reißt mir die Perücke vom Kopf. »Genau das bist du.« Sein Atem riecht immer noch nach Alkohol. »Ein Traumtänzer, der für ein bisschen Vergnügen alles aufs Spiel setzt!«

»Und was soll das sein?«

»Costa!«, zischt Marco. »Sein Wohlwollen, sein Geld!«

»Was ich außerhalb seiner Abende mache, geht ihn nichts an.«

»Du hast deinen Auftritt verweigert!«

»Ich wäre hingegangen, hättest du nicht abtelefoniert!« Ich schlage auf sein Handgelenk, bis er mich loslässt. »Ständig mischst du dich in mein Leben ein. Triffst meine Entscheidungen. Lass das!«

Marco torkelt zurück. »Du undankbare kleine Tunte!« Er starrt mich an, als wäre ich etwas Widerliches. »Alles habe ich für dich aufgegeben. Ohne dich ...«

»Niemand hat dich gezwungen, mit mir abzuhauen.«

»... wäre ich längst verheiratet.« Zwei Schritte auf mich zu. »Ich hätte einen richtigen Job, würde mich abends auf meine Kinder freuen und nachts in einem warmen Bett liegen. Ist dir klar, was ich meine?«

Meine Wut bröckelt, rieselt in den Sand.

»Mir genügt es nicht, deine Auftritte zu organisieren und dennoch arm wie einen Kirchenmaus zu sein. Ich bereue jeden Tag, wegen dir unser Elternhaus verlassen zu haben.«

»Dann geh zurück.« Ich meine es ernst.

Mein Bruder wirft den Kopf in den Nacken, lacht. Die Nacht wird kälter dadurch. »Sieh mich an!«, schreit er. »Denkst du, so was will eine Frau? Ich kann ihr nichts bieten bis auf mein Humpeln!«

»Es war nicht meine Schuld, dass du gestürzt bist!« Er konnte nie so gut balancieren wie ich.

»Aber es ist deine Schuld, wenn das bisschen, was wir haben, wegen deiner Disziplinlosigkeit zu Staub zerfällt.« Er greift mir in die Haare, hebt die andere Hand.

Sein Klappmesser.

»Ich sorge dafür, dass du Costa kein zweites Mal ent-täuschst.«

- Noah -

Meine Reisekasse füllt sich von Runde zu Runde.

Wir sitzen auf Rainers Bett und kloppen die Karten aufs zerkrumpelte Laken. Mein Onkel verliert dreißig Euro. Dann streikt er und will schlafen.

Ich stopfe das Geld in die Tasche, wünsche ihm grinsend eine gute Nacht und stehe schließlich vor meiner Tür. Ich habe die Schlüsselkarte bereits in der Hand. Muss sie gegen die vier kleinen Lämpchen drücken und mich von der Einsamkeit eines unpersönlichen Hotelzimmers schlucken lassen.

Ist mir nicht nach.

Das Handy weist mich darauf hin, dass Mitternacht knapp vorbei ist. Das Kinderlachen und Reden, das die ganze Zeit durchs Fenster drang, ist fast verstummt.

In Deutschland rennen die Minis nicht bis in die Puppen zwischen den Beinen ihrer Eltern hindurch. Lauter italienische Familien. Wir scheinen die einzigen Deutschen zu sein.

Gefällt mir.

Ich will ans Meer. Nur dasitzen und die Nacht riechen, den Wellen zuhören und vor mich hinträumen. Je weniger dort los ist, umso besser.

Der Weg zum Strand geht sich doppelt so schnell als am Mittag. Der Hauch aus dem Pinienwäldchen ist nun eindeutig kühl. Ich schaudere und genieße das Prickeln der Gänsehaut.

Der Parkplatz ist zwar von einzelnen Laternen beleuchtet, aber leer. Vom Strandcafé sticht bloß die Seitenfront aus der Dunkelheit. Die Liegestühle mit den Sonnenschirmen bilden Schattenreihen vor dem dunklen Wasser. Da, wo das Mondlicht das Kräuseln der Wellen berührt, entstehen silberne Streifen.

Alles ist friedlich.

Bis auf den Mann, der mir entgegenkommt.

Er steuert zu einem Mofa. Es lehnt an einem Lattenzaun.

Ciros Bruder. Ich erkenne ihn am Gang. Er hält etwas in der Hand. Nein, in beiden Händen. Das eine stopft er in die Hosentasche, das andere schleudert er von sich. Es weht wie ein Schleier sacht zu Boden.

Er stößt ein seltsames Geräusch aus. Eine Mischung aus Würgen und Schluchzen.

Ich sollte nicht hier sein. Ihn nicht beobachten. Stattdessen bohrt sich eine Frage in mein Hirn: Wo ist Ciro?

Sein Bruder schwingt sich auf den Sattel, startet. In mir spannen sich die Nerven an. Ich habe den Typ gefressen. Dennoch steckt er mir wie eine Gräte im Hals.

Er sieht mich, fährt zu dicht an mir vorbei. Finsterer Blick, verkrampfte Finger um den Gashahn.

Automatisch balle ich die Faust. Das komische Gefühl im Bauch bleibt. Auch, als er längst verschwunden ist.

Was hat er weggeschmissen? Ich renne zu der Stelle und suche mithilfe der Taschenlampen-App den Boden ab.

Kein Schleier.

Locken.

Sie gehören Ciro. Ich weiß es genau.

Ich hebe sie auf. Sie sind so leicht, so verloren ohne Kopf. Unsagbar weich. Ciros Duft dimmt für einen kurzen Moment die Wut.

Wo ist er?

Ich klammere mich an die Strähnen und brülle seinen Namen.

Gott, wie kann man seinem eigenen Bruder so etwas antun? Grässliche Bilder stürmen mein Hirn. Sie ähneln den Szenen in Uralt-Western, in denen Ranger von Indianern skalpiert werden.

Mein Magen krampft.

Ich schleudere die Flip Flops von den Füßen. Ohne sie bin ich schneller.

Über kalten Sand rennen, mit den Fersen zu tief darin versinken. Schnell? Ich bin langsam. So verflucht langsam!

»Ciro!« Er muss irgendwo in der Dunkelheit sein.

Sein Bruder schlägt ihn vielleicht nicht, aber was er getan hat, ist weitaus schlimmer. Mich schüttelt es.

»Ciro!«

Weshalb sollte er sein Leid mit mir teilen, sich mir anvertrauen wollen? Zum Teufel wird er mich jagen. Mich anschreien, was ich mich in sein Leben einmische.

»Ciro!«

Links von mir brennt ein Feuer. Vor den Flammen sitzen Schatten. Ab und an dringt ihr Gemurmel zu mir. Wenn ich Ciros Namen rufe lauter, sonst leiser.

Mit dem Nachtwind weht mich Einsamkeit an. Satt durchmischt mit Angst. Warum? Sind doch nur Haare.

Blödsinn. Sie sind das, was Ciro stolz gemacht hat.

Je weiter ich renne, desto stiller wird die Nacht. Auf der einen Seite das Meer. Auf der anderen verwaiste Liegestühle.

Nicht ganz. Auf einem sitzt jemand.

Ciro? Von der Statur her kommt es hin. Er schaut geradeaus aufs Meer. Mit dem Handrücken fährt er sich übers Gesicht.

Er weint.

Nein.

Sie weint.

Lange Haare, ein Kleid, nackte Schultern. Mehr erkenne ich nicht.

Ich schlendere näher, pfeife leise ein Lied, um sie auf mich aufmerksam zu machen. Sie soll sich nicht erschrecken.

Sie tut es trotzdem. Zuckt richtig zusammen. Unter dem Pony schauen große Augen zu mir hinauf.

Die Blondine auf dem Fahrradgepäckträger.

Ihr Sommerfähnchen ist viel zu dünn für eine Nacht am Strand. Sicher friert sie. Der hauchdünne Schal um ihren Hals wird das nicht ändern.

»Ciao.« Ich lächele hoffentlich vertrauenerweckend. »Alles gut?«

Sie nimmt die Beine dichter zum Oberkörper, wendet ihr Gesicht ab. Wahrscheinlich will sie lieber allein vor sich hin tropfen – oder versteht kein Wort von meinem akkuraten Englisch.

Was jetzt? Nachdem ich sie angesprochen habe, kann ich unmöglich einfach weitergehen. Außerdem besteht die vage Chance, dass sie Ciro gesehen hat.

»Ich suche einen Freund.« Erstens ist es die Wahrheit, zweitens ist es eine Möglichkeit, das Schweigen zu brechen. »Ich schätze, er ist so traurig wie du. Ist er bei dir vorbeigekommen?« Ich labere Mist. Woher soll sie wissen, von wem ich rede und wie soll sie in der Dunkelheit mehr als nur Schatten erkennen können?

Das Mädchen schüttelt den Kopf, wendet sich auch mit dem Oberkörper ab.

Okay, ich hab's begriffen. »Danke trotzdem.« Ich trabe weiter durch die Nacht, rufe erneut nach Ciro. Um mich her wird es dunkler und dunkler. Kein Mensch weit und breit. Vielleicht ist er längst zu Hause? Bei seinem brutalen Bruder? Ich balle die Fäuste und quetsche Ciros Haare dabei zusammen. Zurück und die Typen am Lagerfeuer nach ihm fragen. Hätte ich gleich tun sollen.

Scheiße, ist das finster. Hoffentlich verpasse ich den Eingang vom Strand nachher nicht. Ich halte mich dicht an den Liegestuhlreihen. Ob das Mädchen noch da ist?

Ich erkenne sie erst, als ich fast über sie stolpere.

Sie umklammert die Knie, lässt den Kopf hängen. Sie weint nach wie vor. Ihr Nasehochziehen konkurriert mit dem Wellenrauschen.

Verdammt, ich will wenigstens wissen, was mit ihr passiert ist.

»Hi. Ich bin's nochmal.«

Sie hebt den Blick, dann verschwindet ihr Gesicht erneut hinter den langen Haaren.

»Verstehst du mich?«

Sie nickt. Immerhin. Also Schritt zwei. Der Standard-Spruch: »Hast du eine Zigarette für mich?« Ich nutze ihr Überlegen, um näherzukommen. Lächele so harmlos und liebenswert, wie ich kann.

Sie kramt in einer winzigen Tasche und reicht mir schließlich die Packung.

Gut, sie versteht Englisch. Das erleichtert die Sache ungemein. »Ich habe meinen Freund nicht gefunden.« Ich schüttele eine Kippe aus der Schachtel, reiche sie ihr zurück. »Der hatte wunderschöne Locken, weißt du?« Keinen Schimmer, warum ich ihr davon erzähle. Doch im Moment scheint alles besser zu sein, als zu schweigen.

Das Mädchen gibt mir Feuer. Ihre Lippe blutet. Im Schein der Flamme sehe ich es ganz deutlich. Außerdem ist sie geschwollen. Ebenso wie die Wange.

Verdammt, sind heute Nacht lauter Ärsche unterwegs?

Ich hocke mich vor sie, schon um kleiner und weniger bedrohlich zu wirken, und schalte meine Handytaschenlampe erneut ein. Ich lege das Ding weit genug von dem Mädchen weg, dass sie nicht geblendet wird, ich aber dennoch mehr als bloß Schemen erkenne.

Irgendein Idiot hat ihr eins verpasst. Wer Schwächere schlägt, rutscht automatisch in die Arschlochkategorie ab.

»Entschuldige, dass ich nerve. Aber ich habe den Eindruck, du brauchst Hilfe.«

Sie schüttelt den Kopf. Wen will sie damit überzeugen?

»Hey, das ist keine Anmache. Ich bin gut im Helfen.« Zumindest gibt es Schlechtere als mich.

Sie versucht ein Lächeln und zuckt dabei zusammen. Aus dem Riss in der Lippe rinnt es dunkel.

Wo ist ein Taschentuch, wenn man es braucht? Leider nicht in meiner Jeans.

»Darf ich?« Ich zeige auf den freien Platz neben ihr.

Sie nickt wieder. Ihr Lippenstift ist verschmiert. Auch die Wimperntusche hat aufgegeben. Sie muss heftig geweint haben.

Wir sitzen nebeneinander, rauchen und schweigen. Trotzdem fühlt es sich richtig an. Ich bemerke die Schauer, die über ihren Rücken gehen. Sie friert. Mir geht es ebenso. Langsam wird es kühl.

»Kann ich dich nach Hause bringen?«

Ihr Blick klebt am Horizont.

Dass sie mir keine Antwort gibt, werte ich als nein.

»Noch mal, ich will nichts von dir. Ehrlich. Ich steh nicht wirklich auf Frauen.« Die meisten Mädchen fühlen sich in der Nähe eines schwulen Jungen wohl. Also spiele ich die rosarote Karte aus. Sie ist nicht gezinkt. Immerhin.

Auch wenn das Mädchen etwas in mir berührt. Mein innerer Held breitet bereits den Mantel auf potenziellen Pfützen aus, um sie trockenen Fußes heimzugeleiten. Dasselbe würde ich liebend gern für Ciro tun.

Bei jedem Zug erhellt die Glut ihr Gesicht. Ich starre auf das Rinnsal Blut, kann nicht wegsehen.

Sie bemerkt Ciros Locken. »Was ist das?«

So leise wie sie spricht, kann ich sie kaum verstehen.

»Was Trauriges.« Das schlechte Gewissen schnappt zu. Ich sollte ihn weitersuchen.

Ich lege die Strähnen auf den Liegestuhl. »Sie gehören dem Freund, von dem ich dir erzählt habe. Sein Bruder hat sie ihm ...« Die Wut glüht auf wie das Ende der Zigarette. »Ich muss ihn finden. Bist du sicher, dass du allein klarkommst?« Ich habe Hummeln im Hintern. Ist ein Mann bereit, wegen
zwangsabgeschnittener Haare etwas Dummes anzustellen?

Blödsinn! Und wenn doch?

»Nein, bin ich nicht.« Ihr Englisch hat denselben weichen Akzent wie Ciros. Sie streichelt die Locken, als seien sie lebendig und wertvoll. »Magst du ihn sehr?«

»Ja.« Es platzt spontan aus mir heraus. »Versprich mir, dass er längst zu Hause ist und in seinem Bett liegt.« Unsinnig, das von ihr zu verlangen. Ist mir klar. Dennoch würde es mich beruhigen.

»Du sorgst dich wirklich um ihn.« Hartnäckig bleibt sie dem Wasser zugewandt. Schämt sie sich wegen der Blessuren?

»Ist er ein guter Freund?«

»Die Wahrheit?«

Sie nickt.

»Ich kenne ihn erst seit heute.« Wenn ich sie mit dieser Tatsache überrasche, zeigt sie es zumindest nicht. »Ich habe ihn zufällig getroffen und plötzlich hat es mich erwischt.«

»Wie stark?«

Seltsame Frage. »Ganz stark. Ich kriege ihn nicht aus dem Kopf. So etwas ist mir zuvor nie passiert.« Während ich darüber rede, hüpfen kleine Flummis im Magen.

»Nicht stark genug, sonst würdest du deine Zeit nicht mit einer Fremden verschwenden.«

Mein Mund geht auf, zieht zu viel Luft in die Lungen. Wird mir deshalb schwummrig? Nur für einen Moment.

Das Gesicht, die Augen.

Was zum ...?

Sie greift sich in die Haare. Sie rutschen ihr vom Kopf.

Braune, weiche Fransen.

Ciro.

Ich fasse es nicht. Er ist ein Mädchen?

Schwachsinn!

Sie ist ein Junge?

Himmel noch mal!

Wozu trägt er eine Perücke? Was will er – herrje! – in einem Kleid? »Scheiße noch eins, was soll das?«

Seine Miene verliert jeglichen Ausdruck. »Los.« Er klingt heiser. »Zeig mir dein Entsetzen.«

Würde ich gern. Es stellt sich bloß nicht ein. Tausend Fragen prügeln sich in meinem Kopf, wer die erste sein darf.

- Ciro -

Ich bin tot. Eben war ich verzweifelt. Jetzt fühle ich gar nichts mehr. Nicht das Zerren in meinen Haaren, nicht das stumpfe Reißen des Klappmessers. Auch nicht die Fingerknöchel im Gesicht.

Marco hat mich geschlagen. Das hat er noch nie getan.

Ich wollte mich wehren, hatte die Faust geballt, stand dicht vor ihm. Es ging nicht.

Marco stieß mich von sich, schrie mir Schimpfworte zu. Will sie vergessen. Kann es nicht.

Er humpelte mit den Locken davon.

Erst danach kam der Schmerz. Innen und außen.

Noah schaut mich an und ich höre seine Fragen, obwohl er schweigt. Ich fürchte mich vor dem Moment, wenn sie seinen Mund verlassen.

Nicht antworten, nichts erklären oder entschuldigen müssen. Einfach stillsein dürfen.

Selbst das ist mir zu viel.

Kurz vorm Ziel bin ich gestürzt. Zu tief, um lächelnd aufzustehen und mir den Staub vom Kleid zu klopfen.

Das Drahtseil hängt über mir und zittert nach. So wie ich. Ich werde nie wieder darüber hinwegtanzen.

»Ciro?« Vorsichtig fasst mir Noah in die abgerissenen Strähnen.

Ich sollte ihn daran hindern. Er darf mich so nicht sehen. Warum habe ich mich bloßgestellt? Ich hätte mich weiter hinter Chiara verstecken können. Noah wäre gegangen, um Ciro zu suchen und ich hätte dafür gesorgt, dass er ihn nicht findet.

»Es tut mir so leid.« Er rückt näher, nimmt mir die Perücke aus der Hand und streicht sie glatt. »Ich mag blond.« Kein Lächeln, kein Scherz. Nur eine Feststellung. »Aber zu dir passen braune Haare viel besser.«

- Noah -

Ciro steht auf Mädchenfummel. Der Schreck hat mich am Haken und lässt mich zappeln. Ab und an schüttelt er mich. Ich muss mich zusammenreißen, damit es Ciro nicht merkt. Ich will ihn nicht zusätzlich demütigen. Das hat sein Bruder längst getan. Ob er herausgefunden hat, wie Ciro tickt? Hat er ihn deshalb geschlagen und ihm die Locken abgeschnitten?

Natürlich, was soll es sonst gewesen sein?

Ciros Blick wird leer. Er wendet sich ab, starrt aufs Wasser.

Soll ich gehen? Ihn vergessen? Statt aufzustehen, bleibe ich sitzen. Wenn ich bloß wüsste, warum?

In mir schleudern sich Gefühle und Fragen gegenseitig an die Wand.

Ich habe mich in eine Tunte verliebt.

Nein! Keine Tunte. Vor mir sitzt Ciro. Der Junge mit den wundervollsten Augen der Welt.

Der Typ mit dem schelmischen Zwinkern, der Mann, der mir einen Kuss auf die Hand gehaucht hat.

Ja genau. Und dieser Typ läuft nachts in Frauenfummel und Perücke durch die Gegend, und zwar so überzeugend, dass ich mich beinahe in die Blonde auf dem Rad verguckt hätte.

Habe ich längst.

Ciro ist Ciro.

Ich gebe es auf.

Ich wusste nichts von ihm, als es mich erwischt hat. Das Gefühl sprang mich aus dem Nichts an. Jetzt verkriecht es sich unterm Liegestuhl und bettelt darum, dass ich endlich gehe und es ja nicht zurücklasse.

Bei einem völlig zerrupften Kerl im Sommerkleid.

»Weshalb bist du noch bei mir?« Er fragt das Meer, nicht mich. »Du ekelst dich vor mir. Also verschwinde!«

Ekel? Nein. Ich bin erschüttert. So tief, dass ich bis ins Mark zittere. Mir fehlt die Erfahrung mit Typen wie ihm.

»Lass mich allein!« Ciros Stimme bröckelt.

»Kann ich nicht.« Dann passiert etwas Schreckliches. Ich weiß es. Mein Herz schlägt, als gelte es, einen Wettbewerb zu gewinnen. Verdammt, habe ich eine Angst. Sie ist genau dort, wo vor Kurzem das Verliebtsein steckte.

»Warum ...?« Ich breche die Frage ab. Ciro ist auch so klar, was ich meine.

Endlich sieht er mich an. Unter den schweren Wimpern ahne ich einen sturzunglücklichen Blick. »Es geht dich nichts an.«

Doch, das tut es. Immerhin hat er mir die Hand geküsst. So was verbindet.

Wieder hilft mir die Flucht nach vorn. »Bist du das Mädchen im Kleid und spielst den Jungen, oder bist du der Junge, der nur ab und an seine weibliche Seite lebt?« Schwachsinn! Was rede ich da? Hat mir ein Therapeut ins Hirn geschissen?

Ciro schüttelt den Kopf. »Geh einfach.«

»Und du?« Auf keinen Fall kann er zurück zu seinem Bruder.

Er schlingt die Arme um die nackten Beine, legt die Stirn auf die Knie.

Er wird hierbleiben. Allein in der Nacht. Er wird frieren, sich schrecklich fühlen und morgen krank einem Schläger gegenüberstehen.

Mein Magen rutscht zwei Etagen tiefer. »Ich bleibe bei dir.«

Ende der Diskussion.

»Warum?« In seinem Schrei stecken mehr Tränen als ihm über die Wangen rollen. »Spiel nicht den Samariter. Ich will dein Mitleid nicht!«

Mag sein, aber er bekommt es.

Megatonnenweise.

Ciro wischt sich über die Augen. Das Desaster in seinem Gesicht verschlimmert er damit um hundert Prozent. »Tu nicht so, als würdest du mich noch mögen. Ich weiß, dass es eine Lüge ist.«

»Du weißt mehr als ich.« In mir toben zig Empfindungen. Bevor ich sie bewertet und sortiert habe, geht die Sonne auf.

Hau ich ab, ist Ciro allein. Mit all seiner Angst und dem Berg aus Scham und Unglücklichsein.

Für mich keine Option. Wem es dermaßen mies zumute ist, braucht eine Schulter zum Ausheulen. Hatte ich immer. Eben erst bei Rainer.

Ich setze mich hinter ihn auf den Liegestuhl, lege beide Arme um ihn. Schön fest, damit ihm klar ist, dass sich potenzieller Widerstand nicht lohnt.

Ciro mutiert zum Stock.

»Hör mir zu.« Ich rutsche mit ihm zurück, bis ich mit dem Rücken

ans aufgestellte Kopfteil stoße. »Ich bin bereit, mit dir gemeinsam zu frieren und mir eine fette Erkältung zu holen. Also zick nicht herum.«
Die konkrete Ansage tut mir wahrscheinlich besser als ihm.

Wir sehen aufs Meer. Von mir weiß ich es, bei Ciro vermute ich es.

Verbissenes Schweigen. Möchte es brechen. Wie? Mein Hirn rattert, mein Herz zieht sich zusammen und heult.

Schlechte Basis für eine sinnvolle Unterhaltung.

Wasserrauschen, leise Stimmen von weit weg.

Ciro ist ne Tunte.

Verdammte Scheiße.

Nach einer Ewigkeit wird er weich in der Umklammerung. Er lehnt den Kopf zögernd an meine Schulter, hält sich an meinen Unterarmen fest. Seine Haare sind immer noch seidig und duften fruchtig und lecker. Will die Nase hineinstecken und zeitgleich die Drecksperücke ins Meer treten.

Wäre er dadurch geheilt?

Was bin ich für ein Arsch. Tunte hin, Tunte her. Ciro fühlt sich gut im Arm an. Ebenso wie die Wärme, die sich zwischen uns ausbreitet.

»Danke.« Seine Lippen berühren mich am Arm. Sehr zaghaft. Ein Kuss?

»Wofür?« Ich möchte einen zweiten.

»Für das hier.«

»Was meinst du?« Ich neige mich nah genug zu ihm, dass mein Mund sein Ohr streift. Auch eine Art Kuss.

Ciro schmiegt sich dichter an mich. »Dass du mich festhältst.« Ein Wispern, das im Rauschen der Wellen verloren geht. Bevor es ertrinkt, höre ich es.

»Wie lange bleibst du?«, flüstert es über die Härchen auf meiner Haut. Sie stellen sich auf, wollen noch mehr warmen Atem spüren.

»Solange du magst.« Es ist die Wahrheit. Ciro wird mir von Atemzug zu Atemzug wichtiger.

»Reden?« Ein sensationsgeiler Teil von mir interessiert sich brennend dafür, warum Ciro so ist, wie er ist.

Er zuckt die Schultern. Der Impuls fließt durch uns beide, so nah sind wir uns. »Je weniger du von mir weißt, desto schneller wirst du mich vergessen.«

»Willst du das?« Vor Enttäuschung zieht sich etwas in mir zusammen. Ciro nickt, küsst wieder meinen Arm.

Mein Herz wird schwer. Keine Ahnung, was ich erwartet habe. Das nicht.

Jetzt, wo ich ihn halte und mit ihm gemeinsam zu frieren beginne, kann ich ihn nicht mehr loslassen. Mir fehlen die passenden Worte, um ihm das zu sagen. Also beiße ich mir auf die Zunge und akzeptiere sein Schweigen.

Aber eines weiß ich genau. Vergessen werde ich ihn niemals.

- Ciro -

Sein Atem geht langsamer. Er streift meine Haare, legt sich warm, dann klamm auf mein Ohr.

Noah schläft. Mit mir im Arm.

Kein entsetztes Aufschreien, kein angewiderter Blick. Er ist einfach bei mir geblieben.

Ich fühle mich sicher bei ihm, spüre seine Stärke durch das bisschen Stoff unserer Kleidung.

Geborgenheit. Ich falle in das Gefühl und versinke darin, bis es sich um mich schließt.

Für diese Nacht.

Morgen werde ich Noah aus dem Weg gehen, mich im Hotel krankmelden, bis er abgereist ist.

Was heute am Strand geschah, war einmalig und das Schönste, was mir jemals widerfahren ist. Doch jetzt weiß Noah, wie ich bin. Ich selbst habe mir die Lüge vom Kopf gezogen. Dass er mich hält, ist bloß Mitleid. Das kann ich ihm und mir nicht zumuten.

Ich schließe die Augen und träume schlaflos von einem Märchen, in dem Perücken und Kleider, schwankende Seile und Angst keine Rolle spielen.

Die ersten Sonnenstrahlen holen mich zurück in die Realität. Noch ist sie kalt, duftet nach Noah und blendet mich.

Es ist besser, ich bin weg, bevor er aufwacht. Lange wird er ohne mich nicht frieren müssen.

Ich nehme den Schal ab, breite ihn auseinander und lege ihn vorsichtig über den Jungen, der mich nach dem Absturz aus dem Staub gehoben hat.

Cassian hätte dasselbe für mich getan. In meinem dummen Kopf – und nur dort.

Es ist mir zu wenig, jetzt, wo ich weiß, wie sich Geborgenheit in dem Arm eines anderen anfühlt.

»Danke.« Sacht berühre ich mit den Lippen Noahs Stirn. Er runzelt sie, lächelt im Schlaf. Neben dem Liegestuhl warten dunkle Locken und die blonde Perücke. Ich hebe beides auf. Sie gehören zu mir. Wie mein Bruder. Wie der Rest meines Lebens.

Heute Morgen wird Marco leidtun, was er mir gestern Nacht angetan hat und ich werde ihm verzeihen. So wie immer. Er ist mein Bruder. Meine Familie.

Ich fahre mir mit der Hand durch die verstümmelten Strähnen. Es fehlt so viel von mir.

Noch ist niemand am Strand. Mit ein paar Griffen richte ich die Perücke und streiche das zerknitterte Kleid glatt. Den Schal lasse ich bei Noah. Keiner wird den Kehlkopf bemerken. Sollte ich jemandem begegnen, lenkt ihn mein Gesicht von dem Rest von mir ab. Die Schminke ist sicherlich verschmiert und meine Lippe geschwollen. Auch die Wange fühlt sich dick an.

Ich will bei Noah bleiben und die Lüge glauben, dass ich ihm etwas bedeute. Seine starken Arme wölben sich unter dem seidigen Stoff. Ich habe mich wohl in ihnen gefühlt. Trotz meiner Traurigkeit. Ein Ort, an dem man verzweifeln kann, ohne verloren zu gehen.

Die Sonne streichelt über sein Gesicht, wie ich es gerne tun würde. Bald wird er aufwachen.

Ich kehre ihm den Rücken zu. Meine Beine sind aus Blei, tragen mich dennoch fort von ihm. Ich fixiere die Fassade des Strandcafés, um nicht zurücksehen zu müssen.

Kein Auto auf dem Parkplatz, bloß zwei alte Frauen auf der Straße. Eine davon ist Fiamma.

Ich versinke in mir. Blende ihr Starren aus.

Kalter Essensgeruch empfängt mich und lässt mich erst in Ruhe, als ich die Tür zu unserer Wohnung hinter mir schließe.

Marco sitzt in der Küche, in den Händen eine Tasse Kaffee. Die schwarzen Schatten unter den Augen lassen ihn krank aussehen.

Ich bleibe vor ihm stehen, lasse die Locken auf den Tisch fallen.

»Verzeih mir.« Er senkt den Blick. »Wirst du gehen?«

Ist das seine Angst? Allein zu sein?

Ich schüttele den Kopf.

Er springt auf. Der Stuhl fällt um. »Ich werde dich nie wieder schlagen.« Seine Umarmung ist grob. »Das mit den Haaren tut mir auch leid«, flüstert er mit zittriger Stimme. »Was ist bloß in mich gefahren?«

Alkohol und die Wut, dass ich Nein gesagt habe. Dass ich etwas nicht wollte, was er für mich vorgesehen hat.

Zögernd lässt er mich los. »Ciro?«

Ich brauche ein Bad, Schlaf und Alleinsein.

Marco schnappt nach Luft, als ich mir die Perücke abziehe und ihm in die Hand drücke. »Oh Gott ...«

Sein Entsetzen fährt mir in die Knie. Es wird schlimmer, als ich im Badezimmer vor dem Spiegel stehe.

Meine Wange ist dick. Die Schwellung reicht bis zum Auge und verschluckt es zwischen blau schillernder Haut. Der Mund ist verschmiert – mit Lippenstift und getrocknetem Blut.

Und die Haare ...

Mein Magen krampft. So hat mich Noah gesehen? Ich würge, bis meine Kehle brennt.

Marco legt mir die Hand auf die Schulter und dreht den Wasserhahn an. Was aus mir herauskommt, trudelt im Kreis und verschwindet im Siphon.

»Dusch dich und schlaf. Danach geht es dir besser.« Seine Worte sind weich vor Scham. »Soll ich im Hotel anrufen, dass du heute nicht kommst?« Er nickt an meiner Stelle, lässt mich endlich allein.

Ich spucke meine Sehnsucht nach Noah ins Becken. Sie frisst mich sonst auf. Ohne ihn wäre die Nacht unerträglich geworden. Er hat ihre scharfen Kanten mit seiner Freundlichkeit umwickelt und dafür gesorgt, dass ich mich nicht an ihnen verletzte.

Wenn er auf der anderen Seite des Seils auf mich warten würde ...

Der Gedanke schmiegt sich warm und tröstend um mein Herz.

Wenn er mir entgegenlächeln, die Hand nach mir ausstrecken würde, dann könnte ich ohne Sicherung tanzen.

Egal in welcher Höhe.

SEIDENZART

– Noah –

Sonne auf Wangen und Lidern. Meine Füße hingegen erfrieren und mein Rücken ist ein schmerzendes Brett.
Sanftes Rauschen, ein Geruch nach Meer und Ciro. Bin ich im Hotel? Wohl kaum.
Bevor ich die Augen öffne, fallen mir sämtliche Ereignisse des Abends gleichzeitig ein.
Ciros Locken. Die blonden falschen Haare, seine Verzweiflung.
»Ciro?« Ich bin allein. Weit und breit kein Mensch. Sein Halstuch segelt von meiner Brust. Hauchdünn und seidig.
Ich lasse es durch die Finger gleiten, schnuppere daran. Ciros Duft umschmeichelt meine Nase. Ich könnte heulen. Warum steht ein Traum von Mann auf Frauenfummel?
Sein Lachen, als wir im Meer geschwommen sind. Das Funkeln im Blick, als er sich neben mich gelegt hat.
Zucker!
Drecksperücke! Mistiges Scheißkleid!
Ich knülle den Schal zusammen, schleudere ihn von mir.
Er weht sacht auf den Sand, wird von einem Lufthauch erfasst und verfängt sich am Sonnenschirmständer. Die Enden flattern um den Holzpfahl, wirken verloren und allein.
Himmel! Es ist bloß ein blödes Stück Stoff!
Das nach Ciro duftet.
Das seinen Hals und dann mich gewärmt hat.
Das er da gelassen hat, als er ging.
Für mich.
Ist es ein Problem, dass er auf Kleider steht?
Ja! Ein absolutes, riesenhaftes.

Will ich ihn trotzdem wiedersehen?
Auf jeden Fall.
Ich wickele das Halstuch um mein Handgelenk. Ich soll es behalten und genau das werde ich tun.
Keine Ahnung, warum mir die Kehle eng wird.
Der Heimweg zieht sich. Bin ich gestern wirklich so weit in der Dunkelheit gelaufen?
Ein Mann fegt die Terrasse des Strandcafés. Er nickt mir zu, ich grüße auf dieselbe Weise zurück und verkneife es mir, nach Ciro zu fragen.
Der Parkplatz ist bis auf zwei Autos leer. Ein Kiosk wird gerade geöffnet, sonst ist kaum etwas los.
Die Ruhe beißt sich mit dem Aufruhr, den ich mit mir herumschleppe. Nicht ein einziges klares Gefühl steckt in mir. Alles wirbelt durcheinander.
Ciro hat sich perfekt in meinem Arm angefühlt. Dass er eine Tunte ist, grenzt an Verrat. Bin kurz davor, den Schal abzureißen.
Seidenweich wie Ciros Locken.
Die er nicht mehr hat.
Wenn sein Bruder das nächste Mal meinen Weg kreuzt, ist er dran.
Giulia sitzt am Empfang und blickt überrascht auf, als sie mich bemerkt. »So früh schon unterwegs?« Ihre Neugierde duckt sich hinter einem Lächeln.
Höflicher Small Talk funktioniert jetzt nicht bei mir.
»Der Mann, der gestern meinem Onkel mit dem Koffer geholfen hat ...«
»Ciro.«
»Ja, genau der.« Was will ich eigentlich wissen? Ich kann sie schlecht nach seiner Telefonnummer oder Adresse fragen.
»Er ist krank.« Giulia lächelt immer noch. Diesmal bedauernd. »Eben hat sein Bruder angerufen. Kann ich ihm etwas ausrichten lassen?«
Sein Bruder? Der, der seine Faust ausschüttelt?
Der, der Haare abschneidet?

Das Rauschen in den Ohren ist laut genug, um meine Antwort zu schlucken. Giulia scheint sie verstanden zu haben, denn sie lächelt weiter und nickt, bevor sie sich erneut ihrer Arbeit widmet.

»Er hat was liegen gelassen.« Ich wickele den Schal von meinem Gelenk. »Ich möchte es ihm vorbeibringen. Wo wohnt er?«

»Tut mir leid«, sagt Giulia nebenbei. »Die Daten unserer Mitarbeiter sind vertraulich. Sie können es mir geben und ich sorge dafür, dass er es erhält.«

Die Enttäuschung liegt mir wie ein Stein auf der Brust. Ich kann unmöglich einen Seidenschal für Ciro abgeben. Ebenso gut könnte ich sein Doppelleben gleich an die große Glocke hängen. Ich schüttele sinnloserweise den Kopf, da Giulia es nicht mitbekommt. Also räuspere ich mich. »Es eilt nicht. Ich warte, bis er wieder gesund ist.«

Mein Gegenüber nickt gedankenversunken.

Ciros Gesicht wird übel aussehen. Kein Wunder, dass er sich krankgemeldet hat. Und wenn sein Bruder ihn noch einmal schlägt?

Was geht mich die Tunte an? Ich friere auf der untersten Stufe ein. Die Scham springt mir ins Genick und schüttelt mich wie einen ungezogenen Hund.

Widerlich. Ich bin so widerlich!

Denkt so mein Vater von mir?

Schwuchtel, Tunte ... mir wird schlecht beim Denken.

Ich stehe auf hautenge Klamotten und schere mich nicht darum, dass mir die Jeans den Schwanz einquetscht.

Ciro steht auf Seidenschals. Kein wesentlicher Unterschied.

Die Perücke verdränge ich. Die ist einfach zu heftig.

Und das Kleid? Scheiß drauf. Darunter steckt ein betörend schöner, sicherlich bestens ausgestatteter Mann mit sinnlichen Lippen und fantastischen Augen. Was rege ich mich überhaupt auf? Selbst wenn er ab und an das Mädchen raushängt – ich mag Mädchen. Habe ich immer.

Trotzdem ist es krank – irgendwie. Oder nicht? Zumindest seltsam. Mein Kopf schwirrt.

Steige die Treppe hinauf, mit Ciros Duft in der Nase. Er ist weder weiblich noch süß. Einfach nur verboten gut.

Wie soll ich den Tag herumkriegen, ohne zu wissen, was mit ihm los ist?

Das Bett ist noch von gestern verknautscht. Ich falle darauf, breite ein Nichts von Stoff über meinem Gesicht aus. Beim Ausatmen kitzelt es, beim Einatmen schmiegt sich glatte Leichtigkeit an meine Haut.

Zwei Stunden Schlaf. Mir ist sonnenklar, von wem ich träumen werde.

- *Ciro* -

Will Marco nicht in meiner Nähe ertragen.

Er merkt es und lässt mich allein.

Mein Zimmer, mein Bett, die Perücke, meine Haare, die ...

Ich fühle Fetzen, wenn ich mit den Fingern hindurchstreiche.

Kloß im Hals.

Sehe Noahs Lächeln vor mir, als er dachte, ich sei ein Mädchen. Dann sein erschrockenes Erstaunen, als er begriff, dass ich Ciro bin. Bin ich das? Bin ich überhaupt irgendetwas?

Mir ist übel. Ich kreische vor Weinen. Innen. Nach außen kommt kein Ton. Vielleicht später. Wenn Marco die Wohnung verlässt.

Zu müde zum Hassen.

Alleinsein.

In Noahs Arm umfing mich Wärme, Nähe. Alles, was ich brauche. Bis auf das Mitleid. Ich will es nicht. Oder doch?

Schiebe die Träger von meinen Schultern, das Kleid rutscht an mir hinab. Das Bandeau ebenfalls. Die Gelpads klatschen auf den Boden.

Weiß nicht, was ich bin, so ohne Masken. Ciro? Den habe ich am Strand verloren. Chiara? Sie existiert ausschließlich unter den blonden Haaren und die fallen mir gerade aus der Hand.

Ich bin ein Irgendwas. Ein einsamer, unglücklicher Weiß-nichtwer.

Hab das Gefühl, als würde sich mein Glück in Zukunft vor mir verstecken.
War zu viel auf einmal, die paar Stunden mit Noah.
Alles auf einen Haufen.
Und jetzt ist es vorbei.

- Noah -

Seidenweiche Strähnen zwischen meinen Fingern. Ciro lacht mich aus, weil ich dachte, er sei ein Mädchen. Die Perücke ist eine fette Taube, die sich zufällig auf seinen Kopf gesetzt hat. Wir grinsen beide, als sie schwerfällig mit den Flügeln schlägt und davonfliegt.
Eine Blondine kommt die Straße hinunter. Auf dem Rücken trägt sie ein Fahrrad. Ihr grünes Sommerkleid ist mit altem Öl verschmiert.
»Ziehst du mir die Kette auf?« Sie lächelt genauso wie Ciro. »Sie ist mir abgesprungen und ich bekomme es allein nicht hin.«
Klar kann ich das. Ich nehme ihr das hässliche Rad ab und stelle es auf Lenker und Sattel.
Ciro beißt sich auf die Lippe, mustert das Mädchen, als wäre sie seine ärgste Feindin. Ob er eifersüchtig ist? Er zieht die Schultern bis zu den Ohren und geht.
Ich will ihm hinterherrufen, dass ich gleich nachkomme, da schrumpelt die Kette zwischen meinen Fingern zu einem Bündel brauner Strähnen.
Herzklopfen bis in den Hals.
Wo bin ich?
Das Hotelzimmer.
Alles okay, war bloß ein Traum.
Ciro, die Tunte. Warum ist das mein erster Gedanke?
Presse die Handballen gegen die Schläfen. Seit wann bin ich ein Arsch? Der Schal liegt neben mir. Der Beweis, dass ich die Nummer am Strand nicht geträumt habe.
Ein klarer Kopf wäre was Feines. Im Gefühlesortieren bin ich geübt. Leider kommt selten was Gutes bei raus. Bloß noch mehr Verwirrung.

Oder Traurigkeit.

Mensch, das ist mein Urlaub!

Ich springe aus dem Bett. Keinen weiteren Moment werde ich mit stumpfsinnigem Grübeln vergeuden. Lieber funktioniere ich wie ein Aufziehmännchen, bis ich wieder im Takt schlage.

Duschen, Rainer rausklopfen und Arglosigkeit heucheln.

Ein kläglichs Frühstück mit nach nichts schmeckendem Brot und abgepackter Marmelade und Butter. Eine Sorte Käse, eine Sorte Wurst, ein bisschen Obst.

Rainers Miene zeugt von Verzweiflung. Er liebt es üppig und herzhaft am Morgen.

Eine Niederländerin am Nachbartisch. Sie lächelt ständig zu ihm herüber.

Ich blende den Murks aus. Mein Kopf ist zu voll. Ciro wohnt in jedem Gedanken. Ich habe keine Ahnung, was ich fühlen soll, aber ich will mit ihm reden. Dringend.

Oder ihn verdrängen und als Urlaubserfahrung verbuchen? Zwischen uns ist nichts, absolut nichts passiert. Ihm ging es schlecht, ich war für ihn da. Basta.

Wie er sich an mich geschmiegt hat. Er brauchte das. Ich habe es ganz genau gefühlt. Auch die zarten Küsse auf den Arm.

Meine Augen beginnen zu schwimmen. Was bin ich für ein Weichei!

»Alles paletti, Junge?« Rainer schielt über sein belegtes Brot hinweg. Wie eine Drohung schwebt es vor seinem Mund.

»Klar. Ist schön hier.« Ist es auch. Und traurig.

Zeitraffer.

Dabei dehnt sich jede Minute ins Endlose.

Strand, baden, essen gehen.

Kein Ciro.

Auch nicht am zweiten Tag.

Ein Besuch in Pisa. Ich verliere Rainer aus dem Blick, weil es auf dem Platz vor Touristen wimmelt, die so tun, als stützten sie den schiefen Turm. Als ich ihn finde, stemmt er sich mit angestrengtem Gesicht gegen nichts. Hinter ihm der Turm, vor ihm eine nette Dame Mitte fünfzig, die ihn mit Handzeichen in die richtige Position dirigiert. Nach Ewigkeiten kommt er lächelnd zu mir und zeigt mir das Ergebnis. Er stützt den Turm nicht, er versucht, ihn zu umzustoßen.

»Klasse, oder?« Schweiß perlt ihm auf der Stirn. Wie lange hat er in der Hitze gestanden?

»Superoriginell.« Ich verschränke unauffällig die Finger.

Grinsend steckt das Smartphone weg und wir umrunden den Campanile, das Babtisterium und den Dom.

»Willst du rein?« Rainer schiebt mich Stufen hinauf ins Kühle und setzt seine Brille auf die Nase. Mit Wülsten zwischen den Augenbrauen studiert er die Preise für die Eintrittskarten. »Wenn nicht, können wir heute Abend fett essen gehen, wenn doch, muss dir ein Snack reichen.«

»Wir gehen essen.« Was für eine Frage! Auf den Turm wäre ich gern gestiegen. Allerdings werden nur Gruppen mit Onlinebuchungen zugelassen.

Wir drängen uns durch Menschenmassen zurück in die Altstadt.

Meine Laune schwankt. Geht so ist der höchste Punkt, beschissen der tiefste. Vor Rainer mime ich den glücklichen Urlauber. Ich will ihn nicht mit Trübsinn nerven.

Auf der Rückfahrt bilde ich mir ständig ein, dass mich Ciros massakrierte Haare am Kinn kitzeln. Was hat der Typ bloß mit mir angestellt?

Der Tag wird zum Abend und der Abend zur Nacht. Ich liege wach und fühle Ciro in meinem Arm. Wieder ist mir klar, dass mir ein paar Tassen im Schrank fehlen. Zumindest vor mir selbst mache ich mich zum Volltrottel.

Am dritten Tag ist Strandwetter – ohne Ciro. Mir brennen die Schultern an, mein Bauch sieht zu weiß zum Rest von mir aus. Ich erwische mich dabei, wie ich an den Härchen unterm Nabel zupfe und mir vorstelle, Ciro würde es mit den Lippen tun.

Sollte Rainer meinen Zustand bemerken, übersieht er ihn großmütig.

Am Abend helfen mir zwei Gläser Wein ins Traumland. Statt Ciro dort zu vögeln, prügele ich mich mit seinem Bruder.

Am Morgen erwache ich mit verkrampften Kiefernmuskeln und Morgenlatte. Seit wann geilt mich Aggression auf?

Der vierte Tag kommt und geht.

Die Niederländerin beflirtet meinen Onkel. Er genießt es und lacht viel zu oft und zu laut. Wenigstens lenkt ihn das von mir ab. Auch so streifen mich ab und an misstrauische Blicke.

Wir besuchen Lucca in strömendem Regen und kaufen sündhaft teure Schirme von einem Straßenhändler. Das Wasser schmatzt in meinen Schuhen, wir tropfen ein Café voll und schlürfen Cappuccino.

Zurück in Marina die Bibbona begebe ich mich auf Pirsch.

Vergebens.

Kein Ciro.

Nicht am Hotel, nicht auf der Straße, nicht am Strand.

Der sechste Tag erdrückt Volterra in Gewitterwolken und wir stapfen erneut regengeflutete Gassen hinauf und hinab. Zwischendurch wird mein Herz so schwer, dass es wehtut.

Der Urlaub rinnt mir durch die Finger und die Hoffnung, diesen seltsamen, wundervollen Jungen noch einmal zu sehen, schrumpft zu etwas Winzigem.

Abends hocke ich im Gartenrestaurant mit den scharfen Kellnern und bin kurz vorm Heulen. Rainer bekommt eine SMS von seinem niederländischen Urlaubsflirt. Die beiden haben tatsächlich ihre Nummern ausgetauscht.

Noch ein Drink in der Hotelbar. Ohne mich natürlich. Ich verstehe die zögernde Frage meines Onkels und spiele ihm Begeisterung vor. Für was? Die halbe Nacht einsam am Strand zu verbringen?

Ich laufe barfuß über Asphalt und Sand, bis ich den Liegestuhl finde, auf dem ich Ciro gehalten habe. Kaum sitze ich auf dem Plastikding, rinnt es mir aus den Augen. Ich gehe ein vor Sehnsucht. Begreife es nicht.

Ein paar Stunden flirten, ein paar Stunden trösten. Dennoch hänge ich in den Seilen.

Nicht einmal Ciros Vorliebe für Maskara schreckt mich ab. Tausend

Tag- und Nachtträume. In allen überzeuge ich ihn von der Schönheit seiner männlichen Seite und dass er auf Perücken scheißen soll. Nur um danach aufzuwachen und festzustellen, dass es mir egal ist, was er auf dem Kopf trägt, solange ich es ihm vor dem Vögeln runterziehen kann.

Dick tropfen meine Tränen auf die Oberschenkel. Es ist längst nicht bloß mein Schwanz, der sich nach Ciro sehnt. Mein Herz zerfließt wie meine Augen und erstickt an der Sehnsucht.

Übermorgen fahren wir zurück. Ich schlucke an dem Kloß im Hals.

Finde dich damit ab. Was steigerst du dich so rein? Da war nichts. Absolut nichts.

Ich heule wie ein Schlosshund.

Das bin nicht ich, dieses jammervolle Bündel auf irgendeinem bekackten Liegestuhl. Ich bin tough, smart, habe meine Gefühle im Griff. Ach ja? Wenn ich mir wenigstens nicht so Sorgen um ihn machen würde.

Sollte ich seinen beschissenen Bruder treffen, mache ich ihm klar ...

Was? Dass er Ciro nicht schlagen darf, weil ich ihn liebe? Ich schrecke vor dem viel zu großen Wort zurück und zucke zusammen.

Liebe. Was soll daraus werden? Er wohnt in Italien, ich in Berlin. Zu weit für eine Wochenendbeziehung.

Vielleicht ist er bei Facebook.

Bringt nichts.

Ciro Frattinis gibt es sicherlich wie Sand am Meer und das Wichtigste: Er will mich nicht wiedersehen. Warum ist er sonst gegangen und bisher nicht mehr aufgetaucht? Ich verstecke mich hinter meinen Armen, was ebenfalls Schwachsinn ist. Niemand ist hier. Ebenso gut könnte ich nackt Purzelbäume schlagen. Verdammt, mich hat es noch nie so erwischt

– *Ciro* –

»Die Frau vom Hotel hat angerufen.« Marco steht in der Tür. Sein Blick schweift durchs Zimmer. Was er von dem Chaos hält, sagt er nicht. »Ob es dir besser ginge.«

»Nein.« Ich ziehe die Bettdecke bis über die Nase. Sie ist mein bester Freund, rettet mich vor allem, was außerhalb ist.

»Du kannst dich nicht ewig verstecken.« Zögernd tritt mein Bruder ein. Mit spitzen Fingern sammelt er die Opfer einer verzweifelten Woche auf. Das Kleid, die Perücke, ein paar Schminksachen. Die benutzte Unterwäsche ignoriert er. »Musste das sein?« Er klingt gleichzeitig nach schlechtem Gewissen und Vorwurf. »Das ist ein Saustall.«

In dem ich ununterbrochen von Noah geträumt habe. Das war wichtiger als aufzuräumen.

»Da sind ein paar Hotelgäste.« Marco bleibt gut zwei Meter vor dem Bett stehen. »Du sollst den Reiseführer spielen.«

»Vergiss es.« Mir fehlt die Energie, dieses Zimmer zu verlassen. Kann nicht Freundlichkeit und Kompetenz vortäuschen. Außerdem ist die Gefahr zu groß, Noah zu begegnen.

Nein. Der neunte Tag. Er und sein Onkel sind gestern abgereist. Ich sollte mich freuen. Der ständige Kampf ist vorbei. Ich muss mich nicht mehr zwingen, nicht zu ihm zu gehen. Er ist weg. Kein Warten auf nichts, kein Ringen um Vernunft. Was mir jetzt helfen würde, ist Ablenkung oder das komplette Versinken im Elend.

»Ist gut.« Arbeiten wird helfen. »Ich melde mich bei Giulia.«

Marcos Brauen verschwinden im Haaransatz. »Wirklich?« Erleichtert atmet er auf. »Wann willst du wieder aufs Seil?«

»Dann.« Typisch für ihn. Ich krieche und er erwartet einen Tanz.

Marco nickt, als wüsste er, was in mir vorgeht. »Sag einfach Bescheid, okay?«

Ich quäle mich aus dem Bett wie ein alter Mann.

Marco weicht mir aus, als ich mich an ihm vorbeischleppe. »Du stinkst.« Seine Mundwinkel sacken ab. »Wie kann man sich so gehen lassen?«

Ich suche mein Handy und wähle die Nummer des Friseurladens um die Ecke. Termin in zwei Stunden. Die brauche ich, um ein Mensch zu werden.

Bei jedem Gang zur Toilette habe ich den Blick in den Spiegel vermieden.

Ich streiche übers Kinn. Stoppeln. Mir bleibt nichts übrig, ich muss mich rasieren. Blind funktioniert das schlecht.

Der Schreck springt mir zuerst ins Gesicht, danach in den Magen.

Ich bin ein Wrack. Schmale Lippen, rissig und blass. Lächeln ist unmöglich. Die Augen geschwollen und dunkel vor verschmierter Wimperntusche. An der Wange klebt noch alter Schorf. Die Wunde darunter ist verheilt.

Hässlich und heruntergekommen starre ich mir entgegen.

Selbstmitleid, Scham, und etwas, das brennt, wenn ich mich darauf konzentriere.

Will zurück ins Bett, zwinge mich, stehen zu bleiben.

Irgendwann funktioniere ich wieder. In ein paar Wochen vielleicht. Ich kann mich nicht ewig nach der Umarmung eines Jungen sehnen, den ich kaum kenne. Es ist gut, dass er fort ist.

Für ihn und für mich.

Mein Spiegelbild glaubt mir nicht. Es weint.

Ich ziehe das stinkende Shirt aus und wische mir damit die Tränen ab. *Du bist kein Mann!*

Weil Geborgenheit und Zärtlichkeit die einzigen Wünsche sind, die ich mit mir herumschleppe?

Ich will für einen Menschen das Wichtigste auf der Welt sein. Ich will geliebt werden, so wie ich bin. Ich will Hände auf mir spüren, die mich nicht zum Seil drängen, sondern sanft über meine Haut gleiten. Bis hinunter zu dem Stück Männlichkeit an mir, das ich zu oft verstecke.

Ich will meine Beine spreizen, sie auf die Schultern eines anderen legen. Will den Schmerz fühlen, wenn er in mich eindringt, will die Lust genießen, wenn er mich ausfüllt.

Ich schließe die Augen und sehe Noah vor mir. Wie erschrocken er auf meine Haare starrt. Wie verwirrt er ist, als er begreift, dass ich ich bin. Trotzdem ist er bei mir geblieben.

»Ich wäre gern dein Prinz gewesen.« Mein Mund bewegt sich. Also habe ich das eben wirklich gesagt. Ich halte ihn zu. Glitzernde Rinnsale fließen über den Handrücken.

Nein, ich bin kein Mann. Ich bin es wahrhaftig nicht.

»Ciro?« Mein Bruder klopft an die Tür. »Geht's?«

Ich nicke und vergesse, dass es nichts bringt.

»Warum schluchzt du?« Er klingt nach Ärger statt nach Mitgefühl.

Plötzlich sitzt mir mein Leben im Genick. Schwer und sperrig lässt es sich kaum tragen. Die Wucht des Aufpralls schleudert mich aus meiner Balance.

Das Seil schlägt weit nach rechts und links aus. Ich stehe in der Mitte. Bin noch längst nicht am Ziel.

Ich will nicht fallen.

Schon greift der Wind in meine Kleidung.

Ich knie mich hin. Ganz automatisch. Breite die Arme aus, verharre.

Ich kriege das hin. Ich bin ein Profi. Auf dem Seil schaden Gefühle. Lediglich die Konzentration auf den nächsten Schritt kann mich retten.

Eine zweite Böe nehme ich frontal. Sie weht durch mein Herz, nimmt die Sehnsucht nach Noah mit sich.

Gut so. Er würde nie am anderen Ende auf mich warten.

Unter der Dusche weicht meine Haut auf, bis sie schrumplig wird.

Keine Verlockung mehr, doch zum Hotel zu laufen und zu versuchen, Noah ein letztes Mal zu sehen.

Schaum auf dem Gesicht. Ich schabe mich über schwarze Stoppeln. Meine Achseln und Beine lasse ich in Ruhe. Vorläufig bleibe ich Ciro.

Aus der Küche duftet es nach Kaffee. Ich schlinge ein Handtuch um mich. Essen ist gut.

Mein Magen glaubt mir kein Wort, dabei ist er seit Tagen zu kurz gekommen und sollte sich freuen.

»Frühstück?« Marco steckt den Kopf durch die Küchentür. »Signor Costa sendet dir Grüße. Es wäre ihm eine Freude, wenn du ihm am Freitag wieder Gesellschaft leisten würdest. Der Kerl bekommt nicht genug von dir.«

Mir gefällt sein Grinsen nicht. Zu geschäftstüchtig. Ich nicke dennoch. Marco tippt die Zusage sofort, weist nebenbei zum Tisch. Croissants, Butter und Marmelade. Er hat wirklich ein schlechtes Gewissen.

Ich esse schweigend, während er mir die vergangene Woche zusammenfasst. Seit Jahren ist es das erste Mal, dass wir tagelang nicht miteinander geredet haben.

Tratsch vom Markt, Fiammas Spleen, streunende Katzen zu füttern, und Costas Angebot, uns ein gebrauchtes Seilspanngerät zu verkaufen. All das berichtet mir Marco. Mich interessiert nichts davon.

»Hat Giulia gesagt, wann ich im Hotel sein muss?«

Marco stutzt. Anscheinend bemerkt er erst jetzt, dass ich ihm bloß mit einem Ohr zugehört habe.

»Um elf.« Er klingt gekränkt.

Ich trinke meinen Kaffee aus und hoffe, dass er meinen lädierten Kreislauf in Gang bringt. »Okay, dann bin ich erst spät zurück.«

Die Stadt ist winzig. Länger als fünf Stunden inklusive An- und Abfahrt brauche ich auf keinen Fall. Den Rest der Zeit werde ich am Strand oder sonst wo verbringen. Nur nicht in seiner Nähe. Ich hätte mich wehren sollen, dann würde ich mich besser fühlen.

Ich fixiere Marcos Kinn. Wie ist es, seinen eigenen Bruder zu schlagen?

Nervös streicht er sich darüber. Ahnt er meine Gedanken?

»Viel Spaß«, murmelt er in seine Tasse. Meinem Blick weicht er aus.

»Sei charmant. Umso mehr Trinkgeld bekommst du.«

Wenn ich es schaffe, meine Mundwinkel nach oben zu zwingen, bin ich gut. Ein Gaukler. Ich tu das, was das Publikum will und was mir Geld einbringt.

Mein Fuß gleitet zurück. Mit einer Mischung aus Knicks und Verbeugung verabschiede ich Marco – mit perfektem Lächeln.

»Schon gut. Hau ab.« Die Hälfte seines Gesichts verschwindet hinter der Kaffeetasse.

Mit den verschandelten Haaren kann ich mich nicht sehen lassen. Ich bettele am Telefon um einen Termin in der nächsten halben Stunde und Fabio, der Friseur, hat ein Einsehen. Die Katastrophe auf meinem Kopf verstecke ich unter einer Mütze. Handy und Portemonnaie wandern in den Rucksack.

Auf der Treppe riecht es diesmal nach ausgelassenem Schinken statt nach verbrannten Zwiebeln. Nach meiner unfreiwilligen Askese nimmt mir das mein Magen übel.

Mit angehaltener Luft überspringe ich die letzten Stufen. Mein Herz fühlt sich weniger wund an, jetzt, wo ich weiß, dass Noah fort ist. Ich bin traurig, aber damit kann ich umgehen. Irgendwann hört es auf. Ich darf nicht mehr an ihn denken. Dann wird alles gut.

Den Druck in der Brust ignoriere ich. Heute ist ein voller Tag. Das wird mich ablenken.

Der silberfarbene Lamborghini. Er parkt vor der Pizzeria.

Ich erkenne ihn sofort. Die Fahrertür steht auf, der Mann hat ein Bein lässig auf den Asphalt gestellt. Diesmal sitzt die Sonnenbrille auf der Nase.

Wieder das Grinsen. Es wächst auf seinen Lippen und ich fühle mich schäbig. Er tippt auf sein Smartphone, hält es sich ans Ohr, ohne mich aus den Augen zu lassen. Sein Mund bewegt sich, das Lächeln zu mir wird breiter und böser.

Mich schaudert. Woher kenne ich ihn?

Bevor mich die Angst hindert, überquere ich die Straße.

Er drückt das Gespräch weg. Gelassen sieht er mir entgegen.

»Gibt es einen Grund, dass Sie mich beobachten?« Die Begrüßung spare ich mir.

Meine Nackenhaare stellen sich auf. Die Abscheu des Mannes mir gegenüber spüre ich bis in die Eingeweide.

Er zieht sein Bein zurück in den Wagen, schließt die Tür und fährt los.

Ich sehe ihm reglos hinterher, bis er in der Kurve verschwindet.

Marco muss es erfahren. Sollte der Kerl mich während eines Auftritts erkannt haben? Unmöglich. Woher? Und warum stellt er mir nach? Er ist mir unheimlich. Unter seinem Blick fühle ich mich wie durch den Dreck gezogen, dabei habe ich ihm nichts getan. Ich weiß nicht einmal, ob ich ihn wirklich kenne oder es mir bloß einbilde. Teilt Marco meine Bedenken, werden wir unsere Sachen packen.

Ich will nicht weg. Mir gefällt der kleine Ort. Er ist nah an Livorno, Pisa, Volterra. Städte, in denen ich auftreten kann. Außerdem hänge ich an dem Job im Casa di Mara. Auch an Giulia und Luis.

Wenn ich nur wüsste, was der Mann von mir will.

- Noah -

»Ist die Idee nicht großartig?« Begeistert würgt Rainer die Serviette. »Haben wir ein Glück, dass das Hotel nicht ausgebucht ist.« Sein Grinsen streift die fleischigen Ohrläppchen.

Das war vor drei Tagen. Nach einem Absacker mit Sonja, seiner Urlaubsflamme, hat er sich entschieden, noch eine Woche dranzuhängen. Mein Vater hatte damit kein Problem. Er ist zwar sein Arbeitgeber, aber auch sein Bruder. Die einzige Bedingung: Er wollte mich sprechen.

Paps: »Und?«

Ich: »Hi Paps.«

Er: »Geht's dir gut?«

Ich: »Ist schön hier.«

Zögern, in dem ich ihn atmen höre.

Er: »Ich hab dich lieb, Noah. Nur, dass du Bescheid weißt.«

Ich: »Alles klar. Danke. Grüß Mama.«

Danach habe ich aufgelegt und geheult. Das ich dich auch blieb mir im Hals stecken. Dabei stimmte es.

Mann, bin ich eine Memme. Meine Seele hängt wie ein Lappen in mir herum. Jeder Windhauch bringt sie aus dem Gleichgewicht. Das wird erst besser, wenn ich weiß, was mit Ciro ist. Ich kaue Fingernägel vor Sorgen. Das ist absolut untypisch für mich. Wie es der Typ geschafft hat, sich an einem einzigen Tag in mein Herz zu schleichen, ist mir schleierhaft. Ich kann meine Gedanken kaum noch einfangen. Abends vorm Einschlafen stelle ich mir vor, wie ich ihn vor seinem brutalen Bruder rette. Wie mir Ciro daraufhin dankbar seufzend an die Brust sinkt und mir zuflüstert, ich sei sein Held.

Ich schäme mich in Grund und Boden für diesen sentimentalen Scheiß.

Im Traum prügele ich mich sogar für Ciro, bis ich, vollkommen erschöpft und über und über mit Blut besudelt, vor ihm zusammenbreche. Der reinste Hardcore Manga.

Ciro sitzt danach neben mir und verarztet mich mit meterlangen dünnen Verbänden, die um uns herumflattern. Warum? Es weht kein Lüftchen. Die Dinger flattern trotzdem und sind in Nullkommanichts durchgeblutet. Wundersamerweise stört uns das nicht. Ciro steigt auf mein Leidenslager, setzt sich auf mich und küsst jede unverbundene Stelle meines geschundenen Körpers, bis mir das Restblut ausschließlich im Schwanz pocht.

Gott, sind das geile Träume.

Zwischen Küssen und Stöhnen – vor Schmerz und vor Lust – senkt er sich langsam auf mich herab und ich spüre seine verdammt heiße Enge meinen Schwanz zusammendrücken.

Während dieser Szene wache ich auf. Nass im Schritt und keuchend, mit der Faust um mein bestes Stück.

Gestern lief eine Variante mit Ciro im Kleid und mit blonden Haaren. Störte mich nicht. Nach dem Wachwerden schon, aber im Traum? Kein bisschen. Ich habe mich auf ihn geschoben und gevögelt wie ein Mädchen. Ging auch.

Verbringe ich die Nächte weiterhin mit derlei Fantasien, werde ich zum Tier.

Jede Sekunde stehe ich unter Strom. Bin ich allein, binde ich mir den Seidenschal um den Bauch. Schön fest, dass ich den Druck und die zarte Glätte spüre. Ich bilde mir ein, Ciro schlingt die Arme um mich und seufzt dabei komische Liebesworte, für die ein normaler Mann verdroschen gehört.

Mich turnt es an.

Noch eine Woche, dann bin ich wieder in Berlin. Wenn Ciro heute nicht auftaucht, werde ich ... keine Ahnung, was. Mir muss etwas einfallen.

Völlig durch den Wind zupfe ich die Haare zurecht und quetsche die Nachwirkungen meines letzten Traumes in die Jeans. Ich lasse die Tür hinter mir zufallen und klopfe Rainer aus dem Zimmer. Das Frühstück wartet. Ich habe null Appetit.

Rainer erscheint mit hochgekrempelten Hemdärmeln. Eigentlich ganz normal. Dennoch wirkt er schicker als sonst.

»Morgen!« Auch sein Gruß klingt ungewöhnlich motiviert. Bevor er mich begleitet, huscht er noch einmal zurück und checkt sich im Spiegel. »Sehe ich gut aus?«

»Gut genug für wen?« Mir schwant Böses.

»Für Sonja!«

Dachte ich mir. Seine niederländische Eroberung hat's ihm angetan.

»Nimm mich ernst.« Seine Lider fallen herab.

»Ich riskiere mein Leben, wenn Astrid davon erfährt.«

»Du willst dich scheiden lassen.«

Rainer presst die Lippen aufeinander. Bevor er antwortet, stößt er tiefe Schnaufer aus. »Ja. Und jetzt habe ich einen Grund mehr.«

»Angst?«

Sie strömt ihm aus jeder Pore. »Sie wird mir den Arsch aufreißen.«

»Bloß finanziell. Das hältst du aus.« Paps lässt ihn nicht vor die Hunde gehen.

Rainer wischt sich übers Gesicht. »Schaun' wir mal.« Er nimmt mich am Ellbogen und schiebt mich Richtung Treppe. »Ehe ich es vergesse.« Sein Augenaufschlag ist der eines reuigen Sünders. »Ich weiß, wir wollten heute nach San Gimignano. Allerdings bat mich Sonja, ihr Lucca zu zeigen.«

»Da waren wir längst.«

Schuldig starrt er auf seine Füße. »Ist mir klar. Sie will ja auch mit mir hin. Allein.«

Die Enttäuschung ist minimal, drückt dennoch ein bisschen im Magen. Doch wenn ich wegen eines Italieners leide, kann er wegen einer Niederländerin glücklich sein. Das ist fair. Das Ding mit Tante Astrid muss er danach selbst ausbügeln.

»Kein Problem.«

Mein Onkel lächelt selig. »Danke, Noah. Die Sonja ist echt ...«

Was sie ist, erfahre ich nicht. Denn sie wartet am Fuß der Treppe auf uns, vielmehr auf Rainer, und strahlt ihn an.

Innerlich verdrehe ich die Augen, äußerlich grinse ich zurück.

»Die Herren Lichtenwald?« Giulia winkt uns zu sich. »Der Reiseführer steht in einer Stunde für Sie bereit. Ist Ihnen das recht?«

Welcher Reiseführer?

»Ach, hat es geklappt?« Motiviert schlägt Rainer die Hände zusammen. Es klatscht laut genug, dass Giulia zusammenfährt. »Bestens. Kann ich mich auf ihn verlassen? Wegen der engen Straßen und so? Immerhin vertraue ich ihm meinen Neffen an.« Kumpelhaft legt er mir den Arm um die Schulter. Giulia versichert ihm lächelnd, dass er sich keine Gedanken machen muss.

Außerdem hätte sich eine Familie angeschlossen.

Eine Familie? Ich verbringe meine Freizeit nicht mit nervenden Blagen fremder Leute. Und abschieben lasse ich mich schon gar nicht. »Vergiss es«, raune ich ihm zu. »Seit wann brauche ich einen Babysitter?«

»Wart's ab.« Rainer grinst und ich will ihn hauen. Theoretisch zumindest. Was brockt er mir ein? Aus dem Kinderklub-Alter bin ich längst raus.

»Erst einmal frühstücken.« Er schiebt mich vor sich her Richtung Pool. Dahinter liegt das Hotelrestaurant samt Frühstücksraum.

Ich schüttele seine Hand von mir und bedenke ihn mit einem Blick, der ihm einiges klarmachen muss. Zum Beispiel, dass er dabei ist, unsere Freundschaft zu riskieren.

Rainers blendende Laune nervt mich über eine halbe Stunde, dann verabschiede ich mich von den beiden und ignoriere, dass er mir quer durch den Raum unter zig Zeugen nachruft, dass San Gimignano eine wunderschöne Stadt sei und es schade wäre, wenn ich sie verpasse.

Meine Wangen glühen, mein Herz trommelt wütend in der Brust. Nicht nur, dass ich mich mit Liebeskummer herumplage, jetzt werde ich auch noch von der eigenen Familie gedemütigt.

Liebeskummer. Kannte ich bisher nicht.

Bilde ich mir irgendeinen Scheiß ein? Eine fixe Idee, weil ich ohnehin bereits seelisch am Stock gehe? Was sind das für abstruse Gedanken? Es gab einen Noah, der sich einen Dreck um Befindlichkeiten scherte. Hätte ihn liebend gern zurück. Der Jammerlappen, den ich seit Tagen mit mir herumschleppe, ist widerlich.

Ohne Umwege steuere ich die Rezeption an. Ein paar klare Takte mit Giulia austauschen. Der beschissene Reiseführer kann mich mal und die bekloppte Familie mit ihren Giftzwergen auch.

Ein junger Mann steht am Tresen. Hübsche Rückansicht. Die Haare sind im Nacken ausrasiert und das etwas längere Deckhaar fällt weich und fransig. Muss sich toll anfühlen, gegen den Strich über das kurze Fell zu streichen.

»Herr Lichtenwald?« Erneut winkt mich Giulia zu sich. »Herr Frattini wird Sie begleiten.«

Der Mann dreht sich um.

Ciro.

Mein Herz kickt von jetzt auf gleich jeden Ballast von sich.

Ciro ist der Reiseführer. Meine Aversionen fremde Blagen betreffend verschwinden im Nirgendwo.

»Buongiorno.« Er nickt. Wirkt erschrocken. Seine Hände suchen am

Tresen hinter ihm Halt.

Ich werde ihn nicht bloßstellen. Weshalb denkt er so etwas von mir?

»Guten Morgen, Ciro.« Ich schaue ihm fest in die Augen. Er soll alles darin sehen, was ich ihm im Moment nicht sagen kann. »Ich habe dich vermisst.«

Wieder antwortet mir ein Nicken. Seine Miene kämpft um freundliche Gleichgültigkeit.

Vergebens.

Ich bilde mir ein, dieselbe Sehnsucht zu erkennen, die mich seit Tagen umtreibt.

Da ist mehr. Angst. Ganz deutlich. Warum? Ich bin kein Verräter. Das muss ihm klar sein. Auf meiner Stirn steht *Held* gemeißelt. Damit habe ich kein Problem. Jeder hat seine Rolle. Das ist meine. Ich habe sie mir ausgesucht, erfülle sie, basta!

Außerdem bin ich mir sicher, dass Ciro dringend einen Kerl wie mich braucht.

Er ist der attraktivste Typ meines zugegeben nicht allzu langen Lebens. In den Rehaugen möchte ich bis zum Ende meiner Tage versinken. Ab und zu unterbrochen von einem innigen, Verstand raubendem Fick.

Apropos Verstand. Von dem ist im Moment nicht viel übrig. Eine Wolke aus Schmetterlingen flattert um meine kaum noch funktionierenden Synapsen.

Ich bin siebzehn. Am Beginn einer Karriere als Mensch und als Mann. Ich werde noch viele Kerle haben. Sonnenklar. Im Moment will ich ausschließlich den vor mir.

Er ist mein Prinz.

Ich beiße mir auf die Zunge, dabei würde ich so einen Kitsch niemals laut aussprechen. Schlimm genug, dass ich ihn denke.

Wahrheit bleibt Wahrheit. Mein Prinz steht vor mir. Verletzlich und unsicher, komplett überfordert mit der Situation.

Ich möchte ihn beschützen, ihm Mut zusprechen, mich für ihn schlagen – im Notfall.

Auf meinen Unterarmen stellen sich die Härchen auf. Ich streiche sie glatt, weiß, wie nervös das wirkt. Genau das bin ich. Und unendlich, bis über die Spitzen meiner gewachsten Haare hinweg verliebt. Das Gefühl ist zu groß, es drückt mein Herz gegen die Rippen.

Ciro beißt sich von innen auf die Lippen, bis sie von außen blass werden.

Ich sehne uns in eine einsame Ecke, in der wir unbelauscht reden können.

Reden? Vor allem will ich ihn berühren. Die samtige, braune Haut streicheln. Spüren, wie seine Nippel unter meinen Fingern hart werden, bevor ich ihn auch an anderen Stellen stimuliere. Gott, ich will Ciro so dringend!

Ein Typ mit Rollkoffer und Haarkranz poltert durch unsere fest ineinander verhakten Blicke.

Ciro blinzelt, schaut sich um, als müsste er sich orientieren. Sein Kehlkopf hüpft auf und ab. Scharfkantig drängt er gegen die zarte Haut am Hals und bettelte um meine Zungenspitze.

Mir wird heiß. Verdammte, scheißenge Jeans!

Mein sensibelstes Organ wird zusammengequetscht, was ihm egal zu sein scheint. Es wächst trotzdem und tut langsam weh.

»Ich hole meinen Rucksack.« Ich brauche kaltes Wasser. Nicht zum Trinken, obwohl sich meine Stimme nach absoluter Trockenheit anhört. »Wartest du hier oder treffen sich alle auf dem Parkplatz?« Ich habe Angst zu gehen. Was ist, wenn ich zurückkomme und er ist weg, um erneut eine Woche zu verschwinden?

Meine Nerven flattern. Ich will einen Schwur von ihm, dass er bleibt. Will ihn fesseln, bis ich wieder da bin, damit er auf keine dummen Ideen kommt.

Er sieht käsig aus und die schwarzen Balken um die Augen gefallen mir nicht. Doch von den Blessuren ist kaum noch etwas zu bemerken.

Die neue Frisur macht was her. Sie zeigt mehr von seinem Gesicht. Es wirkt männlicher, da die Linien der Wangen-knochen und des Kinns betont werden. In die Stirn ragen ein paar gegelte Fransen.

Niedlich.

Dennoch steht Ciro unter Strom. Seine Schultern sind gespannt und seine Hände ballen sich, kurz bevor er nickt. »Ich warte hier. Lass dir Zeit.«

»Sicher?«

Sein Mundwinkel zuckt. »Sicher.«

In Gedanken stoße ich die Faust in die Luft. Will ihn in meinen Arm ziehen, ihn tief und wild küssen. Vor allen Leuten. Wäre mir scheißegal. Ihm aber nicht.

Mir tropft der Zahn bei der Vorstellung.

Wie von Furien gejagt, hetze ich die Treppe hinauf.

Was brauche ich? Handy, Portemonnaie. Kondome? Wo sollen wir die mit einer Familie im Nacken einsetzen?

Ich wünsche den Blagen die Seuche an den Hals.

Ein Tag mit Ciro. Meinetwegen auch in San Gimignano. Irgendwo wird es ein einsames Eckchen geben. Zwei Gummis wandern schon aus Trotz in die Hosentasche.

Fertig.

Halt! Der Seidenschal. Mittlerweile riecht er nach mir und nicht mehr nach Ciro. Ich wickele ihn um meinen Bauch, ziehe das Shirt darüber. Er trägt kaum auf, so dünn ist er. Ciro muss ihn mir abwickeln, wenn er ihn zurückhaben möchte. Sehne den Moment herbei, in dem er genau das tut.

Diesen Aufwand betreibst du für einen Kerl, der auf Perücken steht?

Ich lache die warnende Stimme aus und verbiete ihr für den Rest des Tages den Mund.

Noch kurz das Erscheinungsbild checken. Aus dem Spiegel grinst mich ein verliebter Depp an.

Ist okay. Ab nach unten.

In der Lobby sitzen zwei Mädchen zwischen acht und zehn Jahren inklusive ihrer Eltern. Keine Ahnung, in welcher Sprache sie kommunizieren. Der Vater redet mit Ciro in Englisch. Als er mich bemerkt, stellt er sich als Herr Jorgensen aus Dänemark vor. Ich gebe brav die

Hand und vergesse den Namen beim dritten Schütteln.

Mein Kopf ist zu voll. Jeden Winkel bewohnt Ciro.

Er wirkt nach wie vor angespannt. Sein Lächeln bleibt hartnäckig in den Mundwinkeln und lässt die Augen aus.

Er führt uns zum Parkplatz und öffnet die Seitentür eines VW-Busses mit Hotel-Logo, der garantiert knackigere Zeiten erlebt hat.

Die dänische Familie stürmt den Fond. Theoretisch wäre dort noch ein Platz für mich frei. Doch ich will nach vorn.

Ciro runzelt die Stirn, als ich die Beifahrertür öffne. »Eigentlich sitzen die Gäste ...«

»Mir wird hinten schlecht.« Blödsinn. Aber das Argument zieht. Ciro beißt sich auf die Lippen, nickt.

Warum tut er so, als wollte er mich fernhalten? Ich schlucke die Kränkung hinunter.

Der Anblick seiner schlanken Hand, die sich auf den Schaltknauf legt, hilft mir dabei.

Beinahe behutsam. Ob er mich ebenso berühren würde? Ich spreize die Beine unauffällig. Mein Freund klopft von innen an die Jeans. Zum Glück liegt der Rucksack darauf.

Ciros Finger tanzen über das Kunstleder, packen plötzlich kräftig zu und legen den Gang ein.

Zwischen meinen Schenkel pocht es.

Ciro fährt vom Parkplatz, biegt ab. Schaltet erneut auf diese sinnliche Weise.

Ich werde nichts von der Landschaft mitbekommen, sondern ihm ununterbrochen dabei beobachten, wie er den Schaltknauf verwöhnt.

»Ich habe nicht erwartet, dich noch anzutreffen.« Er kommt kaum gegen das Stimmenwirrwarr hinter uns an.

Deshalb hat er sich verkrochen. Er wollte mich nicht treffen und warten, bis ich abgereist bin. Er wusste, dass wir ursprünglich für eine Woche gebucht hatten. Die Erkenntnis prügelt sich in meinen Magen.

Ich schalte das Radio an, dass die Dänen akustisch abgelenkt sind.

Ist vermutlich unnötig. Wahrscheinlich verstehen sie kein Deutsch.

»Warum bist du mir aus dem Weg gegangen?«

Ciro zuckt die Schulter.

»Schämst du dich vor mir?« Ich bin wütend und das soll er merken. Ich habe dank ihm eine Scheißzeit hinter mir.

»Ja. Allerdings das ist nicht der Grund.«

»Welcher ist es dann?«

Er schaut mich an, und ich möchte ihn an mich drücken und zärtlich streicheln, so unglücklich wirkt er. »Es ist kompliziert.«

»Wegen deines Bruders?« Meine Hartnäckigkeit wird fies. Ich weiß das und fahre die Schiene dennoch.

»Auch.« Seine Hände klammern sich ans Lenkrad. Es wird ihm keinen Halt geben, in seinem seltsamen Leben. Ich schon. Er muss mich lediglich an sich heranlassen. Einmal habe ich es bereits getan. So oft er will, können wir das wiederholen.

»Ich bin für dich da, Mann.« Abgedroschener geht es nicht. Ist trotzdem mein Ernst.

»Ach ja?« Sein Blick schubst mich aus dem Bus. »Wie lange? Drei Tage? Vier? Danach reist du ab.«

Er hat recht. Ich hasse diese Erkenntnis.

»Tut mir leid.« Mir fällt nicht Gescheiteres dazu ein.

Er schweigt. Ich schweige.

Eine traumhafte Landschaft zieht vorbei, ohne auch bloß ein Kribbeln in mir zu wecken. Wie kann ich Ciro klarmachen, dass ich an seinem Haken hänge?

Als wir Volterra hinter uns lassen, wage ich einen neuen Vorstoß. »Gibt es eine Möglichkeit, sicherzustellen, dass dein Bruder dich nicht mehr schlägt?«

Ciros Fingerknöchel werden blass. »Es ist nicht seine Art. Es war ein Ausrutscher, und wenn ich gewollt hätte ...«

»Hättest du dich auch nicht wehren können.« Wer keine Übung im Zurückschlagen hat, tut es nicht, sondern verkriecht sich hinter den Armen, schützt den Kopf und hofft, dass es aufhört. »Ich weiß, wovon ich rede.

Früher war ich für ein paar Dumpfbacken der Lieblingsprügelknabe.«

»Du?« Er wendet sich zu mir, die braunen Augen weiten sich.

Sein Erstaunen schmeichelt mir.

»Klein, moppelig, schüchtern und ängstlich. Ist gar nicht so lange her.« Meinen ersten Besuch im Fitnessstudio startete ich mit Ende fünfzehn.

Ciros winziges Lächeln möchte ich ihm von den Lippen küssen.

»Trotzdem ist es, wie ich sage.« Es verschwindet. »Es war ein Versehen.«

»Schwachsinn!« Schwierig, die Wut aus der Stimme herauszuhalten.

»Du hast keine Ahnung von dem Verhältnis zwischen meinem Bruder und mir.« Sein Seitenblick straft mich ab.

Innerlich pralle ich zurück, äußerlich setze ich meine abgebrühteste Miene auf. »Keine Ahnung, ja?« Seltsamerweise redet es sich mit geballten Fäusten besser. »Bist du ein Kind, das abhängig vom großen Bruder ist? Hast du deine Eltern verloren und Marco macht einen auf Vater?« Ich hole Luft und schnappe dabei Mut auf. Was ich ihm an den Kopf werfe, ist unter aller Sau. Ist mir klar. Doch ich will ihn aus der Reserve locken. Also weiter. »Brauchst du das, dich fertigmachen zu lassen? Sag schon, welche Art Beziehung verbindet dich mit einem wie Marco?«

Ciros Mund wird zu einem Strich. Er sieht in den Innenspiegel nach den Dänen. Sie sind damit beschäftig, die Kleinste vom Kotzen abzulenken. Das Mädchen ist fahlgrün um die Nase. Kein Wunder, bei den Kurven.

»Wie alt bist du, Noah?«

»Siebzehn. Ich werde bald achtzehn.«

»Ich bin neunzehn.«

Zwei Jahre? Verdammt!

»Seit ich vierzehn bin, lebe ich allein mit meinem Bruder.«

Scheiße! Der Klassiker mit dem tödlichen Autounfall der Eltern. Ich fühle mich im Voraus räudig. Was muss ich auch meine Klappe aufreißen? »Wie kommt's?«, quäle ich mir ab.

Ciro holt Luft, atmet aus. Schweigt. Für einen Moment schließt er die Augen, dann starrt er wieder auf die Straße. »Marco hat mich mit Schminke im Gesicht und hochgeschobenem Kleid unter unserem Nachbarn erwischt.« Er flüstert beinahe.

Ich drehe die Musik einen Tick leiser.

»Damals war ich vierzehn und habe geheult vor Schmerz, weil ein viel zu großer Schwanz in mir steckte.«

Mein Schlucken ist lauter als das Grauen, das aus dem Radio dudelt.

»Marco hat sich eine Zeit lang eingeredet, dass mich Pasquale vergewaltigt hat. Aber das stimmte nicht.« Um den wunderschönen Mund wird es weiß.

Ich lege meine Hand auf sein Bein. Seine Traurigkeit schwappt über mich hinweg und ich will ihn retten und ans Ufer ziehen.

»Ich wollte es.« Ciro schiebt meine Hand von sich. Nicht böse. Nur entschieden. »Ich habe mich gern geschminkt. Habe mich gern berühren lassen. Vor allem in den Kleidern meiner Schwester. Eines kam zum anderen und plötzlich ...« erneut senken sich die Lider. »Ich wusste nicht, wie weh so was tut.«

»Kein Vorglühen?« Mein Hintereingang zieht sich erschrocken zusammen. Nur bei der Vorstellung, dass mich ein Typ mit dickem Dödel mir nichts dir nichts pfählt.

In mir steckte nie ein Schwanz.

Keinen Schimmer, wie das so ist.

Bevor ich mir Malte vorgenommen habe, haben wir ewig lange Vorbereitungen getroffen. Er hatte Schiss wie sonst was und erst, nachdem er drei Finger ausgehalten hat, habe ich mich rangetraut.

Lustig fand er es auch nicht – zu Beginn. Plötzlich startete er durch, dass ich ihm den Mund zuhalten musste.

»Marco ist noch in derselben Nacht mit mir geflohen. Er hatte Angst, unser Vater könnte es herausfinden. Er hätte mich zum Krüppel geschlagen. Da mache ich mir nichts vor. Mein Bruder hat alles für mich aufgegeben.« Ciro starrt geradeaus. Mich springt das Gefühl an, dass er mir etwas Wichtiges verschweigt. Ich will ihn nicht drängen. Ich wundere mich ohnehin, dass er sich mir gegenüber öffnet.

»Ich mag deine neue Frisur.« Irgendetwas muss ich sagen. Außerdem stimmt es.

»Besser als die blonden Haare?« Zum zweiten Mal versucht sein Seitenblick, mich aus dem Wagen zu kicken.

»Ja.« Ich sehe ihn an und grinse an seiner Ablehnung vorbei. »Ich steh auf Männer.«

Seine Braue zuckt, als er sich der Kurvenstraße widmet.

»Doch dich würde ich auch als Mädchen vögeln, wenn du es möchtest.« Zu spät, sich den Mund zuzuhalten. Fakt ist Fakt. Im Moment könnte mich sogar ein rosa Hasenkostüm nicht aufhalten.

In Ciros Miene geschieht etwas. Bewegung. Gefühl. Eins zu null für mich. Mehr Türen kann ich ihm nicht öffnen.

Bitte, geh einfach durch!

- *Ciro* -

Meine Wangen pochen. Ich weiß nicht, was ich sagen soll.

Er würde mich als Mädchen lieben.

Mir wird schwindelig. Die Straße verschwimmt. Eine Kurve, weshalb kommt sie so schnell?

Noah greift ins Lenkrad. Der Wagen schlenkert, hinter mir würgt ein Kind.

Ich höre das hektische Knistern einer Plastiktüte und das gurgelnde Klatschen, als sich die Kleine darein erbricht.

Der Mann stöhnt genervt, bittet mich, anzuhalten.

»Ciro?« Noah lässt langsam das Lenkrad los. »Fahr da vorne in den Feldweg, ja?« Er klingt so sanft. So besorgt. Warum?

Mir geht es gut. Besser, als es mir jemals vorher ging. Auch wenn ich alles durch einen Schleier sehe.

Ich gehorche aus Instinkt, blende den sauren Gestank und das schnelle Reden aus dem Fond aus.

Den Wagen parke ich am Fuß eines Weinbergs.

Die Familie stürzt aus dem Auto, eines der Mädchen rennt zwischen die Rebstöcke, das andere stützt sich blass auf die Knie. Es würgt immer noch.

»Hier, trink was.« Noah fischt meine Wasserflasche aus dem Haltenetz. Er schraubt sie für mich auf, hält sie mir hin. »Bist fast so käsig wie die Kleine da.«

»Meinst du das ernst?« Ich bin völlig verwirrt. Will mich freuen und fürchte mich davor.

»Dass du kalkweiß bist? Und ob.«

»Dass du mich vögeln würdest.«

»Ja.« Es kommt sofort. Blankes Begehren glüht in den grauen Augen. »Gib mir eine Gelegenheit, es dir zu beweisen.«

»Du kennst mich kaum.«

»Falsch.« Sein Zeigefinger reckt sich. Er zeigt auf mich, ohne mich bloßzustellen. »Ich weiß, dass du auf Frauenfummel stehst, dass du es genießt, wenn ich dich umarme. Ich weiß, wie warm dein Atem ist, wenn er meine Haut berührt, und wie furchtbar ich dich in den letzten Tagen vermisst habe.« Sein Lächeln wirkt so verwirrt, wie ich mich fühle. »Ich weiß allerdings nicht, wie mir das passieren konnte.«

»Was ist dir passiert?« Mein Mund wird trocken.

»Ich habe mich verliebt.« Seine Pupillen verdrängen die kühle Farbe der Iriden. »Mich hat's erwischt und du lässt mich einfach zappeln.« Langsam schüttelt er den Kopf. »Das ist unfair, Ciro.«

»Ich bin kein Urlaubsfick.« Warum sage ich das? In meinen Träumen habe ich mich ständig unter ihn gesehnt.

Er nickt. »Verstehe.« Zögernd streicht er mit den Fingern über meine Wange. »Aber ich will dich vögeln. So oft es geht, so tief es geht. Danach halte ich dich im Arm, solange du es möchtest. Schaue mit dir aufs Meer, streichle deine Haut warm, bis du eingeschlafen bist.«

Mein Herz brennt. Mein Unterleib auch. Ich kann nicht schlucken, nicht antworten. Da ist nur sein Blick. Er umarmt mich, küsst mich, nimmt meine Seele, wie ich von Noah genommen werden will.

Sanft. Voll Liebe. In absoluter Geborgenheit.

Dann ertrage ich auch den Schmerz und warte, bis er zu Lust wird.

»Uns bleiben bloß ein paar Tage, von denen du viel zu viele verschwendet hast, Ciro. Wir können sie gemeinsam verbringen oder du lässt mich jetzt aussteigen und ich trampe zurück nach Bibbona und halte mich für den Rest der Zeit fern von dir.«

Steig aus!

Das wäre klug. Denn bald wird Noah gehen müssen und der Abschied wird mir doppelt schwerfallen.

Noah nickt. Seine Enttäuschung ist präsent wie das Zirpen der Grillen. Er wendet sich ab, die Hand liegt auf dem Türgriff.

Bleib! Ich presse die Lippen aufeinander, spüre Noahs Traurigkeit in mir selbst.

»Wir können weiter.« Der Däne klopft aufs Autodach und Noah und ich fahren zusammen wie ertappte Teenager.

Er ist es noch. Kaum zu glauben.

»Ich hab es mir anders überlegt.« Seine Mundwinkel zittern, als er Signore Jorgensen anlächelt. »Viel Spaß in San Gimignano. Ich gehe ...«

»Bleib.« Bevor ich realisiere, was ich tue, lehne ich mich zu ihm und halte ihn am Shirt fest. »Die Stadt ist bezaubernd. Du wirst sie lieben.«

Jorgensen stimmt mir munter zu und manövriert seine Familie ins Auto.

Die Beifahrertür ist offen. Noah hat ein Bein schon draußen.

»Bitte.« Ich will, dass er bleibt. So sehr!

Wie im Traum lege ich den Gang ein und fahre los. Noah zieht erschrocken das Bein zurück und wirft die Tür zu. »Was soll das?«

Ich weiß es nicht. Schwebe samt Wagen zwei Meter über dem Asphalt. Um Noah und mich stülpt sich eine Glocke. Sie sperrt alles aus. Die Familie im Fond, meinen Bruder, Costa, das Seil, das Ende von Noahs Ferien.

Ich schlucke, blinzele. Die Gefühle sprengen mich.

Noahs Nähe ist greifbarer als das Lenkrad. Ich kann nicht auf sie verzichten. Was mir widerfährt, ist neu. Ein Mann interessiert sich für mich. Nicht für Ciro, nicht für Chiara, sondern für mich.

Er ist verliebt. In mich.

Er will mich, egal wie.

Gott, mir wird immer heißer.

Der Horizont beginnt zu schwanken.

»Du atmest du schnell.«

Noah neigt sich zu mir. »Langsamer aus als ein, hörst du?«

Ich kann mich auf keine Atmung konzentrieren.

Er schenkt mir sein Herz.

Mir, der Tunte.

Das Wort ohrfeigt mich. Es wird mir nicht gerecht. Transportiert zu viel Falsches, verbirgt zu viel Wichtiges.

Wieder legt Noah seine Hand auf mein Bein. Ganz kurz, dann zieht er sie zurück.

Seine Berührung hinterlässt ein unsichtbares, prickelndes Zeichen. Es bedeutet: Du bist nicht allein.

Warum fühlt sich Glück wie Chaos an? Lachen und Weinen drängen sich in meiner Brust und wollen in die Freiheit. Ich blinzele wie verrückt, wünsche mich in Noahs Arme.

Der sitzt still neben mir. Ab und an schenkt er mir einen zärtlichen Blick.

Ein paar Tage Liebe.

Ich will sie. Habe sie mir mit jedem Schritt auf dem Seil verdient.

Keinen Rückzieher. Bloß nicht!

Ciro macht was durch. Seine Miene wechselt zwischen verkrampft und selig, seine Hände klammern sich regelrecht ans Lenkrad und sein Atem geht immer noch zu schnell. Gegen was kämpft er?

Er sollte aufgeben, es hinnehmen und die Zeit mit mir genießen.

Wie es danach weitergeht? Wenn ich das wüsste! Ich werde mir etwas einfallen lassen. Es gibt Facebook, Mails, Handys, Kurztrips. Mit dem Taschengeld? Trampen ist ein Abenteuer. Ich steh auf so was. Rucksack, Wurfzelt, Isomatte und los. Ich plane meine Herbstferien innerhalb von Sekunden.

Ciro reiht sich in die Schlange der Autos, die einen Winkel auf den Parkplätzen vor der Stadtmauer ergattern wollen. Nach zwanzig Minuten Schritttempo wendet er in einer Auffahrt und fährt den Berg ein gutes Stück wieder hinunter.

»Wir parken am Straßenrand«, informiert er die Dänen über den Innenspiegel. »Mit etwas Glück vergessen die, uns abzuschleppen.«

Die Mädchen jammern. Ihnen ist nicht entgangen, wie weit unten wir am Hang stehen.

»Laufen ist gesund.« Ciro grinst die Kleinste an. Der Vater übersetzt und ihr Knautschgesicht verschlimmert sich um das doppelte.

Welche Möglichkeiten gibt es, die Vier auf einen Schlag abzuschütteln? Ich komme auf null, wenn ich Ärger für Ciro vermeiden will.

Er verteilt DIN A4 Blätter mit zitternden Händen. Sein Blick huscht zu mir, in den Fältchen um den Augen nistet ein Lächeln. »Du brauchst das nicht.«

»Was?«

»Einen Stadtplan.«

Ach, das sind die Zettel. »Warum nicht?«

»Du hast mich.«

Ich habe ihn. Wie viel darf ich in diesen Satz interpretieren, ohne enttäuscht zu werden?

Alles. Scheiß auf die Enttäuschung. Darüber mache ich mir einen Kopf, wenn es so weit ist.

Die Jorgensens studieren die Pläne, fragen nach der Zeit bis zur Abfahrt.

Bleiben wir nicht zusammen?

Ciro kringelt mit Kuli die Orte ein, wo jeder Tourist unbedingt gewesen sein muss. »Am schönsten sind die Gassen und Gebäude an sich«, erklärt er Jorgensen. »Schlendern Sie einfach drauflos und genießen Sie die Atmosphäre. Wir treffen uns hier in vier Stunden. Ist das in Ordnung?«

Der Däne nickt und scheucht seine Familie den Hang hinauf.

»Ich dachte, du bist der Reiseführer?« Die vier Rücken vor mir werden kleiner.

Ich verstehe nur Bahnhof.

Ciro verstaut den Rest der Kopien im Handschuhfach. »Ja. Für dich.« Sein Lächeln stiehlt mir die Luft. Ich stehe da, starre auf seinen Mund, tangiere die Augen und ihr tiefes Funkeln, und vergesse die Welt.

Dieser Mann wird mich fertigmachen. Ich weiß es und ich freu mich darauf.

»Die Jorgensens sind mit einem riesigen Caravan angekommen. Die schmale Straße mit den vielen engen Kurven wollten sie sich nicht zumuten. Für sie bin ich bloß der Chauffeur.«

Ich habe ihn für mich. Ganz allein. Am liebsten will ich ihn an mich ziehen und küssen. Aber soweit sind wir noch nicht. Oder doch? Nach einer Woche Sehnsucht schieben, sollte das drin sein.

Seine Lippen locken meinen Mund, bis ich schlucken muss.

Später. In einem Moment, in dem er sich weniger überfallen fühlt.

»Was ist?« Ciro neigt den Kopf. »Lass uns gehen.«

Genau. Hinter eine dicke Mauer ins einsamste Eckchen dieser von Massen überlaufenen Stadt.

Motiviert schnappe ich mir meinen Rucksack. Ciro wirft lässig den Autoschlüssel hoch, fängt ihn auf und verriegelt. Der Schlenker der Hand, die Art, wie er den Schlüssel um den Finger rotieren lässt …

Ich will von ihm berührt werden. Will diese langen, sensiblen Finger überall auf und in mir spüren.

Mein Puls pocht an sensiblen Stellen. Außer mir selbst war noch keiner in mir.

»Noah?«

»Hm?« Ob er so was macht?

»Wollen wir?«

Sicher fühlt es sich unglaublich an, wenn er diesen geheimnisvollen Punkt in mir reizt, um den immer so ein Brimborium gemacht wird.

Ciro lacht. Leise und verhalten. Der Spott in seinem Blick ist zurück. Ich liebe ihn. Dafür würde ich mich ständig zum Deppen machen. Warum er mich ausgerechnet jetzt witzig findet, geht alerdings an mir vorbei.

Vielleicht spottet er nicht, sondern freut sich. So wie ich.

Plötzlich wird er ernst, spielt am Verschluss des Rucksacks. »Sag es noch einmal.« In seinen Augen liegt genug Sehnsucht, um darin zu ertrinken.

»Was denn?« Ich weiß es. Doch ich möchte es von ihm hören.

Er schluckt. Wahnsinn, wie sein Kehlkopf dabei hin und her wandert. »Dass du mich ...«

»Ja, ich will dich lieben, Ciro. Wie immer du geliebt werden möchtest.« Ficken ist zu schäbig für einen Moment wie diesen, vögeln zu banal. Ich nehme seine Hand, küsse die Knöchel – für das Mädchen in ihm. Den Jungen würde ich allzu gern gegen das Auto lehnen, ihm die Jeans aufknöpfen und probieren, wie viel extrafeucht und strong aushält.

Er schließt die Augen. Seine Brust kämpft mit dem Atem. Ich lege die Hände in seinen Nacken, ziehe ihn zu mir. Meine Stirn auf seiner. Sein Duft in meiner Nase. Mir egal, ob wir Zuschauer haben. Ich muss ihn küssen.

Ciro hebt die Lider. »Nicht hier.« Sein Tonfall bittet um Entschuldigung.

Gott! Wo dann? Verdammt, fällt es mir schwer, ihn loszulassen.

»Tut mir leid, wenn ich ...« Er sieht sich um, beißt sich auf die Lippen. »... mich dumm anstelle.«

»Tust du nicht.« Ich bin der Idiot mit dem Seidenschal um den Bauch. Zum Glück weiß er nichts davon.

»Mir fehlt die Übung ...«

»... im Verliebtsein?« Unmöglich bei einer Sahneschnitte wie ihm.

Ciro grinst. »Keine Gelegenheit.«

Er folgt den bereits verschwundenen Jorgensens.

Ich gehe nah genug neben ihm, damit sich unsere Hände rein zufällig beim Schlenkern berühren.

»Bisher waren mein Bruder und ich nie länger als ein paar Monate an einem Ort.«

Ciro ist ein Straßenartist. Auch ein Zigeuner? Meine neu entdeckte Ader für abstruse Romantik schlägt Blüten.

»Weshalb nicht?«, hake ich nach.

»Ein Zirkus zieht auch von Stadt zu Stadt. Wechselndes Publikum zahlt besser.« Traurig senkt er den Kopf. »Im Moment scheint es so zu sein, als würden wir eine Weile in Marina die Bibbona bleiben.«

»Das ist klasse.« Wieso lässt er den Kopf hängen?

»Schon, doch was bringt mir das? Nächste Woche reist du ab.«

Mich springt das Bedürfnis an, ihn zu umarmen. Warum habe ich ständig das Gefühl, ihn beschützen zu müssen? Er ist der Ältere.

Ist er das wirklich? Er wirkt verloren, wie er neben mir hergeht.

Dass ich bald nach Hause fahre, macht ihn traurig. Das schmeichelt mir. Mein Herz sinkt vor Schwere dennoch zwei Etagen tiefer.

»Jetzt bin ich hier.« Ich verschränke meine Finger in seinen, drücke zu, bevor ich sie wieder loslasse. »Alles andere vergessen wir, okay?«

»Kann's nicht fassen, dass du ...« Der obligatorische Lippenbiss verschluckt den Rest.

... dich in eine Tunte verliebt hast?, vervollständigt mein höhnender Verstand Ciros Satz. Keine Ahnung, ob und wie ich damit umgehen soll. Ist mir im Moment auch egal. Ciro empfindet etwas für mich. Das ist das Einzige, was zählt.

Vor Glück prickelt mein Magen und mein Kopf zieht nach.

Seltsames Gefühl. Wie Flöhe im Hirn.

Wir schlendern weiter Richtung Turmstadt. Längst nicht mehr allein. Wie die Pilger schleppen sich die Touristen den Berg hinauf und hinab.

Die arme kleine Stadt. Sie wird unter der Masse an sandalenbewehrten Füßen täglich zertrampelt.

Wir schieben uns mit den anderen durch ein Tor und werden von einer Gasse mit tausend Lädchen rechts und links geschluckt.

Ciro bleibt stehen, inmitten des Gedränges. »Macht es dir wirklich nichts aus?«

Für meinen Geschmack klingt zu viel Angst in seiner Stimme. Ich ziehe ihn zu einem Laden mit bunten Lederhandtaschen und damit aus dem Strom der Stadtpilger heraus.

»Es macht mir was aus.« Ich halte seinen unsicheren Blick mit meinem fest. »Immerhin habe ich mich in dich verliebt und nicht in das Mädchen.«

Seine Wangen verlieren Farbe.

Mist! Warum labere ich so einen Schwachsinn?

Wie gern würde ich sein Gesicht in die Hände nehmen, wie es die Helden in kitschigen Filmen mit ihren Liebsten machen.

Das Wort lieben klammert sich an meine Zunge und will den Mund nicht verlassen.

Zu früh. Verliebtsein ist nicht Liebe, brabbelt mein Verstand. Kann man sich nach so kurzer Zeit überhaupt schon lieben? Mein Herz plustert sich auf. Es hält mir vor, ein Gefühl, wie ich es für Ciro empfinde, noch nie für einen anderen Menschen empfunden zu haben.

Ciros Augenaufschlag fährt mir in die Knie. »Sie heißt Chiara.« Sein schüchternes Lächeln schmilzt den Rest meines Hirns zu einem pastellfarbenen Brei. »Wenn du möchtest, bekommt sie Hausverbot, wenn wir zusammen sind.«

Ja, bitte! »Ich habe was gegen Verbote«, höre ich meiner erstaunlich entschiedenen Stimme zu. »Wenn sie kommen will, lass sie kommen.«

Wir sehen uns an, grinsen wegen der Doppeldeutigkeit.

»Bist du sicher?«, fragt Ciro leise. Ich nehme seine Hand, drücke sie und streichle mit dem Daumen darüber, bis der letzte Zweifel aus seinen Augen verschwindet.

»Ja.« Ich bin es wirklich. Obwohl ich es kein Stück verstehe. Kann ich auch nicht. Mein geschmolzener Verstand bildet regenbogenfarbene Pfützen um unsere Füße.

»Da gibt es einen verwilderten Garten.« Er klingt heiser. »Da sind kaum Leute, aber dichte Hecken.«

Meint er das, was ich hoffe, das er meint?

»Nur ein Kuss«, flüstert er. »Ich sehne mich so dringend danach.«

Ich nicke, wünsche mir definitiv mehr.

Ciros Blick wird fiebrig. Gott, er muss ausgehungerter sein als ich. Er behält meine Hand in seiner, hetzt mit mir durch die Straße, als folgte uns der Teufel.

Die Türme sind mir schnurz. Die Straßenmusikanten ebenfalls. Ich folge Ciro wie in Trance.

Hinter dem höchsten Punkt rennen wir bergab. Er zieht mich links in eine enge, überdachte Gasse, wir hechten ausgetretene Stufen hinauf, riechen uralte Steine.

Vorbei an schmalen Häusern, durch einen Torbogen. Knöchelhohes Gras, Quittenbäume, eine überwucherte Treppe. Im hintersten Winkel steht eine Plastik.

Beinahe Stille. Dabei wälzen sich die Massen wenige Meter von uns entfernt von Laden zu Laden.

»Diesen Ort habe ich vorigen Monat zufällig gefunden.« Ciro hält sich die Seite. »Weiter oben ist die Stadtmauer und ein paar Aussichtspunkte. Doch hier ...«

»... sind wir allein.« Ich kann keine Sekunde länger auf seine Lippen warten.

Der Garten, oder was immer es ursprünglich war, wird von einer Mauer geschützt. Dichte Büsche wachsen an ihr entlang und stellenweise auch auf ihr drauf.

»Dahinter.« Ciro zeigt auf die Skulptur. Die Reste einer Hütte drängen sich an die Einfriedung.

Wir stapfen bergauf durch Unkraut und Vorfreude, bis wir das Stück Kunst in der Wildnis erreicht haben.

Ein Mensch aus zerfranstem Metall. Er hält die Hand über einen Liegenden. Dessen Augen sind geschlossen.

»Ich glaube, er ist tot.« Ciro berührt die Stirn aus Eisen. »Die Figur macht mich traurig. Ich lebe so gern.«

Erschrocken ziehe ich seine Hand weg. »Das ist bloß Metall.« Warum schlägt mein Herz wie wild? Wieso fürchte ich mich plötzlich? Ciro hat recht. Der Liegende ist tot. Er ist viel kleiner als der andere. Ein Kind? Ciro schaudert neben mir. »Liebe mich.« Er sieht mich an. Sein Blick glüht. Vor was? Angst? Lust?

»Bitte, Noah.« So leise. Ich neige mich zu ihm, habe Sorge, dass ich ihn nicht verstehe. Aber er muss nichts mehr sagen. Seine Wünsche lese ich mühelos in seinen Augen. Ich dränge ihn in die Reste des Häuschens.

Wir sind vollkommen allein mit unserem lautem Atem und der langsam schmerzenden Erregung.

- *Ciro* -

Mein Herz rast.

Noah nimmt mich an den Schultern, lehnt mich gegen bröckelnde Steine. Seine Hände wandern höher, legen sich mir auf die Wangen.

Ich liebe es, lebendig zu sein. So sehr. »Füll mich aus.« Keine Scham. Obwohl ich ihn anflehe. Ich will ihn in mir fühlen. Seine Hitze, sein Lebendigsein. Ist mir egal, wenn es wehtut.

»Wie lange ist es her?«, flüstert er nah an meinem Mund.

»Zu lange.« Mein Körper brennt. Ich dränge mich an Noah, reibe mich an ihm. Seine Erregung schrammt über meine. Ich stöhne zu laut, kann es nicht ändern.

Ein Mann kurz nach meinem siebzehnten Geburtstag. In seiner Wohnung. Ich sprach ihn in einem Café an, nachdem er mich minutenlang angestarrt hatte. Ich war mir sicher, er will mich und ich brauchte es. Dringend.

Keine Liebe. Ausschließlich Lusterfüllung. Es war ein fantastischer Nachmittag. Getränkt in den Flüssigkeiten, die uns aus Poren und Schwänzen floss. Am folgenden Tag konnte ich kaum laufen, obwohl wir Kondome und Gleitgel benutzt hatten.

Wir hatten es einfach zu oft getan.

Marco brüllte mich an, ich sei eine Hure. Warum? Ich habe kein Geld dafür genommen.

Noah legt seine Lippen auf meine. Die Berührung ist fest und gleichzeitig zärtlich. Ich will in seinen Mund, drücke ihn mit der Zunge auf. Er empfängt sie sanft, beinahe zurückhaltend.

Ich vergesse, wie jung er ist. Er soll ein Mann sein. Für mich. Stark, erfahren. Will mich hingeben, aufgefangen werden.

Ich zerre an seinem Shirt. »Noah, bitte!« Mir steigen Tränen in die Augen. Ich will viel zu viel von ihm. Ich streiche über Muskeln und seidige Glätte. Was trägt er um den Bauch?

Er hält meine Hände fest. »Lach mich nicht aus, Ciro.« Langsam zieht er sich das Shirt aus.

Mein Schal.

Er schlingt um seine Taille.

Meine Knie werden weich. Warum hat er das getan?

Ich möchte etwas sagen, ihm danken, ihm klarmachen, was diese Geste mir bedeutet. Mir fehlt jedes Wort.

Ciro starrt auf meinen Bauch, schüttelt den Kopf. Er holt Luft, sagt aber nichts.

Ich bin nervös. Meinem Schwanz ist das egal. Er ist steinhart und will raus aus dem Jeans-Gefängnis.

Ciro sinkt auf die Knie. Er schiebt die Finger zwischen den seidigen Stoff und meiner Haut, streichelt mich. Sacht küsst er am Rand der Bandage entlang, leckt, küsst erneut.

Was für ein Gefühl. Es lässt mich zittern. Ganz tief in mir. Ich schließe die Augen. Meine Beine werden schwach. Ich halte mich an seinen Schultern fest, kann dennoch kaum stehen.

Langsam wickelt er den Schal ab. Seine Zungenspitze kreist um meinen Nabel, stippt hinein. Ich keuche gegen Stromstöße an. Auch Ciro zittert. Ich sehe es, fühle es. Er knöpft meine Hose auf. Shorts und Jeans zieht er mir gleichzeitig unter die Hüfte.

Meine Erregung springt ihm entgegen.

Gott! Nie hatte jemand mein Teil im Mund. Ich werde es keine Sekunde aushalten und ihm viel zu früh in den Rachen spritzen.

»Mach das nicht.« Mein Unterleib zuckt nach vorn.

»Warum nicht?« Sein Flüstern kitzelt über meinen Schaft. »Du wirst es lieben.«

»Ich habe noch nie ...«

Er tut es. Ich verschwinde in ihm. Er sieht zu mir hoch. Blanke Lust im Blick. Ich kralle mich in seine Schultern. Ich könnte schreien, tropfe längst in seinen Mund. Zart umkreist seine Zungenspitze meine Eichel wie eben noch den Nabel.

»Ciro!« Gleich.

Will ihm das nicht zumuten. Weshalb lässt er mich nicht aus sich raus? Er hält mich am Hintern fest, saugt sanft, kräftiger. Mir wird schwindelig. Himmel, ist das gut.

»Wenn ich komme ...« kann nicht mehr reden. Muss atmen.

Ciro entlässt mich, fährt sich mit der Zunge genießend über die Lippen. »Ja?« Er schmiegt die Wange gegen meinen Schaft. »Was ist dann?«

»Dann kann ich es dir nicht mehr besorgen. Nicht so, wie du es willst.« Es sei denn, wir verbringen längere Zeit in unserem Versteck.

»Doch.« Ciro lächelt mit glänzendem Mund. »Du bist stark. Du schaffst das.«

Seine Worte senken sich direkt in meine Mitte. An seinem Gesicht zuckt ein wesentlicher, großer Teil von mir.

Ciro leckt ihn, seufzt dabei.

Ich gebe auf. Er hat es so gewollt. Ich stupse seine Lippen mit meiner nassen Spitze an. Er öffnet sie, verschlingt mich erneut.

- Ciro -

Sein heftiges Atmen, das kaum unterdrückte Stöhnen, erfüllt mich ebenso wie sein Schwanz. Ich verschmelze mit seinem Duft, liebkose ihn, sauge an ihm.

Sein erstes Mal auf diese Weise und mir vertraut er es an.

In der Fantasie habe ich viele schöne Dinge mit ihm getan. Tag für Tag, Nacht für Nacht. Mir blieben nur die Träume und ich hatte es aufgegeben, ihn vergessen zu wollen. Jetzt knie ich wirklich vor ihm. Fühle das Beben unter den Händen, das Zucken im Mund.

Genieße jeden Laut, den Noah ausstößt.

Er überlässt es mir, wie schnell und tief ich ihn nehme. Seine Hand löst sich von meiner Schulter, sucht mein Haar. Seine Finger fahren zärtlich hindurch. Stöhnend wirft er den Kopf in den Nacken.

Ich bete, dass uns niemand hört.

Salzige Nässe, ein wenig bitter, spritzt mir in den Mund.

Ich halte Noah dort fest, verwöhne ihn bis zum letzten Tropfen, den ich vorsichtig aus ihm heraussauge.

Wie ich das Zittern seiner Muskeln liebe. Es fließt mir durch die Fingerspitzen ins Herz.

Was auch geschieht, Noah wird mich niemals vergessen. Sein Stöhnen verrät es mir, dass ich gut war. Es lässt kaum nach. Wie das Zucken seines Beckens.

»Gott, Ciro!« Sein Wispern legt sich sacht auf mich. Streichelt wie seine Hände, die den Weg zu meinen Wangen finden. Er sinkt zu mir, kniet sich vor mich. »Danke.« Seine Arme umschlingen mich, sein Kopf an meiner Schulter. Seine Haare sind feucht vor Schweiß, duften intensiv nach ihm.

Meine eigene Lust rührt sich heftiger als zuvor. Um sie geht es nicht mehr. Das hier war für ihn.

Sein Geschmack liegt mir noch auf der Zunge. Ich stupse damit seine

Lippen an, wie er vorhin meine mit seiner Spitze.

Noah lächelt. Er sieht wundervoll erschöpft aus.

Ich lecke ihm flüchtig über die Unterlippe, verschwinde in dem weichen Spalt. Seine Zunge kostet meine, streicht an ihr entlang, neckt sie.

Ein zärtlicher Tanz. Ich streichle mich hoch zu seinem Nacken, spüre Nässe an meinen Fingerkuppen.

»Was ist mit dir?« Noah spielt mit einer meiner Haarsträhnen.

»Meinst du, wir können uns ein Weilchen verstecken?«

»Nein.« Man soll das Glück nicht herausfordern.

Noahs Blick wird traurig. Er nimmt mein Gesicht in die Hände, küsst mich unendlich sanft.

Ich zerfließe in seinem Arm. Das Ding in meiner Mitte will gestreichelt werden wie ich. Es zuckt zwischen den Schenkeln. Ich genieße den Schmerz unerfüllter Erregung.

»Ein Vorgeschmack, okay?« Er drückt mich nach hinten, bis ich auf den Fersen sitze. »Schaffst du es heute Nacht unbemerkt in mein Zimmer?« Er wispert die Worte gegen meine Lippen. »Ich will dich ausfüllen. So wie du es dir wünschst.«

Jeder Nerv in mir vibriert.

»Bitte komm.«

Wenn das jemand erfährt, werde ich gefeuert.

Ich nicke dennoch, will es unbedingt.

Höre dem Ploppen der Knöpfe zu, die Noah an meiner Jeans öffnet. Er findet den Eingang zur Shorts, befreit einen Teil von mir, den ich plötzlich zu lieben beginne.

Ein fester Griff in meinem Nacken, zärtliche Küsse, die wild werden.

Seine Finger um mich. Kein Zögern, kein Streicheln. Er umschließt mich fest.

Ich keuche in seinen Mund.

»Wir haben wenig Zeit.« Noah beißt mir in die Lippe. »Ich kann dich doch nicht mit einem Ständer durch die Gegend rennen lassen.« Wie atemlos sein Lachen klingt. Ich bin stolz darauf.

Er hat es mir zu verdanken.

Heftig gleitet seine Faust über meine Härte, während er mich in einem langen, tiefen Kuss gefangen hält.

Will wunde Lippen von ihm. Beweise, dass dies hier real ist. Bettele stöhnend nach Dingen, die er mir an diesem Ort nicht geben kann. Flehe ihn an, mich zu besitzen, mich zu nehmen und nie wieder loszulassen. Er versteht meine Worte nicht, sie strömen in meiner Muttersprache aus mir. Er begreift trotzdem, was ich brauche.

Seine Hand wird grob wie sein Mund. Ich klammere mich an Noahs Nacken, überlasse mich ihm.

Überall Hitze in mir. Sie versengt mich, drängt nach draußen. Gedanken flattern aufgescheucht davon. Angst löst sich wie Nebel in der Sonne.

Ich keuche die Gefühle aus mir heraus, kann ihre Gewalt kaum ertragen. Noahs Bisse treiben mich in den Wahnsinn.

Am Hals, am Ohr, am Kinn. Und immer wieder in die Lippen.

Trudele um mich selbst, versinke in Glut. Will darunter begraben werden.

- Noah -

Ciro verliert sich.

Ich liebe es, wenn sich der andere in die Ekstase fallen lässt.

Gerötete Wangen, ein Blick wie in eine verzauberte Welt hinein. Ich würde sie gern mit ihm teilen. Zeitgleich.

Er krümmt sich.

Ich lasse seine Lippen los, damit er stöhnen kann, jetzt, da es ihm kommt. Sein Becken schnellt nach vorn. Ich spüre die Schübe als Beben in meiner Faust.

Seine Lider flattern. Mit einem leisen Seufzen fällt er gegen mich. »Ciro!« Wird er ohnmächtig? Verdammt, ich hätte vorsichtiger sein müssen. Behutsamer und vor allem langsamer.

Krass, wie er abgeht. Als hätte er sich ewig keinen mehr runtergeholt.

Sein Gesicht schimmert feucht. Um Mund und Nase ist er blass, doch unsagbar schön.

Zittrig sucht seine Hand Halt an meiner Schulter. »Mi cattura«, wispert er atemlos.

Was heißt das? Sicherlich etwas Wundervolles. Sonst würden sich seine Pupillen nicht wie Ozeane ausbreiten.

Mein Herz verglüht.

Ciro ist ein Prinz.

Meiner.

Und er liegt in meinem Arm.

Ich schäme mich kein bisschen für den Kitsch. Er ist einfach wahr.

Sein Kopf fällt in den Nacken. Der geöffnete, wund gebissene Mund macht mir Lust auf eine zweite Runde.

Alte Steine, frischer Schweiß, Sex. Die Duftmischung trennt mich für einen Moment von der Realität. Wenn uns jetzt einer erwischt, sind wir dran.

Auf meinem Handrücken rinnt Ciros Sperma, sein Shirt hat auch einiges abbekommen. Trotzdem ist mir dieser Moment heilig.

Nichts kommt da ran. Könnte Ciro ewig halten.

Er schmiegt sein Gesicht an meinen Hals, flüstert auf Italienisch. Es klingt nach Erfüllung, Erschöpfung, nach Liebe, obwohl ich mich kaum traue, so tief zu denken, geschweige denn zu fühlen.

Nur ein Urlaubsflirt? Blödsinn!

Ein Naturereignis, das die Grundfesten meines Lebens erschüttert.

Geschah mir schon einmal. Aber auf die schlimmste Weise.

Als Nils starb, rüttelten mich die Nachbeben ununterbrochen. Hätte nie gedacht, dass mich auch etwas Schönes ebenso massiv aus der Bahn werfen kann.

Verbeiße mir die Tränen.

Ciro kuschelt sich in meinen Arm. Seine Lippen berühren mein Schlüsselbein.

Mir ist unklar, wie ein Mann wie er auf die Idee kommt, ab und zu eine Frau sein zu wollen. Was langsam in meiner Hand schlaff wird, ist unübersehbar männlich.

»Halte ihn fest.« Sein leises Lachen kitzelt mich am Hals. »Und dann, wenn er wieder zuckt, besuchst du mich von hinten.«

Unglaublich. Eben habe ich ihn abspritzen lassen, bis ihm fast die Sinne schwanden, und trotzdem träumt er schon vom nächsten Mal.

Eng umschlungen warten wir, bis sich sein Atem beruhigt – und mir die Beine einschlafen.

»Hoch mit uns.« Das Ameisenlaufen ist grässlich. »Du zeigst mir jetzt San Gimignano, damit ich Rainer heute Abend von Türmen und nicht von meinem ersten Blowjob vorschwärmen kann, und danach gehen wir etwas essen.« Uns ist es beiden heftig gekommen. So was macht schwach und hungrig.

Mit einem verführerischen Grinsen fährt sich Ciro mit dem Daumen über die Lippen. »Ich liebe deinen Schwanz.«

Meine Wangen pochen. Ich räuspere den Stolz aus dem Hals und lächele hoffentlich selbstbewusst-lässig. So, als würde mir ständig einer geblasen.

Der Fleck auf seinem Shirt ist längst eingesickert. Noch ein bisschen und er ist trocken und bröselt.

»Fällt kaum auf.« Ciro rubbelt ein bisschen an ihm herum. »Ich könnte mich auch mit einem Eis bekleckert haben.«

Mir wird schon wieder warm. Warum auch immer. An die Nacht darf ich nicht denken, sonst kriege ich mich nie zurück in die Jeans gepackt.

Ich helfe Ciro und er mir, bis wir vollständig hergerichtet sind.

Er lacht, schnappt nach meinem Mund und beißt mir in die Lippe. »Du magst so was«, nuschelt er mit einem Stück von mir zwischen den Zähnen.

Wenn wir uns nicht sofort in Menschenmassen stürzen, vergesse ich mich. Ein letztes Mal drücke ich ihn gegen die Mauer. Wühle mit der Zunge in seinem Mund, bis Ciro hilflos um Atem ringt.

»Komm heute Nacht zu mir.« ich klinge stockheiser. »Und wehe, du gibst mir einen Korb.«

Er neigt den Kopf. »Hier drin.« Er nimmt meine Hand, legt sie sich auf den Hintern. »Genau dort will ich dich spüren.«

Gleich schmoren mir die Sicherungen durch. Ich muss die Augen schließen. Ein Fehler. Mein Kopfkino läuft umso deutlicher vor mir ab. Bin ich jemals auf diese intensive Weise begehrt worden?

Ich presse Ciro an mich. Hoffentlich breche ich ihm dabei keine Rippe. Möchte ihm so viel sagen. Würde alles peinlich und pathetisch klingen.

Ich halte den Mund.

Als wir uns voneinander lösen, zieht Ciro die Nase hoch. Er probiert sich an einem verhuschten Grinsen. »Nicht heute Nacht, Noah.«

»Doch.« Ich fresse sonst mein Kopfkissen und vögele die Matratze.

Ciro schüttelt den Kopf. »Wenn ich erwischt werde, verliere ich den Job. Ich brauche ihn.«

»Und ich brauche dich. An einem Ort, wo uns niemand beobachten kann.« Bevor ich wie ein wild gewordener Idiot auf offener Straße über ihn herfalle.

»Wir finden einen Platz.« Ciro presst seinen Mund an meinen Hals. Seine Lippen brandmarken mich, obwohl er mich nicht küsst. »Wir sehen uns morgen.« Sein Nacken fühlt sich schmal in meiner Hand an.

»Ich arbeite meistens vormittags.«

»Mir genügt es nicht, brav neben dir am Strand zu liegen oder mit dir im Wasser zu planschen.« Die vergangenen Augenblicke haben Maßstäbe gesetzt.

»Der Pinienwald.« Ciro lächelt zu mir hoch. »Wenn wir aufpassen, können wir dort ...«

Aufpassen. Das Letzte, was ich will. Warum kein Zimmer, das sich abschließen lässt? Ein Ort ausschließlich für Ciro und mich.

»Schau nicht so enttäuscht.« Ein zärtlicher Kuss kitzelt meinen Kehlkopf. »Ich war noch nie so glücklich.«

Ciros Worte sickern langsam tiefer. Wie lief sein Leben bisher ab? Ich weiß zu wenig von ihm.

Ich streiche ihm durch die kurzen Haare. Er senkt die Lider. Ein Gefühl, groß und gewaltig wie ein Bär, springt mich an und begräbt mich unter sich. Küsse Ciro auf die geschlossenen Augen. Erst das eine, dann das andere. Er lächelt, hält still.

Ganz leise dringen italienische Silben an mein Ohr. Sie schleichen sich ins Herz, breiten sich dort aus.

Gleite mit Ciro im Arm in eine Zeitblase. Berlin und diese kleine, überlaufene Stadt trudeln umeinander, bis sie verschmelzen. So wie Ciro und ich.

Ein Rascheln, irgendwo weit weg, drängt uns in die Realität.

»Wir sollten gehen«, murmelt Ciro. Er hebt den Schal auf, schnuppert daran. »Bekomme ich ihn zurück?« Seine Nase verschwindet in dem Stoff. »Er riecht nach dir.«

»Nur zu.« Quille über vor Gefühlen, die ich nicht in Worte packen kann. Ich hoffe, Ciro erwartet das auch nicht von mir.

Sorgfältig wickelt er sein fremdgegangenes Eigentum um den Bauch. »Fühlt sich gut an.« Er schnurrt wie ein satter Kater.

Hand in Hand verlassen wir unser Versteck.

Die paar Haarschöpfe hinter der Mauer bedeuten keine Gefahr. Niemand bemerkt zu uns.

Als ob nichts gewesen wäre, schlendern wir zurück in verschwitzte Menschenströme.

Aber es war etwas. Es sitzt so tief in mir drin, dass ich es niemals vergessen werde.

»Hör mir zu, damit du deinem Onkel von dieser großartigen Stadt erzählen kannst.« Ciros Lippen kräuseln sich. Ich muss achtgeben, dass ich ihn nicht ständig anstarre. Er ist mit Abstand das Schönste, was es hier zu bewundern gibt.

Er doziert mit seiner klaren Stimme über Sinn und Unsinn der Geschlechtertürme, nennt ein paar Familiennamen, die mir völlig schnurz sind. Ich will nur sein Lächeln. Wenn sich unsere Blicke begegnen, schenkt er es mir.

Der italienische Akzent, die Art, wie selbst harte Silben darunter weich werden, fasziniert mich. Normalerweise geht es mir auf die Nerven, wenn jemand ununterbrochen mit mir redet. Doch in Ciros Worte tauche ich ein wie in ein warmes Bad. Gedanklich lehne ich mich behaglich zurück und sehe den Schaumblasen beim Platzen zu.

»Kultur.« Ciro schleppt mich vor eine Kirche. »Die Basilika Santa Maria Assunta.«

Ein Klotz mit breiter Treppe davor. Die aufragenden Türme daneben und dahinter sind spannender.

»Komm, ich zeige dir die Fresken.«

Auf die Wand gepinselte Gemälde irgendwelcher Bibelszenen. Ist was aus dem Kunstunterricht hängen geblieben, wenn auch nicht sonderlich viel.

Mich interessieren weder Gotteshäuser noch Bilder ohne Rahmen. Es sei denn, sie lassen sich auf verwaiste Waggons oder Garagentore sprühen.

Ciro zeigt sie mir dennoch. Hat er Angst, nicht genug für sein Geld als Reiseführer zu tun? In der Hütte hat er mehr geliefert, als ich erwartet habe. Mein sensibelstes Körperteil erinnert sich an einen feuchtwarmen, saugenden Mund und will Nachschlag. Ob wir uns unauffällig in einen der Beichtstühle verdrücken können? Sind sie innen so winzig, wie sie von außen wirken, wird es kuschelig eng.

Ciro führt mich an bunt bemalten Mauern entlang.

Schnörkel und seliges Köpfe senken alter Männer tangieren mich nicht.

Ich folge ihm bis zu einem Becken.

Er besprizt sich mit Wasser, bekreuzigt sich und schaut zu dem bleichen Typen an der Wand.

Jesus hat den Bogen nicht gekriegt. Seine Rechnung, auch die andere Wange hinzuhalten, ging nach hinten los.

Ciro ist katholisch. Habe ich vollkommen verdrängt.

Was hat er erzählt? Sein erstes Mal mit einem Mann war mit vierzehn? Gehe jede Wette ein, dass der Kerl sich auch regelmäßig mit abgestandenem Wasser bekleckert und ein Kreuz geschlagen hat. Jungs vögelte er dennoch.

Ein Mädchen mit Sonnebrille im Haar beobachtet verträumt, wie sich Ciro in eine der Bänke kniet. Pech für sie. Mein süßer Italiener ignoriert sie. Mich leider auch. Er scheint völlig in sich gekehrt. Seine Miene wirkt um vieles heiliger als die Leidensgesichter an den Wänden.

Ich wollte es, sagte er auf der Fahrt hierher.

Seine Sehnsucht nach Berührung, nach Zärtlichkeit spüre ich selbst hier, mitten in der Kirche. Sie sickert aus ihm heraus, umgibt ihn wie ein außergewöhnlicher Duft.

Als Teenager von Zuhause weg. Kein nettes Wort von der Mutter, keinen lockeren Schulterschlag vom Vater. Bloß ein Typ wie Marco, der mit seinen Aggressionen um sich wirft.

Ist logisch, dass sich Ciro nach Liebe verzehrt.

Statt sich von mir in einen Beichtstuhl ziehen und vögeln zu lassen, bittet er um Vergebung für Sünden.

Klar, er trägt gern Kleider. Ist für einen Katholiken zweifelsfrei ein Problem. Allerdings ist Jesus' Lendenschurz auch nur ein schlichter Minirock und die Priester rennen ebenfalls in knöchellangen Gewändern herum.

Ciro soll sich nicht entschuldigen. Weder bei Jesus noch bei sonst wem. Er ist, wie er ist, und hat mir einen geblasen wie ein junger Gott.

Ich will ihn in den Arm nehmen und vor aller Welt und diesem blassen gekreuzigten Hänfling küssen.

Ob er mir dafür den Kopf abreißt?

Er bekreuzigt sich wieder, steht auf.

»Können wir?« Ich muss raus an die Luft. Das mit Touristen vollgestopfte Dämmerlicht geht mir auf den Sack. »Hast du eben für die Aktion in der Hütte um Verzeihung gebeten?« Allein die Vorstellung kränkt mich.

Ein Bild neben mir. Die Farben leuchten, als wäre es frisch restauriert. Der Spacko blutet aus Händen und Füßen, liegt schlaff auf dem Schoß einer Frau, gehalten von einer anderen.

Seine geschlossenen Lider, seine Miene ...

So hat Ciro ausgesehen. Vorhin in meinem Arm. Vollkommen hingegeben, bis aufs Letzte erschöpft.

Die Härchen auf meinen Unterarmen stellen sich auf. Muss an dem alten Gemäuer liegen.

»Ich habe gebetet.« Ciro tritt mit glücklichem Lächeln in die Mittagsglut. Er hält sein Gesicht in die Sonne, seufzt behaglich. »Nicht gebeichtet.«

Mein Herz wird zu einem Luftballon.

Mit der Aufschrift: *Ciro und Noah forever* schwebt er in den wolkenlosen Himmel.

Der Menschenstrom erfasst meinen Italiener vor mir. Ich drängele mich hinein, um ihn nicht zu verlieren.

Ciros Lider senken sich. »Ich bete oft. Um Schutz, um Beistand, um ein leichtes Herz, wenn meines wie ein Stein in mir hin und her rollt.« Sein Augenaufschlag kommuniziert auf direktem Weg mit etwas Großem, Flatterndem in meiner Brust. »Helden bedürfen keiner Gebete. Typen wie ich hingegen brauchen sie wie die Luft zum Atmen.«

Vor einem Laden mit Keramikgeschirr bleibt er stehen. Nah genug, damit sich unsere Schultern berühren. »Betest du nie?«

»Nein. Wozu?« Was weg ist, ist weg. Das holt keiner zurück. Ein Hirngespinst um Kleinigkeiten zu bitten, ist kläglich. Die bekommt man selbst hin oder lässt es bleiben.

»Ich habe darum gebeten, dass wir uns noch oft begegnen.« Von seinem Hals steigt eine zarte Röte bis in die Wangen. »Auch später, wenn dein Urlaub vorbei ist.«

»Das werden wir.« Ich habe keinen Gott nötig, um dafür zu sorgen.

Ciro nickt. »Ich glaube dir jedes Wort. Woher nimmst du die Sicherheit?«

Aus mir, meinem Zuhause, aus dem Bauch und den schönen Gefühlen, die darin tanzen. »Du bist mein Prinz.« So, jetzt ist es raus. »Mir war das klar, als ich mit deinem Schal auf mir aufgewacht bin.«

Er steht da. Sein Mund ein wenig offen, seine Augen groß vor

Staunen. Plötzlich dreht er sich weg.

»Ciro?«

Er hebt die Hand, schüttelt den Kopf. Okay, er will allein sein. Seltsam, dass das auch in einer Stadt wie dieser funktio-niert. Ich berühre ihn am Arm. »Bin im Laden, wenn du so weit bist.« Mir wird selbst die Kehle eng. Was mich erschreckt, ist die Wahrheit.

Ich liebe.

Zum ersten Mal so richtig und echt.

Während mein Herz langsam aber unglaublich hart schlägt, tue ich so, als interessierten mich Aschenbecher mit Blumenmuster. Mein Denken und Fühlen ist bei Ciro, der draußen steht und sich nach wie vor abwendet. Als seine Schultern zucken, kämpfe ich ebenfalls mit den Tränen.

Ich weiß so wenig von ihm. Noch nicht einmal genau, warum er jetzt weint.

Von den Aschenbechern schwenke ich auf überdimensionierte Tassen. Sie sind näher am Ausgang.

Mein Prinz hat sich auf die Hacken gehockt, lässt den Kopf hängen und spielt mit dem Verschluss des Rucksacks.

Von dem Anblick seiner Finger bekomme ich nicht genug.

Die gebräunte Haut zu den hellen Nägeln, die Adern auf dem Handrücken, das Lederbändchen ums Gelenk.

Ich möchte seine Hände halten. Mit dem Daumen dabei streicheln. Möchte sie auf mein Gesicht legen, ihre Flächen küssen, sie anschließend zwischen meine Beine führen. Der Gedanke zeigt Wirkung. Noch eine Runde an Keramik-

herzchen und Teekannen entlang, die mich kaum abkühlt, bis ich aufgebe und den Laden verlasse.

Ciro hat sich eine Zigarette angezündet. Er schaut zu mir hoch, hält sie mir hin. Seine Augen sind rot und das Lächeln fällt winzig aus. Ich hocke mich neben ihn, schmecke ihn am Filter. Ich bin verloren.

Warum macht mich die Liebe glücklich und ihn traurig?

»Es ist so«, versuche ich einen zweiten Anlauf.

»Dass wir uns getroffen haben, ist Schicksal.« Richtig, ich glaube nicht daran. Doch Super Mario irrt sich nicht und er hat mir prophezeit, dass ich meinen Prinzen finde – auf eine gewisse Weise.

»Dann liebe ich mein Schicksal ab heute.« Ciro spricht verdächtig leise.

Ich lege den Arm um ihn. Er lehnt seinen Kopf an meine Schulter und sofort fühle ich mich vollständig.

Die Leute schlendern an uns vorbei. Keiner beachtet die zwei verliebten Kerle am Straßenrand, die vor Schmetterlingen im Bauch nicht wissen, wohin mit sich.

Eine knappe Woche. Viel zu kurz.

Bald werde ich achtzehn. Abitur abhaken, und ein Pausenjahr in Italien mit irgendeiner sinnvollen Beschäftigung, die im Notfall als Wartesemester angerechnet wird. Mit meinem Notendurchschnitt werde ich mich nicht mit Ruhm bekleckern. Macht nichts.

Hauptsache Toskana und Ciro.

Ich knote den Plan fest. Er ist gut. Sämtliche Gegen-argumente werde ich meinen Eltern ausreden. Und überhaupt, bin ich erst erwachsen, kann ich machen, was mir passt.

»Ich komme im Herbst wieder.« Ich gebe ihm die Zigarette zurück. »Danach im Sommer. Dann bleibe ich.« Wenn er mich noch will. Eklig, wie der Gedanke ins Herz sticht und tief reinbohrt. Ciro könnte sich in einen anderen verlieben. Zeit dazu hat er genug.

Ich beiße die Zähne zusammen, so grässlich sticht mir der Gedanke ins Herz.

Ciro träumt vor sich hin, beobachtete vorbeilaufende Sandalenfüße. Weder nickt er, noch sagt er was. Okay, er schließt eine Art Beziehung aus.

Ein Urlaubsflirt?

Muss an der Zigarette auf leerem Magen liegen, dass mir komisch wird.

Er schiebt seine Hand in meine, drückt sie. »Lass uns weitergehen.« Ohne mich anzusehen, zieht er mich mit sich hoch.

Und ohne mich loszulassen.

Wir tauchen in den Fluss der Touristen, versinken in ihren Gerüchen nach Parfum, Schweiß und Aftershave. Manchmal mischt sich auch ein Hauch Schinken und Käse unter, der aus einem der Läden strömt.

Irgendwann treffen wir auf die Dänen.

Ciros Hand bleibt in meiner. Er grüßt Jorgensen, der grinsend winkt, geht weiter und erzählt mir mit sanfter Stimme Dinge über die Stadt, die ich nur hören will, weil er sie ausspricht.

»Hunger?« Er lächelt mich von der Seite an. »Ich höre deinen Magen knurren.«

Ist mir entgangen. Doch jetzt, da er es sagt, bemerke ich ein flauleeres Gefühl. »Ein Picknick zu zweit mit Rotwein, Trauben und gebratenen Hähnchen scheidet aus, hm?« Eine Decke am Strand, außer uns niemand weit und breit. Nach dem zweiten Glas wird's gemütlich, nach dem dritten heiß. Meine Gedanken hecheln zwischen der Menge hindurch und suchen einen Ort einsamer Zweisamkeit.

»Vielleicht morgen.« Ciro zwinkert. Nicht auffällig, bloß angedeutet.

Will ihn aufs Lid küssen.

Wir stromern durch Seitengassen, erwischen den letzten freien Tisch eines Straßencafés. Keine Minute später steht der Kellner vor uns. Ciro bestellt zwei Cappuccino, eine Flasche Wasser und Pizzen mit komischen Namen.

»Bekomme ich auch mal die Karte?«

»Nein.« Anmutig reicht er sie dem schwarz beschürzten Mann zurück. »Vertrau mir.«

»Tu ich.«

»Magst du Rucola?«

»Klar.« Ich bin so glücklich, ich würde sogar die Tentakelfischchen runterkriegen.

Ciro grinst. »Kein Traum?«

»Was, ich?«

Sein Nicken fällt minimal aus.

»Kneifen?« Ich halte ihm den Arm hin.

Aus dem Grinsen wird ein Lächeln. Es berührt mich, wie der sanfte Blick.

Ciro nimmt meine Hand, haucht einen flüchtigen Kuss darauf. Schon lässt er sie wieder los, lehnt sich zurück, als sei nichts geschehen.

Wow. In aller Öffentlichkeit? Ich checke in Sekundenbruchteilen die Mienen unserer Mitmenschen. Null Reaktion. Niemand hat es mitbekommen.

Die Cappuccino werden gebracht und Ciro schlürft den Schaum von der Tasse. »Du machst mich mutig.« Genießend leckt er sich über die Lippen. »Das war ich nie. Bis jetzt.«

»Du balancierst auf dünnen Seilen meterhoch über dem Boden.« Für mich ist das mehr als mutig.

Ich knie vor ihm, mit gesenktem Kopf, halte seine Hände und führe sie an meine Stirn. *Nimm mein Herz, mein Schwert, mein Leben.*

Ich blinzele und mein Kopfkino verkriecht sich zurecht in die hinterste Ecke meines Bewusstseins.

Ich hätte den Prinz Eisenherz-Comic niemals lesen dürfen.

»An was denkst du?« Er neigt sich zu mir. »Du wirkst auf einmal ...«

Ein Teller mit Salatpizza landet scheppernd vor mir. Ich zucke zusammen, als hätte mich was Nasses, Kaltes aus völliger Dunkelheit angesprungen.

Ciro breitet die Serviette über seinen Schoß. »Buon Appetito.« Geschickt schneidet er sich durch Rucolablätter und Seranoschinken.

Bin ich froh, dass mich der Kellner vor einer Antwort ge-rettet hat. Er steht bei einem Gast drei Tische weiter.

Ein Mann mit Sonnenbrille und ziemlich edlem Anzug. Markantes Gesicht. Der Mund ist nach unten gezogen.

Hat dem Kerl das Essen nicht geschmeckt?

Während der Kellner das Wechselgeld aus dem Portemonnaie fischt, tippt er auf seinem Smartphone.

Ciro lächelt derweil versonnen vor sich hin. Sogar die Pizza verspeist er mit dieser gewissen Anmut, die ich an ihm liebe.

Ich sortiere Grünzeug und Schinken auf der Gabel. Der aufsteigende

Duft ist köstlich. Hauchdünner Boden, knusprig, nur an wenigen Ecken sehr dunkel. Perfekt. Mir genügt es völlig, das Ding zu vierteln. Mein Zahn tropft vor Hunger.

Der Smartboy mit Sonnenbrille steht auf. Bilde ich es mir ein, oder sieht er zu uns rüber? Ein ganz und gar mieses Grinsen im Gesicht. Das Handy verschwindet in der Sakkotasche, der Kerl schlendert die Gasse hinab.

Komischer Vogel. Vielleicht hat er Ciros Handkuss mitbekommen und denkt sich nun seinen Teil zu uns. Soll er.

Er dreht sich um, rückt die Brille auf der Nase zurecht.

Die Abneigung gegen ihn kriecht mir unter die Haut.

»Kennst du den?« Ich tippe Ciro am Unterarm an und nicke über meine Schulter. »Der hatte uns ein paar Mal im Visier.«

»Wen?« Mein Prinz schaut sich um.

»Na den mit der ...« Er ist weg. Hat sich wie wir vorhin vom Menschenstrom schlucken lassen. »So ein Typ mit Anzug und Sonnenbrille.«

Ciro runzelt die Stirn, sagt aber nichts. Seiner Miene nach bereitet ihm meine Entdeckung Kopfzerbrechen. Warum hab ich nicht den Mund gehalten?

»Vergiss es. Vielleicht bilde ich mir auch bloß ein, dass dem Kerl Stielaugen gewachsen sind.«

Mein Lieblingsitaliener nickt gänzlich unüberzeugt. »Sagst du mir Bescheid, wenn er noch einmal auftaucht?«

»Klar.«

Den Rest des Essens ist er kaum bei der Sache. Immer wieder schaut er sich um, Falten zwischen den Brauen. Kennt er den Typen?

Schon melden sich seltsame Besitzansprüche bei mir. Ich sollte sie mir verkneifen, denn so ticke ich für gewöhnlich nicht. Ciro bringt einiges bei mir durcheinander.

Ich lenke die spärliche Konversation auf den nächsten Tag. Ab wann hat Ciro Feierabend? Wo wollen wir uns treffen?

Gibt es einsame Strände in der Gegend?

Langsam taut er auf und das Grundleuchten kehrt in seine Augen zurück. Innerlich führe ich eine Liste von Dingen, die ich ihn fragen will.

Mr. *Too many secrets* mutiert zum geheimnisvollsten Menschen, den ich kenne. Fühle mich herausgefordert. Auch als Be-schützer.

Ciro braucht einen Kerl mit breitem Kreuz und hochgekrempelten Ärmeln. Das sieht ein Blinder in finsterster Nacht.

Der Kellner tritt an unseren Tisch. Dass wir bereits länger vor leeren Tellern sitzen, ist mir entgangen.

Ciro wechselt mit ihm ein paar Worte und zückt sein Portemonnaie.

»Stopp!« Er will zahlen? Kommt nicht infrage. Dank den Pokerrunden mit Rainer ist meine Reisekasse angemessen bestückt. »Ich übernehme das.«

»Musst du nicht.«

Allein sein schüchternes Lächeln ist es mir wert.

»Doch, muss ich.« Ich schnappe mir den Beleg, runde auf ein Trinkgeld auf, das ich mir im Normalfall nie leisten würde. »Von uns beiden bin ich der Mann, oder?« Die Frage ist rein rhetorisch. »Dann gehört es sich so. Außerdem ist es mir eine Freude.« Was stimmt. Es macht mich stolz, meinen Prinzen zum Essen einzuladen.

»Du bist siebzehn«, erinnert er mich. Sein Blick funkelt zwischen Spott und massivem Glücklichsein.

»Na und?« Keine Chance, mir das Grinsen zu verkneifen. »Mann bleibt Mann.« In meiner Garderobe findet niemand Kleidchen und Nylonstrümpfe.

Ciros Wangen flammen rot. Er ist geschmeichelt.

Muss er nicht.

Ein Prinz wie er sollte sich mit seiner Rolle abfinden und sie genießen. Ich würde für ihn jede Rechnung zahlen, und wenn ich dafür tagaus, tagein in Paps Werkstatt schrauben müsste.

Ich jongliere mit drei, vier italienischen Begriffen, die alle etwas mit der Situation *Rechnung bezahlen* zu tun haben.

Der Kellner bedankt sich, wünscht uns einen schönen Tag.

Aus Ciros Rucksack erklingt eine leise Melodie.

Schwermütig und sanft. Sie passt zu ihm. Er kramt sein Handy heraus, runzelt die Stirn schon wieder.

Hört das heute gar nicht mehr auf? Ich will sein Lächeln und wissen, dass er glücklich ist.

Keine Ahnung, wer ihn volltextet. Das Gespräch scheint ihm nicht zu gefallen. Die Falten zwischen den Brauen werden tiefer. Fahrig streicht er über die Tischplatte. Von dem eilig gesprochenen Italienisch verstehe ich bloß *Marco* und dass Ciro sauer auf ihn ist. Mann, seine Augen funkeln vor Zorn.

»Stronzo!« Mit Schwung pfeffert er das Handy auf den Tisch. Es schlittert bis zu mir. Offensichtlich ist das Gespräch damit beendet.

»Was Unschönes?« Am liebsten würde ich ihm die Würmer aus der Nase ziehen.

»Was Berufliches.« Er knetet seine Unterlippe, sieht an mir vorbei. Für etwas Alltägliches wie den Job klingt er mächtig panisch. Seine Finger beben, als er eine Zigarette aus der Packung schüttelt.

»Hey.« Ich nehme ihm die Kippe aus der Hand und zünde sie für ihn an. »Ich bin ein guter Zuhörer.«

»Aber ich ein schlechter Erzähler.«

Derselbe Ton wie neulich an der Mauer mit den Mülleimern. Derselbe Ausdruck in den Augen. Gehetzt und abweisend.

Rückzug. Liegt mir nicht wirklich, doch um Ciros Barrikaden einzureißen, fehlt mir hier in der Öffentlichkeit der Anlauf.

Er schweigt, starrt, raucht, zittert und ich hasse es. Marco wird eines Tages sein blaues Wunder mit mir erleben.

»Ich kann heute Abend wirklich nicht.«

»Ich dachte, das sei klar.« Wegen seines Jobs.

Ciro verzieht den Mund. »Ich hatte es als Option nicht völlig ausgeschlossen. Wollte dich vielleicht, wenn mich der Mut nicht verlässt, überraschen. Zumindest habe ich es als winzige Möglichkeit festgehalten.«

Bin sprachlos und doppelt enttäuscht. Bekackter Anruf!

Ciro erdrosselt einhändig die Zigarettenschachtel. »Marco hat mir ...«, fluchend gibt er ihr den Rest. »Es ist ein sehr wichtiger Termin«, presst er zwischen den Zähnen hindurch. »Es tut mir leid, Noah.«

Und mir erst. Ich schlucke meine Enttäuschung zusammen mit der Wut auf Marco. »Was ist mit morgen? Es bleibt bei unserem Date?«

»Ja.« Zwar kommt das Lächeln kaum gegen die bittere Miene an, doch ich ahne es zumindest.

»Ich würde mich unendlich darüber freuen, mit dir den Nachmittag zu verbringen.«

»Und die Nacht.« Darauf bestehe ich.

»Auch die Nacht.«

Himmel noch mal, klingt seine Stimme plötzlich rauchig.

Mein auf Coolness getrimmtes Herz poltert vor Vorfreude.

Doch so hundertprozentig gefangen hat er sich noch nicht.

»Ich will da nicht hin«, mault er nach einer Weile. »Dass mich Marco nicht in Ruhe lassen kann!«

»Geht es um einen Auftritt?«

»So könnte man sagen, ja.« Nebenbei schiebt er den Aschenbecher hin und her. »Es ist kompliziert, wie fast alles in meinem Leben.«

Sämtliche Alarmglocken schrillen bei mir. »Soll ich dich begleiten?«

Ciro lacht. Es kommt so unvermittelt, dass ich mitlachen muss. »Besser nicht.«

Sein Zwinkern ist süß und traurig zugleich. War mir nie bewusst, dass man traurig zwinkern kann.

»Ich trenne Geschäftliches und Privates sehr streng. Auch vor meinem Bruder.« Schon ist er wieder ernst. »Mir ist lieber, Marco weiß nichts von uns beiden.«

Wieder rutscht dieser Marco auf der Unbeliebtheitsskala einen Platz nach oben.

»Aber ihm ist klar, dass du ...«

»Ja.« Ciro steht auf, packt seine Sachen zusammen. »Dennoch will ich nicht, dass er etwas von dir erfährt.«

Holla, Signore können resolut sein.

Bin ich gekränkt?

Ein wenig.

Fein, das fordert mich heraus. »Ruf mich an, wenn du zurück bist.« Möglichst gelassen schleudere ich mir den Rucksack auf die Schulter. »Egal wann.«

Ciro sieht mich an, nickt. »Dann bleib wach. Es wird spät werden.«

- *Ciro* -

Noah lässt mich nicht aus den Augen. Misstrauen? Sorge? Wenn er wüsste, wie gern ich mich vor dem Termin mit Costa drücken würde. Wie kommt Marco auf die Idee, in meinem Namen zuzusagen? Und warum besteht Costa darauf, den ausgefallenen Freitagabend mit mir nachzuholen?

Marcos harte Stimme am Telefon. Seine Entschlossenheit, die sich einen Dreck um meine Wünsche schert.

Wie er will.

Dann gehe ich zu Costa.

In Kleid und Perücke, mit Schminke und hochhackigen Sandalen. Jedoch werde ich Costas Schwanz kein zweites Mal in den Mund nehmen.

Heute Nacht breche ich alles ab, was mich an ihn bindet. Vor seinen Augen werde ich mich in den verwandeln, der ich bin – Ciro.

Für mich, für Noah. Auch wenn unser Zusammensein nur wenige Tage dauert. Noah verleiht mir Mut. Seine Zuneigung stärkt mir den Rücken. Ich beuge ihn nie mehr. Weder vor Marco noch vor Costa.

»Alles klar?« Noah legt mir die Hand auf die Schulter, streichelt mich mit dem Daumen. »Ich bin immer noch ein guter Zuhörer.«

Mein Herz fliegt ihm zu. Würden seine Ferien doch ewig andauern!

Ich vertraue meiner Stimme nicht. Bin nervös, wütend, glücklich, verliebt, ängstlich und mutig zugleich. Ein Nicken muss ihm genügen.

Er akzeptiert mein Schweigen.

Still geht er neben mir her, obwohl sich zwischen seinen Brauen eine Falte gebildet. Sie bleibt. Ebenso wie sein ernster Blick, der niemanden bis auf mich wahrzunehmen scheint.

Ab und zu streift seine Hand meine. Ich will sie festhalten, küssen. Sie an meine Wange legen und ihren Duft inhalieren.

Mir graut vor dem Moment, wenn ich Marco gestehen muss, dass ich den Deal mit Costa platzen lassen werde. Er wird mir die Hölle heißmachen.

Ich sehne mich nach der Eindeutigkeit in Noahs Leben. Er ist einfach er. Mit jedem Wort, mit jeder Geste. Nichts Kompliziertes. Keine Zweifel.

Die Zeit, die ich mit ihm verbringe, tut mir unsäglich gut. Er akzeptiert mich. Sperrt nicht wie Costa die Hälfte meines Daseins aus.

Uns kommt ein Strom Touristen entgegen. Noah lässt mich vorgehen, damit wir nicht auf die Straße ausweichen müssen. Plötzlich schnappt er mich von hinten, hebt mich hoch.

Meine Füße zappeln in der Luft. Er lacht, hält mich fest.

Starke Arme umschlingen mich.

Bin sicher. Geborgen.

Will nie mehr die Erde berühren.

Der Moment vergeht. Noah dreht mich zu sich herum, grinst, obwohl in den hellen Augen etwas Ernstes liegt, das mir Fragen stellt, die ich nicht beantworten kann.

»Eine Handvoll Tage.« Seine Daumen streicheln mich am Hals. »Ich will sie mit dir vollstopfen, bis sie platzen.«

Weiß nicht, was ich erwidern soll. Flattern im Magen. Mein Herz ist zu groß. Warum pressen sich meine Lippen aufeinander? Ich will Noah sagen, was er mir bedeutet. Der Kloß in der Kehle hindert mich an allem. Auch am Atmen.

Noah verzieht den Mund. »Du bist ein wandelndes Rätsel für mich.«

Verzeih mir.

»Du forderst mich zum Speed-Entschlüsseln heraus.«

»Hi Boys!« Auf der gegenüberliegenden Straßenseite schält sich die dänische Familie aus einem Pulk Japaner. Schwer bepackt mit Tüten.

»Ready to go?« Signore Jorgensen zeigt bergab. Irgendwo hinter ein paar Kurven parkt hoffentlich noch der VW-Bus, sofern er nicht abgeschleppt wurde.

Ciro bleibt dicht an meiner Seite. Immer wieder spüre ich seine Hand oder seinen Arm an mir.

Ein Leben in seiner Nähe. Ich beiße mir auf die Lippen, um den Wunsch dahinter einzusperren.

Vor Kurzem habe ich Cassian aus der Traumwelt gewünscht. Er hat meine Bitte erhört, bloß auf dem Weg in die Realität den Namen geändert.

Ich blinzele gegen das machtvolle Gefühl an. Es wächst in mir, will mir aus den Augen tropfen. Am Rand meines Sichtfeldes bemerke ich, wie Noah die Zähne zusammenbeißt. Seine Kiefermuskeln spielen unter der Haut der Wangen.

Die gesamte Situation macht ihm zu schaffen. Er weiß, dass er mich ab nächster Woche hinter sich lassen wird. Innerlich schluchze ich auf. Wenn ich mich wenigstens dafür schämen würde, aber ich tu es nicht. Noah zu verlieren, ist ein Grund, in Traurigkeit zu fallen.

Der VW-Bus steht dort, wo ich ihn geparkt habe. Kein eingeklemmter Bußgeldzettel unter den Scheibenwischern und keine Krallen an den Rädern.

Ich krame den Wagenschlüssel aus dem Rucksack. Noah nimmt ihn mir ab, schließt auf und öffnet für mich die Tür.

Während der Heimfahrt schnattert es hinter mir auf Dänisch. Tüten knistern, Souvenirs werden herumgereicht.

Meines kann ich niemandem zeigen. Doch es hat für ewig einen staubfreien Platz in meiner Seele.

Der Moment in der Hütte in San Gimignano, verborgen vor dem Rest der Welt. Zum ersten Mal habe ich alles an mir gemocht.

Weil es Noah geliebt hat.

Seine Finger um das Ding, das mir sonst nur im Weg ist. Ich fühle sie jetzt noch. Die Gedanken entgleiten mir. Will zurück in Noahs Arme, seine direkten, ungestümen Liebkosungen spüren. Zwischen meinen Schenkeln beginnt es zu pochen. Das Stück Mann an mir beharrt auf sein Recht. Noah würde es ihm heute Nacht geben und ich würde es liebend gern empfangen.

Stattdessen werde ich die Lüge aus meinem Leben verbannen und den Zorn meines Bruders auf mich ziehen.

»Du musst abbiegen.« Noah berührt mich am Bein. »Wir sind da.«

Beinahe wäre ich an der Einfahrt zum Hotelparkplatz vorbeigefahren.

Die Dänen verabschieden sich, Jorgensen steckt mir einen Schein zu, obwohl ich ihn und seine Familie bloß chauffiert habe.

Noah wartet, bis wir allein sind.

Seinen Wunsch, mich zu küssen, spüre ich prickelnd auf den Lippen.

»Komm nachher zu mir, Ciro. Egal, wie spät es wird.«

»Mein Job.«

»Der Hintereingang? Die Feuerleiter?« Er will mich so dringend.

Wie ich ihn. Alles in mir verzehrt sich danach, mich ihm mit Haut und Haaren hinzugeben. Er wird mich mit seinem starken Körper in die Kissen drücken, sein Duft wird mich einhüllen, sein Mund verschlingen. Und dann ...

Ich schlucke, schließe die Augen.

Noah nimmt meine Hand. »Wir tauschen jetzt unsere Handynummern, okay?« Sein Lächeln streichelt mich. »So kannst du nicht mehr in der Versenkung verschwinden, ohne mit Telefonterror bestraft zu werden.«

Ich will nicht versinken. Ich will bei ihm bleiben.

Er diktiert mir seine Nummer, ich schicke ihm eine Test-SMS und er antwortet mit einem Smiley.

»Ruf mich an, hörst du?« Eindringlich sieht er mich an. »Auch wenn es morgen wird.«

»Ich muss los.« Habe einen Kloß im Hals. »Ich melde mich, wenn ich zurück bin, doch ob ich komme, weiß ich nicht.« Dabei will ich nichts sehnlicher, als abgeschminkt und ohne Perücke in seine Arme zu sinken. Es fällt mir leicht, nur Ciro für ihn zu sein. Auch wenn ich weiß, dass sich früher oder später Chiara erneut zu Wort meldet.

»Ich begleite dich.« Noah rückt den Rucksack zurecht. »Keine Angst, ich werde deinen Zuckermund nicht vor Marcos Augen verschlingen.«

»Besser nicht.« Marco darf nichts von ihm mitbekommen.

Noah hebt die Brauen. »Du bist erwachsen, Ciro. Im Gegensatz zu mir. Dir sollte scheißegal sein, was andere von dir halten.«

Wenn es so einfach wäre.

Mit gesenkten Lidern nimmt er meine Hand. »Tut mir leid.«

Sacht streichelt er mir über die Finger. »Ich habe vergessen, dass dein Bruder eine nervöse Faust hat.«

»Hat er nicht.« Marco ist kein Schläger. Es war ein Versehen.

Noah glaubt mir kein Wort. Seine Miene spricht Bände. »Ja klar.« Seufzend lässt er mich los. »Ruf mich nachher an. Ob du kommst oder nicht. Ich will wissen, ob es dir gut geht.«

Ich muss schmunzeln über so viel Fürsorge. Marcos fühlt sich vollkommen anders an. Härter. Kompromissloser.

»Mach ich.« Ob vor dem Streit mit Marco oder danach. »Bis morgen.«

»Spätestens.« Noah neigt den Kopf. »Gib mir einen Tipp, wo du wohnst.«

»Damit du nachts Steinchen an mein Fenster werfen kannst?« Ich würde ihm sofort öffnen.

»Zum Beispiel.«

Wenn ich jetzt nicht gehe, flüchte ich mich in seine Arme und keine Gewalt dieser Welt wird mich von Noah losschweißen.

»Ich könnte dich bei Bedarf auch retten.« Sein Lächeln wärmt wie Sonnenschein. »Dann brauchst du nicht mehr beten, sondern kannst stattdessen in mein Bett kommen. Der Rest erledigt sich von selbst.«

»Du weißt längst, wo ich zu Hause bin.« Zu viel verraten? Er darf mich nicht aufsuchen. Warum habe ich das gesagt?

Ich muss los. Je schneller desto besser.

Ein Gefühl wie auf dem Seil. Die ersten Schritte führen mich von der Sicherheit fort. Doch ich muss weiter geradeaus laufen. Schon fast in der Kurve wende ich mich um. Noah steht immer noch an der Zufahrt zum Parkplatz und schaut mir nach.

Weiterlaufen. Bald habe ich die Mitte hinter mir gelassen und das Ziel beginnt zu locken.

Tut es das? Marco hockt dort und wird mich mit Vorhaltungen überschütten.

Möchte glücklich sein. Ohne Hintergedanken und Fallstricke.

Das kleine weiße Haus wird größer und meine Schritte langsamer. Fiammas überschaubarer Innenhof erscheint mir wie eine endlose Ödnis. Ich schleppe mich kraftlos weiter.

Habe auf dem Weg hierher die Energie verloren.

Der Geruch von ausgelassenem Speck schlägt mir im Treppenhaus entgegen. Halte die Hand vor Mund und Nase.

Bevor ich die Klinke berühre, fliegt die Tür auf.

»Wo bleibst du?« Marco zieht mich in die Wohnung. »Irgendetwas stimmt nicht. Signore Costa ist aufgebracht, will dich sofort sprechen.«

»Du wusstest, dass ich fürs Hotel ...«

»Vergiss das Hotel!«, poltert Marco. »Dein Hungerlohn dort rettet uns nicht. Costa schon! Ich will wissen, warum seine Stimme am Telefon klingt, als ob er kurz vorm Herzinfarkt stünde!«

»Was hat er gesagt?« Signore Costa spricht stets in ruhigem Tonfall. Es sei denn, er entdeckt eine entlaufene Haarsträhne bei mir.

»Wollte er mir nicht sagen.« Mein Bruder verschränkt die Arme vor der Brust. »Doch du sollst zu ihm kommen.«

»Wie immer?« Ein romantisches Essen mit Kerzenschein wirkt plötzlich irreal.

»Natürlich wie immer! Willst du ihn noch mehr verärgern?«

Ich habe einen Auftritt und einen Freitagabend platzen lassen. Für einen Mann wie ihn ist das sicherlich ein guter Grund, aufgebracht zu sein.

Der denkbar schlechteste Zeitpunkt, um unsere geschäftliche Beziehung zu beenden.

Oder der beste.

»Ich will wissen, was los ist.« Mit der Hand am Kinn läuft Marco auf und ab. »Er erwartet dich in seinem Büro.«

»Auf dem Firmengelände?« Gedanklich streiche ich den Kerzenschein.

Gehetzt blickt Marco auf die Uhr. »Mach dich fertig! Wenn er das nächste Mal anruft, möchte ich ihm sagen können, dass du bereits auf dem Weg bist.«

Seine Nervosität springt auf mich über. Warum verlangt Costa außerhalb unserer Absprachen nach mir? Was gibt es Dringendes zu besprechen?

Marco furcht die Stirn. »Was du auch tust, besänftige ihn. Verstanden?«

Genau das wird mir mit meinem Vorhaben nicht gelingen.

»Sei charmant, horche ihn vorsichtig aus und räume vor allem sämtliche Panik aus dem Weg, die ich ihm angehört habe.«

Mir wird flau. Was mich auch bei Costa erwartet, es wird nichts im Vergleich zu Marcos Reaktion auf meine Entscheidung sein. Unmöglich, ihn jetzt über meinen Plan zu informieren.

Soll ich dich begleiten? Noahs Worte klingen in mir wie purer Trost. Doch das ist meine Aufgabe und ich muss sie allein hinter mich bringen. Mir wird kalt.

Ich hasse brüllende Menschen. Sie machen mir Angst und verwandeln mich innerhalb von Sekunden in einen kleinen Jungen.

Marco zeigt auf mich. »Du weißt, was du zu tun hast.« Fluchend humpelt er aus dem Zimmer.

Das weiß ich allerdings. Keine Lügen mehr. Und wenn Marcos gesamte Wut über mich hereinbricht.

PUZZLETEILE

Ich weiß längst, wo er wohnt? Woher?
Zum tausendsten Mal knete ich Ciros Satz in meinem Hirn. Kann das räudige Gefühl nicht abschütteln, dass der Abend anders verlaufen wird, als ich ihn mir erträume.
Ein Termin, der ihn wütend macht, die Tatsache, dass er mir nichts von sich erzählt, und ein Prügel-Bruder.
Genug Fakten, um mir geistig die Ärmel hochzukrempeln.
Gehe wie aufgezogen im Zimmer auf und ab.
Woher soll ich wissen, wo Ciro zu Hause ist?
Habe ihn am Obststand getroffen, im Hotel, am Strand – das gleich zweimal – und hinter dem Imbiss mit den Mülltonnen. Wohnt er dort?
Allerdings fuhr Schläger-Marco mit dem Mofa davon und Ciro ging den Weg zurück, den auch ich genommen hatte.
Marco soll mich nicht sehen.
Das kränkt mich. Was erwarte ich?
Keinen Urlaubsflirt. Dazu geht mir die Sache viel zu tief unter die Haut. Mein Heldending in allen Ehren, aber so stark hat es sich noch nie gezeigt. Will Ciro ständig um mich haben. Am besten in meinem Arm, wenigstens an meiner Hand.
Rede ich es mir ein, dass er das schutzbedürftigste Wesen der Welt ist? Wahrscheinlich.
Wieso gerät ein Mann wie er an einen Bruder wie Marco?
Er mutet ihm Termine zu, die er hasst und schneidet ihm die Haare gegen seinen Willen ab.
Mit Nils wäre ich niemals auf diese Weise umgesprungen. Große Brüder haben die Pflicht, sich vor die kleineren zu stellen. Sie vor Idioten zu schützen, ihnen Starthilfe zu geben.
Nils hätte sich an meiner Seite sicher gefühlt.

Und Ciro? Die Schläge, vor denen ihn sein Bruder schützen müsste, stammen von ihm.

Okay, ich übertreibe.

Nein, tue ich nicht.

Mein Herz brennt. Ich will zu meinem sanften Italiener und ihm unter anderem die braun gebrannten Füße küssen. Will seine Nippel zwischen meinen Fingern zwirbeln und mich an seinem kehligen Stöhnen berauschen.

Greife mir in die Haare. Verdammt, sie sind zu kurz, um gerauft zu werden. Genau danach war mir gerade.

Bis Mitternacht gebe ich ihm Zeit. Dann rufe ich ihn an.

Bin kein Stalker.

Habe nicht vor, ihn an die Leine zu nehmen oder mit meiner Liebe – was für ein scheißmächtiges Wort! – einzuengen.

Möchte ihm bloß helfen.

Und vögeln.

Magen und Herz flattern mir davon.

Der Moment in der Hütte war ein Traum. Bin noch nie so intensiv über die Klippe geschubst worden.

»Noah?« Rainer pocht an die Tür. »Essen fassen!«

Schon so spät? Bin bis zum Rand voll mit pulsierenden Erinnerungen.

Mein Onkel grinst mich an, als ich ihm öffne. »Du leuchtest wie eine Lichterkette.« Er tastet die Jacketttasche nach seinem Portemonnaie ab. »Hattest du einen netten Tag?«

»Wusstest du, dass Ciro der Reiseführer ist?« Ich wittere Verrat.

»Klar.« Sein Grinsen erreicht die Ohren. »Deine Gefühle stehen dir im Gesicht. Du bist verliebt.«

Ein abgekartetes Spiel. Mir ist, als lernte ich meinen Onkel zum ersten Mal kennen.

»Dein Unglück war unmöglich länger mitanzusehen.« Freundschaftlich legt er mir den Arm um die Schulter. »Ich war traurig, als es hieß, Signore Frattini sei krank.«

Plötzlich erscheint mir Ciro in einem anderen Licht. Er ist ein Signore. Kein Junge. Ich werfe mich in die Brust.

Wow. Ich date einen Mann. Eine ganz neue Liga.

Rainer manövriert mich zur Treppe. An deren Fuß wartet seine Sonja. »Sie kommt mit«, raunt er mir zu. »Dann könnt ihr euch beschnuppern. Ich will sie ...« motiviert und breit lächelnd winkt er ihr zu »... sozusagen testweise in die Familie einführen.«

»Astrid wird dich töten.«

»Sie ist mir scheißegal. Ich bin seit fünfzehn Jahren zum ersten Mal rundum glücklich. Das ist mir was wert.«

Mann, ist mein Onkel cool.

Küsschen rechts, Küsschen links und die Begrüßung liegt hinter mir. So übel ist Sonja nicht. Ihr Lächeln zu Rainer wirkt ehrlich, ihr Lachen über seine Witze klingt nur ein bisschen gewollt und relativ hübsch ist sie auch – jedenfalls für eine alte Frau von Mitte vierzig.

Geistig klinke ich mich während des Essens aus dem Geplänkel aus. Bis zum Hals stecke ich in Ciro-Gedanken fest.

Hoffentlich wird es nicht zu spät und er ruft mich an und lässt sich zu einem Treffen überreden.

Füll mich aus. Darum hat er mich gebeten.

Mir prickelt es heiß und kalt durch den Leib.

Liebend gern möchte ich genau das tun.

Wo und wann auch immer.

- *Ciro* -

Der Wachmann am Tor zum Firmengelände sieht auf. Er grinst, als ich das Seitenfenster des Transporters hinunterkurbele. Hat ihn Costa nicht über meine Ankunft informiert?

»Ich bin Signorina Frattini. Ich habe einen Termin mit Signore Costa.«

Langsam vergrößert sich der Spalt zwischen seiner Ober- und Unterlippe.

»Signore?«, hake ich nach. Der Kerl soll seinen Mund schließen und mich passieren lassen.

Während er unverhohlen mein Dekolleté mustert, hebt sich ruckelnd der Schlagbaum.

Als dieser sich hinter mir senkt, packt mich die Nervosität mit ganzer Macht. Ich kontrolliere einhändig den Sitz meiner Oberweite unter dem engen Top, zupfe ein paar blonde Strähnen in Form. Kann den Ablauf des Abends nicht einschätzen. Warum ist Costa aufgebracht? Soll ich ihn sofort mit meiner Entscheidung konfrontieren oder mir zuerst anhören, was er zu sagen hat?

Ich parke den Wagen vorm Eingang des Bürogebäudes.

Muss die Treppe auf Zehenspitzen erklimmen. Meine Absätze würden sonst in den Lücken der Stahlkonstruktion hängen bleiben.

Der Empfangsraum ist leer, die Tür zu Costas Büro angelehnt. »Signore?« Meine Handflächen werden feucht.

»Komm rein«, dringt es mir entgegen.

Costa sitzt hinter dem mächtigen Schreibtisch. Eine Hand an der Stirn, die den Großteil seines Gesichtes verbirgt. Vor ihm liegt ein großes, braunes Couvert.

»Wir müssen reden.« Er klingt erschöpft. Warum schaut er nicht auf?

»Mein Sohn weiß, wer du bist. Er hat uns beobachtet, nachgeforscht.« Seine Faust schlägt auf den Tisch, trifft den Umschlag. »Er hat mit der Vermieterin gesprochen.«

Der Mann mit Sonnenbrille und Lamborghini. Er ist Costas Sohn?

»Sie hat ihm erzählt, dass du nachts als Chiara das Haus betrittst und es morgens als Ciro verlässt.«

»Woher weiß er, wo ich wohne?«

»Er ist mir nach unserem letzten Zusammensein hinterher gefahren.« Endlich hebt er den Blick. »Wenn ich die Beziehung zu dir nicht sofort beende, hängt Cristian die Sache an die große Glocke. Er schreckt vor nichts zurück. Auch nicht vor dem Ruin der Firma.«

Dieser Cristian weiß, dass ich ein Mann bin? Wäre ich bloß in Jeans und Shirt hergekommen. Zum ersten Mal fühle ich mich in Chiaras Hülle ausgeliefert.

»Schon als er dachte, du seiest eine junge Frau, empfand er unsere Treffen als Verrat an seiner Mutter. Er überhäufte mich mit Vorwürfen, versuchte, mir zu drohen. Ich ging davon aus, dass er sich wieder beruhigt.« Seufzend steht er auf, dreht sich zum Fenster. »Ich ahnte nicht, dass er eine solche Hartnäckigkeit an den Tag legt. Wie sollte ich wissen, zu welcher Hinterlist er mir gegenüber fähig ist? Er ist mein Sohn!«

Noah hatte recht. Wir wurden in San Gimignano beobachtet. Mir wird siedend heiß.

»Du hast einen Freund?« Costa senkt den Kopf. »Cristian warf mir vor, mich von dir wie ein alter Geck ausbeuten und an der Nase herumführen zu lassen, während du dich mit einem hübschen jungen Mann vergnügst.« Er klingt dermaßen gequält, dass mir vor Mitleid das Herz schwer wird.

»Ja.« Keine Lügen mehr. »Aber ich habe Sie nicht ausgebeutet. Das wissen Sie.« Er selbst handelte die Bedingungen unserer Treffen mit Marco aus.

Costa dreht sich zu mir herum. »Weiß er von Chiara?« Wie alt sein Gesicht plötzlich wirkt. Die Tränensäcke sind mir vorher nie aufgefallen.

Ich nicke. Will nicht reden. Fühle mich schwer wie Blei.

»Und er liebt dich dennoch?«

Ich nicke erneut. Was bedeutet Liebe einem Siebzehnjährigen? Genug, um mich darauf zu verlassen.

Er war bei mir, als ich kaum noch Chiara und noch nicht Ciro war. Er ertrug meine misshandelten Haare und das Kleid. Wenn mir Noah in die Augen schaut, erkenne ich das, was ich suche: Liebe.

Ein paar Tage? Ein Leben? Es spielt keine Rolle. Das Gefühl wird mir geschenkt und ich behalte es bis zum Schluss.

Costa nimmt den Umschlag vom Schreibtisch. Er zerreißt ihn, lässt die Stücke in den Papierkorb fallen. »Ich will dich nicht unter Druck setzen, bitte dich dennoch dringend, niemandem von unserem Abkommen und unserem Treffen zu erzählen.«

»Werde ich nicht.« Dass sich mein Problem auf diese Weise lösen würde, hätte ich mir nie vorstellen können. Statt erleichtert zu sein, empfinde ich Mitgefühl.

»Bis zum Ende des Monats ist die Miete bezahlt.« Er kommt zögernd auf mich zu. »Danach müsst ihr sehen, wo ihr bleibt.« Mit kalter Hand streichelt er mir über die Wange. »Du siehst bezaubernd aus, Chiara.« Ein Lächeln, das wehmütiger nicht sein könnte. »Ich wünsche dir Glück und ein Schicksal, das dir freundlich gesonnen ist.« Abrupt wendet er sich ab. Seine Schultern sinken nach vorn. »Ich habe unsere Freitagabende sehr genossen.«

Der Satz *Ich auch* will mir nicht über die Lippen kommen. Dennoch bin ich Costa dankbar.

»Geh jetzt.« Er starrt auf die Scheibe. Nur als Schemen spiegelt sich darin sein Gesicht.

Mir fällt kein Abschiedswort ein, das in diese Situation passt, also gehorche ich.

Mein Nacken kribbelt bei der Vorstellung, dass mich Cristian Costa heimlich beobachtet hat. Ein Mann, der auf diese Weise seinen Vater hintergeht, ist zu vielem fähig.

»Kleine Schlampe.« Die Stimme lässt mich zusammenfahren. Ich kenne sie. Aus dem Schatten einer Nische löst sich eine Gestalt. Sie tritt ins Dämmerlicht des Abends.

Costas Sohn.

Die Sonnenbrille ist in die Haare geschoben, seine Hände stecken in den Hosentaschen.

»Eine Tunte.« Er schlendert auf mich zu. »Ich frage mich, ob mein Vater von Beginn an davon wusste, oder ob erst meine Nachforschungen seine altersschwachen Augen geöffnet haben.«

»Cristian!« Costas Stimme bebt vor Wut. Er steht in der Tür zu seinem Büro, mustert seinen Sohn voll Abscheu. »Lass Chiara in Ruhe.

Die Dinge sind geklärt.«

»Chiara?« Cristian lacht schrill auf. »Du klammerst dich immer noch an den Mummenschanz?« Er packt mich, zerrt mich vor sich. Sein Arm umschlingt meinen Oberkörper. »Sieh genau hin, Vater!« Er zerrt meinen Rock hoch, greift mir zwischen die Beine.

Ich trete nach hinten, treffe sein Schienbein.

Er flucht, packt mich fester. »Das ist ein Schwanz!« Seine Finger krallen sich an das Ding in meiner Mitte.

Ich beiße mir auf die Lippen, um nicht zu wimmern.

»Du kennst die Fotos!«

Welche Fotos?

»Finger weg!« Costa brüllt. »Gnade dir Gott, wenn du Chiara auch bloß ein Haar krümmst.« Sein Gesicht läuft dunkelrot an. Dann wird es schlohweiß. »Ab dem heutigen Tag vergesse ich, dass ich jemals Vater gewesen bin.«

Cristian lässt die Arme sinken. »So nicht«, zischt er an meinem Ohr. Er stößt mich von sich. Ich stolpere. Verdammte hohe Absätze!

»Hör mich an!« Cristian spuckt vor Zorn. »Ich habe dir einen Gefallen getan! Die Leute hätten dich ...«

»Schweig!« Costa dreht sich um, schlägt die Tür hinter sich zu.

Cristian starrt auf poliertes Holz, dann wendet er sich langsam zu mir. Mit zitterndem Finger zeigt er auf mich. »Ich bin noch lange nicht fertig mit dir, kleine Schwuchtel!«

»Trau dich in meine Nähe und ich rufe die Polizei!« Ich werde geliebt. Von Noah. Niemand darf mir mehr drohen.

Cristians Lachen stellt mir die Härchen auf. Es verstummt so plötzlich, wie es losbrach.

»Rate, auf welcher Seite sie stehen wird?« Sein Gesicht verzieht sich zu einem höhnischen Grinsen. »Der bettelnden Tunte, die für Geld Schwänze schluckt, oder dem Erben der zweitgrößten Werft Italiens?«

»Du hast deinen Vater gehört. Du bist nicht länger sein Sohn. Warum sollte er dir die Firma überlassen?«

Die überhebliche Miene gefriert. »Ich muss dir kein Haar krümmen, um dir Schmerzen zuzufügen.« Der Hass in seiner Stimme wirft mich zurück.

Weg hier! Ich renne an ihm vorbei, die Außentreppe hinab. Während ich den Wagen aufschließe, schaue ich mich um.

Costas Sohn steht im Eingang. Sieht auf mich herab. Selbst auf die Distanz weiß ich, dass sein Blick mich versengt.

Mein Herz hämmert im gesamten Körper. Reiße die Tür auf, zittere den Schlüssel ins Zündschloss. Erst beim zweiten Mal springt der Motor an. Meine Nerven zerreißen bundweise.

Räderquietschen, Gummigestank.

Bremse knapp vor dem Schlagbaum. Der Wachmann schüttelt erstaunt den Kopf.

»Hoch mit dem Ding!« Ich brülle mit tiefer Stimme. Er zuckt zusammen. Dennoch hebt sich der gestreifte Balken.

Gas geben.

Weg.

Ich muss Marco anrufen. Wie wird er hierrauf reagieren? Sofort die Sachen packen und abreisen? Was ist mit Noah? Ich will mein zu kurzes Glück nicht hergeben.

Kann nicht denken. Zu viel Angst im Kopf. Marco wird ausrasten, wenn er von Cristians Machenschaften erfährt. Dieses Mal ist es nicht meine Schuld. Ich tat, was er und Costa von mir verlangt hatten. Dass sein Sohn hinter mir herspioniert, konnte niemand absehen.

Werde Noah nichts davon erzählen. Das Bisschen, was uns bleibt, will ich genießen. Ich verschwende bereits diese Nacht. Marco wird mir jede Einzelheit des Treffens aus der Nase ziehen.

Wenn er nur nicht sofort abreisen will.

Bitte nicht!

Die Heimfahrt verbringe ich mit Grübeln und Angst. Die Verlockung, Noah anzurufen und das Gespräch mit Marco zu verdrängen, ist unendlich groß.

Das Casa di Mare. Die beleuchteten Fenster wirken tröstend.

Sitzt Noah mit seinem Onkel noch beim Abendessen?

Es ist kurz nach zehn Uhr.

Er wartet auf meinen Anruf.

Auf meinem eigenen Handy werden drei angezeigt. Sie stammen von Marco.

Ich lasse das Hotel hinter mir. Wenn Noah wüsste, wie nah ich wohne, käme er sicherlich zu mir. Ein tröstender, wundervoller Gedanke.

Fiammas Hof kommt mir dunkel vor.

Hätte sie bloß geschwiegen, wie sie es sonst tut.

Was hat ihr Cristian für den Verrat gegeben?

Statt Stufe um Stufe zu erklimmen, sollte ich die Sandalen von den Füßen schleudern und zu Noah rennen.

Marco steht bereits im Flur. Sein Blick lässt mich innerlich zusammenfahren. In der einen Hand hält er einen braunen Umschlag, wie der, der bei Costa auf dem Schreibtisch lag, in der anderen briefbogengroße Fotos.

»Kaum warst du weg, kam ein Typ an. Er hat mir das hier gebracht und ist sofort wieder losgestürmt.« Er wirft mir die Bilder entgegen. Der Stapel fällt aufgefächert vor meine Füße. »Er will damit hausieren gehen, wenn du noch einmal in Signore Costas Nähe kommst.«

Costa und ich. Seine Hand krallt in meinem Haar, ich knie vor ihm, mein Kopf auf Höhe seines Hosenlatzes. Seine Miene ist vor Lust verzerrt, seine Augen sind geschlossen.

Am unteren Bildrand sind Datum und Uhrzeit registriert.

Cristian hat mich fotografiert, während ich seinem Vater einen blase. Deshalb war Signore Costa dermaßen erschüttert. Sein Sohn hat ihm dieselben Bilder gezeigt.

Mir wird übel.

»Sieh dir alle an.« Marco ballt die Fäuste. »Der Kerl hat ganze Arbeit geleistet.«

Noah und ich am Strand. Wir liegen dicht nebeneinander, grinsen uns an. Dann eine Schwarz-Weiß-Aufnahme. Ich sitze mit gesenktem Kopf auf einem Liegestuhl. Mein schulterfreies Kleid ist deutlich zu erkennen.

Kurze, fransige Haare – keine Perücke. Neben mir hockt Noah.

Das nächste Foto: Der verwilderte Garten in San Gimignano. Rotwangig und zerzaust verlassen Noah und ich die Hütte. Hand in Hand.

»Hast du dich von dem Kerl da ficken lassen?« Marco spuckt mir die Worte entgegen. »Auch ohne die Spitzeleien dieses Drecksacks würde dich Costa allein deshalb ...«

»Hier!« Ich halte ihm das Bild von Costa und mir hin. »Das sollte dich beunruhigen!« Die Fotos von Noah und mir sind harmlos. Begreift Marco nicht, um was es geht?

»Er hat dafür bezahlt!« Marco reißt mir die Aufnahmen aus der Hand. »Aber du mit deiner Geilheit, mit deinem Egoismus hast alles ...« Sein Handrücken klatscht auf meine Wange. Seine Knöchel brennen in meinem Gesicht.

Sterne vor den Augen. Dazwischen verschwimmt Marcos Zornesmiene.

»War dir Costa nicht genug? Musst du dich einem Jungen an den Hals werfen, von dem du nichts zu erwarten hast?«

»Darum geht es nicht!« Ist er irre? »Costas Sohn lauerte mir bereits auf, bevor ich Noah begegnet bin!«

»Na und?« Wild fuchtelt er mit der Schwarz-Weiß-Aufnahme. »Der Kerl war sogar mit einer Nachtsichtkamera hinter dir her! Ohne dieses Bild wäre er nie darauf gekommen, dass du ein Mann bist!«

»Du hast mir die Haare abgeschnitten! Es ist deine Schuld ...«

»Sei ruhig!« Er brüllt, hebt die Fäuste. Sie gefrieren in der Luft. Aus meiner Tasche meldet sich mein Handy.

Marco starrt irritiert dorthin. »Wer ist das?« Er reißt mir den Riemen von der Schulter, wühlt.

»Hör auf damit!« Kämpfe mich durch die Front aus Armen und Händen.

Marco stößt mich zurück. Ich stolpere, die Türklinke bohrt sich mir in den Rücken. Marco stiert auf das Display.

Schließlich lässt er das Handy fallen, zertritt es.

- Noah -

Elf Uhr vorbei.
Keine Antwort von Ciro.
Gehe vor der Hotelbar auf und ab.
Rainer sitzt mit Sonja an einem der Außentische. Für beide bin ich unsichtbar. Passt mir gut im Moment.
Mein Daumen will tausend Nachrichten tippen, mein Verstand verbietet es ihm. Warum eigentlich?
Und wieso meldet sich Ciro nicht?
Was heißt: *Es kann spät werden* und *du weißt längst, wo ich wohne*?
Gegen einen nächtlichen Spaziergang ist nichts einzuwenden. Wenn er mich zufällig an der Pizzeria vorbeiführt, ist das eben so.
Nur einen Blick. Aufs Klingelschild? Eventuell.
Ich will bloß meine These untermauern.
Oder wohnt Ciro in einem der Gebäude am Strand? Wie kommt er auf die Idee, dass ich das wissen könnte?
Das Hotel?
Gibt es eine Art Mitarbeiterwohnung?
Giulia hat mich bereits einmal darauf hingewiesen, dass sie über Angestellte keine Auskunft erteilen darf. Sie brauche ich demnach nicht zu fragen.
»Bin noch mal unterwegs.« Ich zeige Richtung Straße. Rainer nickt, grinst, und versinkt erneut in Sonjas Augen.
Ich lasse den Hotelkomplex hinter mir und trabe los. Hat mit Stalking nichts zu tun. Bloß mit einer ausgeprägten Intuition. Zumindest rede ich mir das ein.
Ist alles okay und Ciro erwischt mich bei dieser Nummer, hält er mich für …
Keine Ahnung, für was. Schmeichelhaft wird es für mich kaum sein.
Das weiße Gebäude taucht auf und ich lege einen Zahn zu.
Die Fenster vom ersten Stock stehen auf.

Marco bellt. Heiser und böse. Die wütende Stimme dazwischen gehört Ciro.

Scheiße! Ich muss zu ihm. Egal, wie das für ihn rüberkommt. Wo ist der Eingang? Durch die Pizzeria?

Eine alte Frau wischt die Tische ab.

»Ich möchte zu Ciro Frattini!« Wetten, sie kann weder Deutsch noch Englisch? »Sofort!«

Sie sieht auf, nickt. Immerhin scheint ihr klar zu sein, von wem ich rede.

Sie schlurft auf mich zu und schiebt mich bis zur Hausecke. Mit ihrem Runzelfinger zeigt sie auf eine Toreinfahrt.

Dahinter?

Der Finger fuchtelt weiter durch die Luft, dabei hat sich die Alte längst umgedreht. Mein *Grazie* prallt an dem krummen Rücken ab.

Auf dem Hof parken Marcos Mofa und ein verbeulter Transporter - direkt vor dem Hintereingang zur Pizzeria.

Essensgeruch schlägt mir entgegen.

Kein Lichtschalter, muss mein Handy bemühen.

Eine schmale Treppe führt hinauf. Bin in zwei Sekunden oben.

Marcos wütendes Brüllen dringt bis zu mir. Warum schweigt Ciro? Ich hämmere an die Tür. Sofort verstummt es dahinter.

»Ciro?« Mein Herz trommelt den Zorn auf diesen Arsch, der sich nicht im Traum *Bruder* nennen darf, in jede Zelle.

Will da rein!

Werfe mich gegen rissigen Lack.

Kein Widerstand.

Falle Marco direkt in die Arme.

»Du?« Er packt mich am Kragen. »Verschwinde!«

Ciro taucht hinter ihm auf. In Perücke, Kleid und verschmierter Schminke.

War er nicht bei einem Termin? Wieso steckt er in Weiberklamotten? Im grellen Flurlicht kratzt mir das moralisch die Butter vom Brot. Schlimmer als neulich am Strand. Da war es wenigstens dunkel.

»Marco, lass ihn los!«

Sofort nimmt der seine Hände von mir. Das ging zu schnell. Gedanklich bereite ich mich auf das Äußerste vor. Eine Schlägerei? Ungern. Aber wenn es sein muss?

»Machst du dir Sorgen?« Er geht ein paar Schritte zurück. »Um den?« Er zeigt auf Ciro, lacht dreckig und verschwindet in einem Zimmer.

Ciro steht da, starrt mich wie vom Donner gerührt an. Ich weiß nicht, was ich sagen soll. Er offenbar auch nicht. Kann er die Scheißperücke nicht endlich abziehen?

»Hier!« Marco ist plötzlich wieder da. Hält mir zerknitterte Fotos hin.

»Nein!« Schluchzend stürzt sich Ciro auf ihn, schleudert ihm die Faust ins Gesicht. Er brüllt auf Italienisch auf ihn ein, schlägt erneut zu.

Respekt. In meinem Süßen steckt erstaunlich viel Mann.

Daran können auch die Nylonstrümpfe nichts ändern. Sie schimmern bei jeder Bewegung. Keine Ahnung, warum mich in einem Chaosmoment wie diesem seine zart eingepackten Beine fesseln.

Da ist eine Laufmasche, sie zieht sich über die Wade bis in die Kniekehle. Kurz unter dem Rocksaum hört sie auf.

Es ist leichter, den Verlauf der verloren gegangenen Masche zu verfolgen, als die Aufnahmen zu beachten, die mittlerweile vor meinen Füßen liegen.

Marco muss sie fallen gelassen haben.

Um mich wird es still.

Das kniende Mädchen ist Ciro. Der Minirock spannt an Schenkeln und Po. Die blonde Mähne streichelt nackte Schultern. Er verpasst einem Kerl knapp an der Altersheimgrenze einen Blowjob. Die Miene des Hurensohns verrät, dass sich Ciro verdammt geschickt anstellt.

So wie bei mir. Erst vor ein paar Stunden.

»Dein Schätzchen arbeitet hart für unseren bescheidenen Luxus. Wenn du wüsstest ...«

»Nein!« Ciros Arme sinken hinab. Was ist mit seinen Augen los?

Liegt es an der verschmierten Schminke? Etwas in seinem Blick ist falsch. Darf dort nicht sein.

Er rennt an mir vorbei.

Hinter ihm knallt die Tür zu.

Ich bin allein mit einem grauhaarigen Alten, der sich von dem schönsten Mädchen Italiens aussaugen lässt.

Krass. Ich falle zum zweiten Mal auf Ciros Maskerade herein.

Er macht das für Geld. Sehen so seine Termine aus?

»Was sagst du nun?« Marco reibt sich das Kinn. »Immer noch im siebten Himmel?«

Ich muss gehen. Sofort. Sonst verpasse ich ihm was verflucht Derbes.

Mein Herz donnert wie ein Presslufthammer.

Finde mich im Treppenhaus wieder. Das zerknüllte Bild in der Faust.

Was ist Ciro? Ein hurender Straßenartist oder eine käufliche Tunte?

Kann nichts fühlen außer dem verdammten Herzrasen.

Halte mich bei jedem Schritt nach unten am Geländer fest.

Meine Beine sind Wabbelmasse.

Die Hintertür steht auf. Wenigstens muss ich nicht im Stockdunkeln vor mich hinstolpern.

Was für ein schwachsinniger Gedanke. Als ob mich das jetzt tangieren würde.

Ciro, der Schwanzlutscher.

Ciro, der Kerl mit den sanften Rehaugen.

Ciro, der sich in Frauenfummel alten Säcken an den Hals wirft.

Ciro, der vor dem Keramikladen hockt und heult, weil ich *mein Prinz* zu ihm gesagt habe.

Eine Sandale. Dünne Riemchen, kein Absatz. Der steckt zwei Stufen höher im Holz.

Die sonnenbraunen Füße mit den sexy Knöcheln sehen in Flip Flops genauso hinreißend aus, wie in diesen Fußgelenkbrechern.

Der knitterige Fotoball fällt mir aus der Hand. Ist okay, so habe ich dort Platz für das Nichts von Schuh.

Der zweite liegt neben dem Transporter.

Mein Prinz ist barfuß unterwegs. Schön für die einsame Laufmasche. Endlich kriegt sie Gesellschaft.

»Geh ihm nach.« Marco lehnt sich aus dem Fenster. Hinter ihm ist es hell, vor ihm dunkel. Kann sein Gesicht nicht erkennen. Seine Stimme hat jegliche Bosheit eingebüßt, driftet ins Panische. »Geh ihm nach!«

»Hast Angst um ihn, hm?« Scheiße, ich auch. Ciros Blick ist schuld. Er war zu leer. Oder zu voll mit etwas Schwerem, Scharfen. Dass es die Seele verätzt, ist Ehrensache.

»Bitte!« Der Kerl schlägt aufs Fensterbrett. »Lauf!«

Schnappe mir die zweite Sandale und renne los.

Der Strand. Keine Ahnung, wo ich sonst nach Ciro suchen soll. Er hat sich schon einmal dorthin verkrochen, als ihn sein Bruder gedemütigt hat.

Aus dem Burghaus klingt Lachen.

Glückliche junge Menschen. So was soll's geben. Mir fallen spontan drei ein, die es definitiv nicht sind.

Schuld ist Marco, der Arsch!

Erst klatscht er Ciro moralisch an die Wand, und dann soll ich den Mist ausbügeln?

Der Parkplatz ist völlig verwaist. Dennoch scheppert es irgendwo. Aus dem Café kommt es nicht. Das ist dunkel und einsam. Ebenso wie die Terrasse.

Das Scheppern wird lauter.

Hinter einem Kabuff bewegt sich etwas. Ruckartig schnellt es nach vorn, begleitet von dem seltsamen Geräusch.

»Ciro?« Falls er es ist, reagiert er nicht.

Ich renne an Kabinen- und Klotüren entlang.

Es ist Ciro.

Mit jedem Schritt erkenne ich mehr von ihm.

Er schlägt auf ein Blechtor ein.

»Ciro!«

Er prügelt weiter auf gewelltes Metall.

»Hör auf!« Er bricht sich sämtliche Fingerknöchel mit dem Mist!

Er fährt herum, holt aus. Seine Faust trifft mich vor der Brust, ich stolpere zurück, pralle gegen eine der Umkleidekabinen. Ein dumpfer Schlag gegen meinen Hinterkopf, ein stechender Schmerz, Sterne flimmern. Die Sandalen fallen mir aus der Hand.

Ciro schnappt nach Luft. Starrt mich entgeistert an. »Noah?«

»Wer sonst?« Dachte er, sein Bruder wäre ihm nachgehumpelt?

»Es tut mir leid.« Völlig neben sich schüttelt er den Kopf. »Ich wollte das nicht.« Seine Hände hängen ihm an den Seiten. Die dunkle Nässe um die Knöchel kann ich bloß ahnen.

»Weder dich schlagen noch Costa ...« Sein Kinn sinkt auf die Brust.

Ich bilde mir das Geräusch auf Holzbohlen zerplatzender Tränen ein. Weiß nicht, was ich tun soll. Mein Kopf dröhnt von dem Aufschlag.

Ciro vergräbt die wund geschlagenen Finger in blonden Haaren. Sein ganzer Körper bebt. Langsam geht er in die Knie, kauert sich zusammen. Wenn er wenigstens schluchzen oder fluchen würde, aber er ist still.

Ich hocke mich zu ihm, pflücke seine Hände aus den Strähnen. Weil mir nichts Besseres einfällt, presse ich sie an meinen Mund. Blut, Staub, ein bisschen altes Metall und Ciro.

Erstaunlich, was ich alles gleichzeitig schmecke. Noch erstaunlicher, dass es mich beruhigt. Immerhin ist ein heulender Mann in Minirock und mit verrutschten Titten-Fakes ein seltsamer Anblick. Vor allem für den, der ihn liebt.

Ich nehme seine Gelenke mit einer Hand, um die andere für sein Gesicht freizuhaben. Ich muss es berühren. Den verwischten Lippenstift wegstreichen und die mit Tonnen von Maskara vergewaltigten Wimpern antippen.

Wo ich auch hinfasse, ist es nass.

»Sieh mich mal an.«

Ciro wendet sich ab. Meine Finger glitschen über seine Wange. Am Kinn finden sie Halt und ich drehe ihn zu mir zurück.

Der Klassiker. Fehlt bloß noch *schau mir in die Augen, Kleines.*
Gedanklich klappe ich den Trenchcoatkragen hoch. Niemand ist smarter als Humphrey Bogard. Kenne jeden Clip von ihm auf YouTube. Er liefert den besten Paten für eine verquere Situation wie diese.

Ciro blickt hartnäckig an mir vorbei, während aus seinen Augenwinkeln Tränen kullern. Er presst die Lippen zusammen. Es schüttelt ihn, doch nicht mal das zaghafteste Wimmern ist zu hören. Hat ihm die Nummer mit Marco die Seele zerfetzt?

»Komm mit.« Ich helfe ihm auf die Beine. Es gibt nur einen Ort, an dem ich die Stücke zusammenflicken kann. Dort werde ich tun, was ich schon beim ersten Mal hätte machen sollen.

Heute Nacht ist er Chiara. Daran ändert auch seine plötzliche Vorliebe fürs durch-die-Gegend-prügeln nichts. Also werde ich ihn dementsprechend lieben – als Mädchen.

Mucksmäuschenstill folgt er mir in die Dunkelheit, als hätte er sein Widerstandsbudget im Streit mit seinem Bruder aufgebraucht. Ab und zu ein leises Nasehochziehen oder Schnüffeln – mehr höre ich nicht von ihm.

Dicht am Wasser sitzen ein paar Leute mit Wein und Windlichtern. Ihr Lachen und heiteres Reden trösten mich. Wenn ich mich halbwegs geschickt anstelle, kann Ciro auch wieder fröhlich sein.

Konsequent verdränge ich das Foto aus meinem Kopf.

Würde meinem Prinzen, wahlweise meiner Prinzessin, gerne versichern, dass es mir schnurzegal ist und überhaupt nichts ausmacht, dass er ab und an alte Schwänze schluckt.

Das wäre allerdings die fetteste Lüge meines Lebens.

Mir graut es bei dem Gedanken.

Irgendwann, zu einem Zeitpunkt, an dem sich Ciro gefangen hat, soll er mir den Scheiß erklären. Zusammen mit seinen Beweggründen.

Geld. Schon klar.

Doch das ist vielleicht nicht der einzige Grund.

Wenn, dann ...

Darüber mache ich mir später einen Kopf. Vorher wird gevögelt. Möglichst stilvoll, damit Chiara auf ihre Kosten kommt und für die nächsten Tage Ciro das Ruder überlässt.

Die Windlichter!

Zwar nur Marmeladengläser, doch was soll's? Ich steuere auf die Gruppe zu. Ciro zögert. Ich halte ihn fester.

»Scusi?«

Vier verträumte Augenpaare schauen zu uns hoch. »Versteht ihr Englisch?«, frage ich in exakt dieser Sprache.

Einer der beiden Männer nickt.

Perfekt.

»Könnt ihr uns eines der Lichter überlassen?« Ich zeige auf ein Einweckglas mit dickem, rotem Stumpen.

»Wozu?« Der Mann grinst, nickt zu Ciro. »Für sie?«

»Genau.« Ich lege den Arm um meinen Süßen, der sich hinter meinem Rücken verstecken will. »Sie ist mir sehr wichtig, glaubt es mir allerdings nicht.«

Mein Prinz atmet scharf ein.

»Daher die Tränen?« Der Mann reicht mir das flackernde Licht. »Ich hoffe, du kannst sie bei Romantik und Meeres-rauschen überzeugen.«

»Ich auch. Danke.«

Er lächelt, zwinkert Ciro zu. Der schlägt die Augen nieder. Obwohl sich unsere Schultern berühren, wirkt er völlig einsam.

Ich verabschiede mich von dem Windlichtspender und stapfe mit meiner Prinzessin erneut durch den Sand. Je größer die Distanz zwischen uns und neugierigen Augen und Ohren ist, desto besser.

»Lass mich los, Noah.« Ciro bleibt stehen, versucht sich aus meinem Griff zu winden. »Ich will allein sein.«

Sicher! Deshalb tropft es auch ständig von seinem Kinn.

Einen Dreck werde ich tun!

»Noah!« Er verzieht das Gesicht. Seine Hand wird ihm wehtun. Verdammt, ich hätte vorsichtiger sein müssen.

Ich schnappe mir sein Gelenk. Das blutet zumindest nicht.

Ciro sieht mich erschrocken an. »Was soll das?«
»Du bleibst.« Scheiße! Kommt viel zu dominant rüber. »Bitte.«
»Wozu tust du uns das an? Denkst du, ich habe nicht bemerkt, wie erschüttert du beim Anblick des Fotos warst?«
»Und denkst du, ich hätte nicht mitbekommen, dass dein Herz in Streifen hängt?«
»Darum geht es nicht.«
»Worum geht es sonst?«
Er vergräbt die Finger in den Haaren. »Darum.« Die Perücke fällt in den Sand. »Es ist großartig von dir, dass du alles versuchst, um mich zu akzeptieren. Aber ich weiß: Jeder hat seine Grenzen und ich habe deine heute überschritten.«
»Falsch!« Ich hasse es, wenn meine Stimme bebt. Ich hasse es überhaupt, wütend zu sein. »Dieser verfickte grauhaarige Hurensohn, der dir seinen lahmen Schwanz in den Rachen gedrückt hat, ist über meine Grenze gelatscht.« Mit Anlauf! »Dein beschissener Bruder mit seinem Hang zum Launeversauen, ist ebenfalls darüber gehinkt.«
»Er hat recht.« Ciro redet mit seinen Füßen. »Ich habe es für Geld gemacht. Ich könnte dir ein paar mildernde Umstände nennen, doch das wäre unfair.«
»Und jetzt?« Gott, habe ich einen Schiss vor der Antwort.
»Wirst du mich gehen lassen.« Sein Gelenk flutscht aus meinem Griff. »Vergiss, was zwischen uns passiert ist.« Er dreht sich um, wird langsam kleiner.

Ihm nachlaufen?

Sehe ständig das Bild vor mir.

Sein Kopf in Schwanzhöhe dieses alten ...

Scheiße, verfluchte!

Meinen Beinen fehlt jeglicher Elan, also bleibe ich stehen.

Die Geschehnisse des Tages wirbeln mir durch den Kopf. Bin zu verwirrt, um vor Wut zu qualmen und zu unglücklich, um Ciro endgültig abzuschreiben.

Vor meinen Füßen schimmert etwas im Kerzenlicht.

Seine blonden Haare.

Zuerst ein bekacktes Foto von ihm, dann eine kaputte Sandale, schließlich eine heile. Nun die Perücke. Heute Nacht sammele ich Cirostücke auf.

- *Ciro* -

Schritt für Schritt weiter in die Dunkelheit. Vielleicht behält sie mich. Das wäre das beste, was mir passieren kann.

Meine Hände pochen vor Schmerz. Mein Hals brennt. Ich schaffe es nicht, die Tränen zu schlucken. Spielt auch keine Rolle mehr. Ich bin allein. Niemand sieht mich.

Mein Kopf sagt: Du hast es richtig gemacht. Ein Junge wie Noah hat etwas verdient, das du ihm nicht geben kannst.

Mein Herz hält den Mund. Tut weh. Viel stärker als meine Hände.

Cassian hätte meine Träume niemals verlassen dürfen. Dort habe ich ihn nie enttäuscht.

Es ist gut, dass ich gehe.

Höre dennoch auf jedes Geräusch hinter mir.

Wind oder Atem?

Einbildung oder Schritte?

Wenn er doch käme! Und dann? In drei Tagen ist alles vorbei. Er wird fort sein. An dieselbe bittere Hoffnung habe ich mich schon einmal geklammert. Diesmal schmerzt es mehr.

Bloß ein Tag Unterschied. Er war übervoll mit den schönsten und schrecklichsten Dingen.

Verbiete meinem Hirn die Gedanken an Noah. Trotzdem geistert sein Name in mir.

Renne.

Immer schneller.

Aus Sand wird Schotter. Er sticht mir in die Füße. Leere Straße, Fiammas Haus. Alles dunkel. Bis auf das Küchenlicht im ersten Stock.

Marco wartet auf mich.

Kann nicht mit ihm reden. Werde meine Sachen packen und gehen. Egal wohin, Hauptsache weg.

»Ciro!« Die Tür fliegt auf. »Gott sei Dank! Es tut mir ...«

Interessiert mich nicht. Dränge mich an ihm vorbei in mein Zimmer. Nie wieder Entschuldigungen hören, nie mehr welche aussprechen müssen.

Allein bin ich besser aufgehoben.

Der Raum verschwimmt vor meinen Augen. Ziehe den Koffer aus dem Schrank, werfe Dinge hinein, bis er überquillt.

Ich beneide ihn. Will auch randvoll sein. Aber da ist bloß ein Loch und ein leeres Gefühl.

Mit was soll ich es stopfen?

Mit der Erinnerung an die schönsten Stunden meines Lebens.

Starre auf alte Kleidung und neuen Maskara, bis ich nichts mehr erkennen kann.

Sinne ausknipsen. Einen nach dem anderen.

Suche die Schalter. Finde nichts.

Kuschele mich in Dunkelheit.

Wenn mein Herz nur nicht so weh tun würde.

- *Noah* -

Vor mir weggerannt, als ob der Teufel hinter ihm her wäre.

Ich soll ihn vergessen?

Klar. Sofort! Wieso auch nicht?

Ist schließlich leicht, bei einem Typ wie ihm.

»Scheiße!« Trete in den Sand.

Das zigste Mal. Dem Strand ist das so was von schnurz.

Bin wütend, dass ich platzen könnte. Enttäuscht, traurig, gekränkt, und was weiß ich noch alles. Ciro hat sich nicht einmal nach mir umgesehen. Weshalb rennt er vor mir weg? Warum nicht vor dem alten Sack oder seinem beschissenen Bruder?

»Hake ihn ab, Noah!« Er will mich einfach nicht. Nicht genug jedenfalls, um meine Hilfe anzunehmen.

Wozu der Heckmeck? Am Wochenende bin ich ohnehin weg. Spätestens dann muss er mit seinem kranken Leben allein klarkommen.

Super Job, sich in Weiberfummel zu schmeißen und Gruftis die schlaffen Dödel aus den Lätzen zu pfriemeln.

Was danach kommt, ist tausendmal schlimmer.

Muss würgen bei dem Gedanken.

Wie kann sich Ciro diese Sauerei für Geld zumuten? Wollte er auch von mir dafür bezahlt werden?

Mir wird schlecht.

Klar. Deshalb ist er auch weg, weil ich es nicht getan habe. Bin nicht lukrativ genug für ihn. Bloß ein armer Schüler mit leeren Taschen.

So kaltschnäuzig, mir das vor den Kopf zusagen, ist er halt nicht. Lieber spielt er mir das verzweifelte Opfer vor.

Mann, im Schauspielern ist er echt gut. War überhaupt irgendetwas ehrlich gemeint?

Scheiße! Ständig geistert sein Blick durch mein Hirn.

Da lag Unglück drin. Bis über den Rand.

Auch nur vorgetäuscht?

Und wenn nicht?

Wo ist er jetzt?

Bei Marco?

Oder in einer dunklen Ecke, um ein Garagentor zu verprügeln, bis seine Fäuste bloß noch aus Matsch bestehen?

Mich schüttelt es.

»Du bist ein Idiot!« Immerhin hört mir das Meer zu. »Lauf ihm nach!«

Blei-Beine. Bis obenhin mit Stolz gestopft wie eine Mastgans.

Habe Ciro beide Hände gereicht und er hat sie ausgeschlagen.

Bin ihm hinterhergerannt, bloß damit er mich stehen lässt. Habe Tag für Tag auf ihn gewartet, während er sich absichtlich vor mir versteckt hat.

Ich dränge mich auf. Damit ist Schluss. Soll er mit seinem Bruderarsch allein klarkommen. Lohnt sich ohnehin nicht mehr. Auch der schönste Urlaub hat ein Ende.

Schönster Urlaub. Von wegen. Habe ihn mit Sehnsucht und Warten vergeudet. Für was? Einen Nachmittag und ein zugegeben unglaublich wundervolles Date.

Das genialste meines Lebens.

Besser einmal als keinmal.

Ciros Blick, als er sagte, ich solle ihn vergessen.

Mir rinnt es über die Wangen. Mein Zorn auf ihn ändert daran nichts.

Der Moment, als sich unsere Finger an Rainers Koffergriff berührten. Das Lachen am Strand, Ciros Lippen auf meinem Mund, um meinen Schwanz. Das Glück in seinen Augen, das erst Marcos beschissener Anruf verdrängt hat.

Ich hätte ihn begleiten müssen. Ciro steht auf Helden.

Und was mache ich? Lasse ihn allein in die Höhle des verfickten Alten tappen. Denn dort war er doch? Bei diesem oder einem anderen desselben Kalibers.

Wie groß ist Ciros Kundenstamm?

Mir wird kälter, als mir ohnehin schon ist.

Nils hätte ich mit meinem Leben verteidigt, um ihn vor so was zu schützen.

Marco hingegen organisiert die Schwanzlutschtermine für seinen kleinen Bruder und merkt nicht, dass sich Ciro dabei Stück für Stück verliert.

Ich kann ihn ganz machen.

Klar kann ich das.

Will ich es?

Springe hoch, blähe meine Lunge mit Nachtluft auf, bis ich doppelt so breit bin.

Für Nils hätte ich alles getan.

Sogar für Jonas.

Was bei meinem Bruder und meinem Freund geht, funktioniert auch bei meinem Prinzen.

Mir tropft es vom Kinn.

Erbärmlich.

Mein Prinz, die Hure.

Scheiße!

Er ist es trotzdem. Ob ich es will oder nicht.

Die Erkenntnis quetscht mein Herz zusammen. Ich brülle vor Schmerz.

Was geschieht mit mir?

Keine Luft mehr zum Atmen. Ersticke an Ciros Unglück. Will es aus ihm herausreißen.

Er soll lachen. Glücklich sein. Sich von mir vögeln lassen und den Scheißdreck vergessen, den ihm sein Bruder zugemutet hat.

Ciro ist mein Prinz.

Ich schluchze, bis es in der Kehle brennt.

Was bin ich für ein oberflächliches Arschloch, dass ich mich von einem beschissenen Blowjob abschrecken lasse?

Das Schäbig-Billige ist bloß außen. Marco hat es ihm aufgezwungen. Darunter schimmert mein Ciro wie die Sterne über mir. Wird Zeit, dass sich meine Augen ans Dunkle gewöhnen und das sanfte Licht auch durch graue Wolken sehe.

Klar, dass er die Mädchennummer ab und an braucht. Aber was es auch ist, ich kann es ihm geben. Mein Schwanz ist zumindest nicht runzlig und was rauskommt, schmeckt garantiert frischer als das schimmlige Zeug dieser alten Hurenböcke.

Okay. Ich muss zu ihm, sonst zerreißt es mich.

Blonde Haare.

Ich hebe sie auf.

Renne, bis mir die Seite sticht.

Muss alle Stücke finden, die Ciro verloren hat.

Die Sandalen liegen vor dem Blechtor. Ich klemme sie mir unter den Arm, sprinte weiter.

Das Foto.

Am liebsten würde ich es in winzige Fitzel zerreißen.

Falscher Ansatz. Es ist genau so wichtig wie den Rest der Ciro-Schnippsel.

Das weiße kleine Haus hockt still am Straßenrand. Im ersten Stock brennt Licht. Ob er dort ist?

Das bekackte Foto von ihm und dem Altersheimcasanova ist es auf jeden Fall.

Ich brauche es. Danach prügele ich aus Marco sämtliche Verstecke heraus, in die sich Ciro verkrochen haben könnte.

Taste mich durchs dunkle Treppenhaus, bis mir einfällt, dass ich ein Handy besitze. Der kalte Lichtstrahl weckt ge-spenstische Schatten.

Auf halber Treppe liegt es.

Ich stopfe es in die Hosentasche.

Statt es aufzuheben, hätte ich es verbrennen sollen.

- *Ciro* -

»Du lässt mich da rein!«

»Verschwinde! Wegen dir ...«

»Wegen mir? Wer ist das Arschloch von uns beiden?«

Poltern aus dem Flur.

Kämpfe mich aus dem Eingefrorensein. Liege auf Socken und Pullovern. Der Kofferrand drückt mir gegen die Rippen.

»Ciro?«

Hände an meinen Schultern. Sie ziehen mich in den Duft nach Meer und Nacht.

»Tür zu! Und vergiss es, vor morgen früh deine Nase hier rein zu stecken.«

Mich kann er nicht meinen. Meine Nase steckt bereits zwischen Hemdkragen und Halsbeuge.

Herbes Deo, Schweiß, Noah. Er ist hier?

Ein leises Klacken. Marco hat die Tür geschlossen - ohne Widerrede.

Wahrscheinlich schlafe ich immer noch und träume bloß.

»Alles klar?« Noah tätschelt meine Wange, bis die Haut brennt. »Lauf mir nie wieder davon. Was soll der Scheiß?«

»Du wirst gehen«, nuschele ich an seinem Hals. »Der Abend bot sich an, etwas zu beenden, was kaum ...«

»Dumme Gans.« Sacht wiegt er mich hin und her. »Heute ist Damenwahl und du hast dir mich ausgesucht.« Er hält mir die Perücke hin. Neben ihm liegen auch meine Sandalen.

»Jetzt wird nicht gekniffen. Stülp das Ding über.«

Ich hasse sie. Zum ersten Mal. Nein. Nicht die Perücke, sondern Chiara.

Noah streichelt mich am Ohrläppchen. »Ich hab's begriffen. Du brauchst das manchmal. Ist okay für mich. Doch lass mich es sein, der das Mädchen in dir liebt. Dann musst du nicht heimlich vor alten Säcken knien. Oder geht es dir bei dem Kerl um mehr als Geld?«

Ich schüttle den Kopf an seiner Hand. »Chiara.« Klinge piepsig und winzig. »Wenn ich auftrete ...« *oder meine Beine spreizen und mir eine Muschi wünsche* »... heiße ich Chiara.«

»Weiß ich.« Noah streicht mir die Strähnen aus der Stirn, stülpt mir die blonden Haare über. »Mach mal richtig. Wirkt sonst wie gerupft.«

»Warum soll ich das Ding tragen?«

»Weil du es willst.«

»Tue ich das?« Im Moment nicht.

»Na los.«

Dazu muss ich aufstehen, mich aus Noahs Umarmung wagen. Es fällt mir schwer, doch ich schaffe es.

Brauche nur ein paar Handgriffe vorm Spiegel, um mich zu verwandeln. Jeder davon tut weh. Meine Finger fühlen sich steif und geschwollen an. Bin froh, sie überhaupt noch bewegen zu können.

Noah sitzt im Schneidersitz neben dem Koffer und beobachtet mich dabei, wie ich Braun unter Blond verstecke, mein Gesicht schminke, bis mich Ciro aus Chiaras Augen betrachtet. »Bist du sicher? Ich kann das alles von mir reißen und Ciro für dich sein.«

Noah schüttelt den Kopf. »Heute Nacht vielleicht. Eventuell auch die Tage danach. Irgendwann willst du jedoch wieder Strumpfhosen über deine sexy Beine ziehen und mit bemalten Wimpern klimpern. Also zwing dich nicht. Ich nehme das komplette Ciro-Paket mit Sonderausstattung.« Sein Grinsen wird schief. »Allerdings gebe ich zu, dass mir das Sportmodell besser gefällt als die Ambienteausstattung mit Plüschbezügen.«

Lache. Zwar leise und meine Kehle fühlt sich kratzig dabei an, aber das ist okay.

Erst als kussechtes Rot auf meinen Lippen schimmert und ich die verrutschten Silikonkissen zurück an ihre Plätze geschoben habe, wende ich mich zu Noah.

Meine Handflächen werden feucht.

Wenn ich ihn erneut schockiere? Wenn es zu viel für ihn ist, mich als Frau zu vögeln?

Wie will er es überhaupt bewerkstelligen?

In meinen Träumen ist alles leichter.

Was ich nicht an mir mag, denke ich mir weg.

»Wie wäre es hiermit?« Mit niedlich gerümpfter Nase hält Noah das Windlicht hoch. »Die Deckenlampe ist zu grell und ich vermute, dass Chiara Romantik schätzt.«

»Tut sie.«

»Dachte ich mir.« Er fischt ein Feuerzeug aus der Jeans und ich schalte das Licht aus.

Zu dunkel, um jedes Detail an mir wahrzunehmen, hell genug, um sich nicht vor Chiara und ihren Hilfsmitteln drücken zu können.

»Bist du dir wirklich sicher?« Ich verzweifle, sollte er sich mittendrin angewidert von mir abwenden.

»Ganz sicher.« Noahs Augen wirken im Dämmerlicht riesengroß. »Du bist wunderschön.« Er steht auf, reicht mir die Hand und führt mich zum Bett. Behutsam streichelt er über meine Wange. »Bitte verzeih mir, wenn ich mich ungeschickt anstelle. Ich schlafe selten mit Mädchen.«

Sein Lächeln liebkost mein Gesicht, bevor es seine Lippen tun.
Ich liebe ihn. Der Gedanke überfällt mich.

- *Noah* -

Küsse am Rand des Tops entlang. Weiß genau, was sich unter ihm versteckt. Rosa Nippel, die ich beknabbern will. Dazu müsste ich die weichen Gelkissen abnehmen und das kann ich Ciro nicht antun. Heute Nacht ist er meine Süße.
Er zittert ein bisschen.
Ist okay. Ich bin auch nervös.
Wandere mit den Händen tiefer, bis zum Rocksaum. Das Nylon fühlt sich fantastisch an. Darunter schlanke, muskulöse Beine. Spüre jede Sehne. Schiebe den Stoff hoch. Unter der Strumpfhose schmiegt sich ein Spitzenhöschen an Ciros strammen Hintern.
Muss den Schreck wegatmen. Was habe ich erwartet? Eine Boxershorts?
Nicht aus der Ruhe bringen lassen.
Laufmaschen kitzeln meine Fingerspitzen. Fühlen sich seltsam an. Rau und zart. Kaputt und edel. Ein wenig verdorben, doch ungemein sexy.
Zupfe am Bund des glatten Dinges, ziehe es streichelnd hinunter. Will den Slip sehen.
Sanft drücke ich Ciro aufs Bett, befreie seine Beine aus dem schimmernden Gefängnis, spreize sie etwas.
Dunkelgrüner Satin. Sein Schwanz beult ihn aus, die pralle Spitze sieht oben heraus.
Verkneife mir ein Grinsen. Ciros Männlichkeit drängt offensichtlich an die Oberfläche. Egal was Chiara davon hält.
Habe nie ein Mädchen dort unten geküsst oder geleckt.
Ob es Ciro gefällt?
Seine Zunge benetzt die Unterlippe.

Sein glasiger Blick fleht mich um alles Mögliche an.

Streiche mit den Lippen die Innenseite seines Schenkels hinauf.

Jeder gewonnene Zentimeter beschert mir mehr von meinem Prinzen.

Kein Härchen kitzelt meine Nase.

Ciro hat sich gründlich die Beine rasiert.

Befremdlich? Bin zu sehr in seinem Duft gefangen, um mir darum Gedanken zu machen.

Als ich an die seidige Beule stoße, keucht er auf.

Schmiege mein Gesicht daran, atme tief ein. Küsse durch grünen, stramm ausgefüllten Stoff. Als ob sein Geschmack dadurch auf meine Zunge kriecht.

Duft, Aroma, Glätte.

Zu viel für mich.

Reibe mit Lippen und Kinn seine Erektion, bis mein Mund Ciros Spitze findet. Sie ist feucht, schmeckt salzig, riecht nach Lust und Ciro.

Beiße hinein. Gerade noch vorsichtig. Ciro bäumt sich auf. Ein zischender Laut, dann leises, sehnsüchtiges Wimmern.

Seine Hände an meinem Hinterkopf. Sie drücken mich fest gegen seine Mitte.

Lecke über seine Länge, lasse ihn dazwischen meine Zähne spüren. Im seidigen Stoff versickert meine Spucke. So fantastisch sich das anfühlt, er muss weg. Dort, wo der Spitzenbund des Slips die Hüftknochen ziert, küsse ich weiche Haut.

Ciro streckt sich meinen Liebkosungen entgegen.

Sein heftiges Atmen ist Wasser auf meinen Mühlen.

Das Höschen landet neben der Strumpfhose auf dem Boden. Der Rest bleibt an.

Noch nie hat mich ein hochgeschobener Rock so heiß gemacht.

Was vor mir emporragt, könnte männlicher nicht sein. Will es in den Mund nehmen. Daran saugen. Mich hoffentlich ebenso geschickt anstellen, wie Ciro es bei mir getan hat.

Aber einem Mädchen bläst man keinen.

Winde mich aus Jeans und Shirt.

Brauche maximalen Körperkontakt – und ein Kondom.

Gratuliere mir zu meiner Dreistigkeit, auch wenn das Gummi erst jetzt zum Einsatz kommt. Ich angele es aus der Hosentasche.

Ciros Augen leuchten, als es zwischen meinen Fingern knistert. »Du bist vorbereitet?« Mit verklärtem Blick mustert er mich von oben bis unten.

Mein Ego schnurrt. Ich räuspere mich, um männlich tief kontern zu können. »Wie es sich für einen Gentleman gehört, der seine Süße so sicher und schmerzfrei wie möglich verführen möchte.«

Sein Lächeln strahlt heller als Italiens Mittagssonne. »Sei schwer auf mir.«

Ich liebe dieses Wispern. Höre jede Nuance Erregung darin.

»Drück mich in die Matratze, bis ich kaum noch atmen kann.«

Wow! Mir wird heiß. Meine Lady hat konkrete Vorstellungen. Dieses Mal stimmen sie mit meinen überein.

Schiebe mich höher auf den bebenden Körper, bis Ciros Ständer an meinem reibt.

Die Tittenfakes dürfen nicht verrutschen. Lege mich direkt von oben auf sie. Er will mein Gewicht spüren? Da ist einiges an Muskelmasse, was mein schlanker Ciro hinnehmen muss.

»Geht's?«

Er seufzt, nickt und schließt genießend die Augen.

Rechts und links pressen sich seine Schenkel gegen meine Hüften. »Bitte.«

Das gehauchte Flehen sendet Stromstöße durch mich.

Verdammt! Hätte ich es mir bloß vorher selbst gemacht, dann wäre ich jetzt entspannter. Der Duft, der von Ciros Hals aufsteigt, benebelt mich zusätzlich.

Kein Mann darf so lecker riechen. Wie soll ich das aushalten?

Das Halstuch ist mir im Weg. Will den vorwitzigen Kehlkopf darunter küssen. Er hüpft unter meinen Lippen. Sehne mich nach Haut und nicht nach Stoff.

Ich liege auf Chiara. Nicht auf Ciro. Hätte ich fast vergessen.

Mögen Mädchen Kehlkopfbisse? Werde sicherheitshalber meine Finger von dem Knoten lassen des Tuchs lassen.

Es fällt mir schwer.

Knabbere mich zum Trost an Ciros Schlüsselbein fest.

Ich könnte ihn auffressen!

Seine Miene ist reinste Hingabe, vollkommener Genuss.

Zwischen uns pulsiert es und ich spüre die erste Feuchtigkeit. Will seinen Ständer liebkosen, doch Frauen haben keine Schwänze. Erwartet er ernsthaft, dass ich sein bestes Stück ignoriere? Bei einem Mädchen würde ich schließlich auch die Muschi streicheln.

Gleite mit der Hand an seiner Seite hinab. Ciro zuckt unter der sanften Berührung zusammen. Der Stoffwulst des Rocks stört mich bloß für einen Moment.

Mein Liebster schnappt mich am Handgelenk. »Jetzt«, flüstert er.

Dass so viel Sehnsucht in ein kleines Wort passt.

»Bitte.«

Bin nervös und grenzenlos scharf auf meinen Prinzen.

Meine Prinzessin? Auch okay.

Dummerweise bleibt ein enges Loch ein enges Loch und ich will verwöhnen und keine Schmerzen zufügen. Außerdem kann ich es nicht erwarten, Ciro an dieser absolut intimen Stelle zu berühren. Ich klopfe stets an und bitte damit höflich um Einlass. Sonst käme ich mir wie einer vor, der mit Anlauf die Hintertür aufbricht.

Ciro kippt das Becken nach vorn. Seine weit gespreizten Beine und der bebende, noch verschlossene Muskel machen mich irre.

Spucke mir auf die Finger, umschmeichle damit den Ort, an den sich mein gesamtes Bewusstsein klammert.

Ciro schaudert, stöhnt tiefer, als es seine Rolle erlaubt.

Ich liebe es.

Er drückt sich mir entgegen, verschluckt meinen Zeigefinger.

»Mehr.« Er hält die Lider geschlossen, windet sich, atmet laut. »Viel mehr.«

- *Ciro* -

Sanfter Druck. Er nimmt zu. Wird gewaltig, tut weh.

Noah zögert.

Seine Hand an meiner Wange. »Schau mich an.«

Dann bemerkt er meinen Schmerz und hört auf. Ich schüttele den Kopf, lasse alles locker.

Gleich wird es besser. Ich weiß das noch vom letzten Mal.

Schmerz wird erträglich, wenn man von Liebe umgeben ist. War ich bisher nie. »Weiter!« Gott, klinge ich rau.

»Wir müssen das nicht tun.«

Ein zärtlicher Kuss, der mir den Moment versüßt.

»Doch!« Klammere mich an ihn, schiebe mich dem brennenden Druck entgegen. Will Noah in mir. Nichts mehr fühlen außer ihm.

»Da ist eine Träne, Ciro.« Seine Lippen an meinen Wimpern. »Mach mir nichts vor.«

»Mein Glück läuft über.« Es ist die Wahrheit. Habe noch nie so viel von diesem Gefühl auf einmal besessen.

Die Furchen zwischen seinen Brauen verschwinden. »Bist du sicher?«

Nicke, entspanne, keuche über das Drängen in mir hinweg. Noah gleitet unendlich langsam tiefer in mich.

Endlich lässt es nach. Ich stöhne vor Erleichterung.

Presse mich gegen ihn. Kribbelnd heiß frisst sich reine Lust durch das letzte Restchen Schmerz.

Noahs Schwere, seine Sorge um mich. Die Hitze in mir, die jeden Gedanken versengt.

Umklammere ihn mit beiden Beinen.

Seine Wangen glühen. An dem sehnigen Hals schlägt sein Puls.

Lege meine Lippen darauf.

Noahs Leben. Ich spüre den Rhythmus, inhaliere den Duft. Winzige Tropfen kitzeln meinen Mund.

Die Bewegungen in mir werden schneller, gehen tiefer.
Schlinge die Arme um den Jungen über mir.
Die Erregung in seiner Miene, das leise Keuchen.
»Sei lauter.« Meine Welt soll nur aus ihm bestehen.
Er stöhnt auf, wirft den Kopf in den Nacken. »Gott, Ciro! Ich halte es kaum noch aus.«
»Dann komm.« Ich werde jedes Zucken in dem wunderschönen Gesicht genießen.
Noah schüttelt beinahe verzweifelt den Kopf. »Und du?«
Stoß für Stoß flutet er mich mit Glut. Will sie behalten. Nichts von ihr hergeben.
Es ist gut, wenn sie nicht über die Ufer tritt und mich wegschwemmt.
Sein Bauch reibt über das pochende Ding zwischen uns.
Lust von außen, von innen. Die Sicht verschwimmt. Meine Nerven brennen. Schnappe nach Luft, erwische Noahs Mund.
»Fass dich an«, fleht er und haucht Hitze auf meine Lippen. »Ich will das hier nicht allein zu Ende bringen.«
Um das zu tun, müsste ich ihn loslassen.
Um keinen Preis der Welt.
»Ciro!«
»Sieh mich an!«
Beinahe erstaunt öffnet er die Lider.
Das Schönste auf der Welt vögelt mich bis zum Nervenbeben und schaut mir dabei in die Augen. »Lass sie auf.« Kann kaum sprechen.
Noahs Ekstase spiegelt sich in ihnen.
Ertrinke in Liebe. Sie gilt tatsächlich mir – ganz allein.
Schütte mein Herz aus. Es zerbirst sonst.
Noahs Pupillen weiten sich. Seine Lider flackern, schließen sich jedoch nicht.
Falle in den Blick, ohne Angst vor der Tiefe. Noah wird mich auffangen. Er tut es schon jetzt. Oder fällt er mit mir?
Ein wenig stemmt er sich hoch.

Umschließt das harte Stück Lust von mir mit den Fingern.
Er reibt es.
So fest.
Hitze pumpt sich durch meinen Körper.
Welle um Welle schlägt über mir zusammen.
Gehe verloren in Glut.
Chiara schmilzt, wird zu Ciro, schmilzt erneut, wird zu Chiara, dann zu mir – einem Wesen, geborgen in den Armen eines anderen.
»Ciro.« Noah krümmt sich, stöhnt heiser auf.
Spüre sein Beben in mir.
Lecke ihm den Schweiß von der Kehle, um mehr von ihm in mir zu haben.

- *Noah* -

Keine Luft, kein Denken.
Nebel vor den Augen.
Ciro saugt gierig an meinem Hals. Windet sich keuchend unter mir. Sein Schwanz pulsiert in meiner Faust, zuckt wie wild.
Ciro beißt in meine Schulter, während mir seine Nässe an die Brust spritzt.
Mein Herz jagt mich an den Rand zur Ohnmacht. Sinke auf dem Mann zusammen, für den ich töten würde.
Hab nie so gefühlt. Wollte nie bis zum Anschlag in einen anderen Menschen kriechen, um ihm so nah wie möglich zu sein.
Ciro ringt nach Atem. Seine Brust pumpt wie ein Blasebalg.
Überall Schweiß. Er rinnt zwischen unseren Körpern.
Ich wollte ihn lieben, wie ich es bei einem Mädchen machen würde. Hat nur bedingt geklappt. Irgendwann wurde Chiara zu meinem Prinzen, der bloß vergessen hatte, sich abzuschminken und die Garderobe zu wechseln.
Das bleibt mein Geheimnis.
So fertig, wie er ist, hat es ihm dennoch gefallen.

Er klammert sich an mich, presst sein Gesicht in meine Halsbeuge. Sein Herzschlag steht meinem in nichts nach. Er pocht gegen mich, dass mir angst und bange wird.

»Alles okay?« Mein Mund ist staubtrocken.

Ciro nickt, ohne den Blick zu heben. Stattdessen zucken seine Schultern und zwischen uns wird es noch nasser.

»Weinst du?« Scheiße! Ich hab ihm wehgetan.

Lasse mich aus ihm herausrutschen, taste vorsichtig bis auf den Grund seiner Spalte. Alles ziemlich weich und noch ein wenig glitschig von meiner Spucke.

Mein Finger schimmert. Rot? Oder liegt das bloß am Kerzenlicht?

»Ist nicht schlimm.« Ciro taucht aus meiner Umarmung auf. »Bin wohl nichts mehr gewohnt.« Bevor ich mich wie der hinterletzte Schurke fühlen kann, küsst er mir seine Tränen auf die Lippen. »Ich will das wieder, hörst du? Immer, immer wieder.«

»Warte mal.« Vorher muss ich mich vergewissern.

Schnappe mir einen Zipfel des Lakens und tupfe damit behutsam Ciros Hintereingang.

Er hält meine Hand fest. »Es geht mir gut.«

Ein paar rote Flecken. Mehr nicht.

Mir fällt ein Stein vom Herzen. »Ich wollte dir nicht ...«

»Hast du auch nicht.« Seine Zungenspitze streichelt meine Unterlippe. »Ich habe mich noch nie so vollständig gefühlt.« Er rollt sich in meinen Arm, bettet den Kopf auf meine Schulter. »Bitte sei bei mir, wenn ich aufwache.«

»Das sagt der Richtige.«

Mein Prinz lächelt erschöpft. »Du bist der Held von uns beiden. Und Helden bleiben bis zum Morgen und frühstücken zusammen mit ihren Liebsten.«

»Auch mit dem bösen Drachen?«

»Marco? Wir können ihn sicherheitshalber anbinden.«

»Oder woanders frühstücken.« Mir ist nicht danach, diesem Kerl zu begegnen.

Brummend schüttelt Ciro den Kopf. Nacheinander fallen ihm die Lider zu. Sein Atem beruhigt sich, er döst ein. Halb auf mir, seine Beine mit meinen verknotet, seine geschwollene Hand auf meinem Herz.

Schorf auf den Knöcheln. Ich streichele so sanft ich kann darüber. Er zuckt dennoch zusammen.

Wenn er mir schlafend auf den Arm sabbert, würde es mich kein bisschen stören. Muss grinsen bei dem Gedanken.

Ziehe das Gummi von mir und das Laken über uns beide.

Vor dem Fenster zirpen die Grillen wie besessen. In meinem Arm schnarcht Ciro. Zwar ganz, ganz leise, aber er schnarcht.

Mir war bisher nie aufgefallen, dass Schnarchen niedlich sein kann.

Die Perücke ist ihm vom Kopf gerutscht.

Sicherheitshalber wische ich sie vom Bett.

Ciros braune Haare sind zerzaust, unendlich weich und riechen nach Schweiß und Sommernacht. Stecke meine Nase hinein. »Süße Träume, mein Prinz.«

- *Ciro* -

»Ciro!« Marco schüttelt mich wach. Er legt den Finger auf die Lippen und winkt mir, mit ihm zu kommen.

Schlage die Decke zurück.

Ein Minirock? Er krumpelt sich um meine Taille, statt Wesentliches von mir zu bedecken. Hektisch ziehe ich ihn tiefer.

Mein Bruder wendet sich ab, verlässt das Zimmer. »Beeil dich«, flüstert er über die Schulter.

Noah liegt neben mir.

Brauche einen Moment, bevor mir einfällt, warum.

Er hat die schlimmste Nacht meines Lebens zur schönsten werden lassen. Habe so viel Glück in mir, dass es sogar im Hals drückt.

Küsse ihn sanft auf die Schläfe, bevor ich Marco folge.

Er sitzt in der Küche und rückt mir einen Stuhl zurecht. »Reden. Nur zwei Minuten. Okay?«

Innerlich stöhne ich, außen nicke ich. Was er auch zu lamentieren hat, ich will es nicht hören. Bin bloß zu müde und durcheinander, um zurück ins Bett zu gehen.

»Ich habe mit Mutter telefoniert.«

Sofort wird mir flau. Kurz nach unserer Flucht rief Marco sie an und hat sich den Grund der Nacht-und-Nebel-Aktion von ihr aus der Nase ziehen lassen. Dafür schwor sie ihm, Vater nichts zu sagen.

Ein paar Tage später meldete sie sich bei ihm. Sie hätte doch mit Vater reden müssen. Immerhin sei er ihr Mann. Er hätte mit Pascale gesprochen. Der sei vor ihm auf die Knie gesunken und habe ihn um Verzeihung gebeten, aber ich hätte mich ihm immer und immer wieder aufgedrängt. Hätte ihn nach Strich und Faden verführt. Er sei mir erlegen. Das Kleid, die Schminke, meine Willigkeit hätten ihn vergessen lassen, dass ich ein Knabe sei. Er schäme sich dafür zu Tode.

Vater ließe mir ausrichten, ich sei eine perverse kleine Schlampe, die er niemals wieder sehen wollte.

Eine durchweinte Nacht, eine derbe Kopfnuss von Marco, was ich denn erwartet hätte?

Marco ruft Mutter dennoch regelmäßig an, um ein Lebenszeichen von uns zu geben. Einmal nahm ich ihm das Handy ab. Es war kurz nach meinem fünfzehnten Geburtstag. Bloß ein Ciao Mamma und die Hoffnung, ihre Stimme zu hören. Vielleicht will sie mir nachträglich gratulieren? Oder sie fragt, ob es mir gut geht? Das waren meine Gedanken.

Sie legte sofort auf.

»Ich habe lange über unsere Situation nachgedacht, Ciro.«

Seiner Miene nach ist nichts Gutes dabei herausgekommen.

»Ich kann nicht mehr.«

»Was kannst du nicht mehr?«

»Dich um mich ertragen.«

Ebenso gut hätte er mich schlagen können.

»Seit fünf Jahren versuche ich alles, um uns beiden ein normales Leben zu ermöglichen. Endlich ist mir klargeworden, warum ich scheitere.«

»Wegen mir?« Weiß nicht, was ich dazu sagen soll. In seinen Worten liegt viel mehr als Überdruss.

»Genau. Wegen dir. Deine Launen, deine Ängste, dein ewiger Zweifel an allem, was ich dir rate. Du verschlingst mein Leben mit deiner Schwäche.« Er schließt die Finger um mein Handgelenk. Sehr fest. »Wir sind vom Pech verfolgt. Nicht nur du und ich, auch unsere Familie. Denk an den Zirkus und an Großvaters Tod.«

»Er war betrunken vor Kummer, dass Vater sein Lebenswerk verkauft hat, und ist vom Seil gestürzt.«

»Und wenn du der Grund warst?«

»Was?« Wie viel hat Marco gestern getrunken?

»Du bringst Unglück, Ciro.« Er weicht meinem Blick aus. »Durch die Art, wie du lebst, was du bist. Das ist nicht normal.«

»Ich weiß, dass es nicht normal ist, aber ...«

»Es klebt an dir! Ob du es willst oder nicht, du verteilst es mit allem, was du tust.«

»Marco!« Das kann unmöglich sein Ernst sein.

»Was wir auch versuchen, es geht schief. Wir kommen auf keinen grünen Zweig. Wer weiß, vielleicht ist es auch Gottes Strafe dafür, dass du so bist wie du bist und ich dich darin unterstütze.«

Das fällt ihm jetzt ein? Nachdem er mich mit Costa verkuppelt hat?

»Ich bete oft. Bitte ständig um Vergebung.« Meine Wut pocht im Hals. Mit jedem Wort stärker. »Wenn mich Gott hasst, warum lässt er mich dann nicht vom Seil fallen, damit alle anderen ihre Ruhe vor mir haben?«

»Weil er stattdessen lieber mich vom Seil schubst.« Er lässt mich los. »Und Großvater.«

Das kann unmöglich sein Ernst sein.

»Ist mir egal, wenn du mich für einen abergläubischen Idioten hältst. Ich fahre heim. Fünf Jahre war ich für dich da, habe dich beschützt, dir den Vater ersetzt und mein eigenes Leben hinter deines gestellt. Das ist jetzt vorbei.«

»Marco!« Fühle mich wie in einem Albtraum.

»Mutter fleht mich bei jedem Telefonat an, endlich nach Hause zu kommen, bevor mich dein Unglück noch einmal trifft. Genau das werde ich tun.«

»Was ist mit mir?« Ich kenne die Antwort. Warum stelle ich die Frage? Bloß, um selbst in der Wunde zu bohren?

»Du bist erwachsen, Ciro. Das hältst du mir ständig vor, wenn du meinen Rat und meine Hilfe in den Wind schlägst. Du wirst allein klarkommen müssen.«

Werde ich nicht.

Ich schäme mich dafür, aber es ist so. Wenn Marco geht, habe ich keine Familie mehr.

»Auf unserem Konto ist noch genug Geld von Signore Costa. Nimm es und mach damit, was du willst. Ich werde mir in Cirò Marina einen Job suchen und von vorn anfangen.« Mühsam bückt er sich nach seinem Koffer. Mir fällt jetzt erst auf, dass er neben dem Küchentisch steht. »Es tut mir leid, Ciro. Aber wenn ich nicht gehe, werde ich dich eines Tages dafür hassen, was mir wegen dir entgangen ist.«

»Niemand hat dich gezwungen.« Wie oft habe ich ihm das schon gesagt?

»Doch.« Vor mir auf dem Tisch schlägt seine Faust ein. »Du mit deinem Leidensblick und deiner selbstsüchtigen Hilflosigkeit. Ich konnte dich nicht vor die Hunde gehen lassen.«

»Und jetzt kannst du es?«

»Ja.«

Der Autoschlüssel landet dort, wo sich eben noch Marcos Faust befand.

»Behalte ihn. Ich nehme den Zug.« Entschlossen wendet er sich ab und geht.

Bin am Stuhl festgewachsen. Aufstehen und ihn bitten, zu bleiben, ihm zumindest zum Abschied die Hand geben, ist unmöglich. Jedes Wort bleibt beharrlich in meinem Mund. Ist meine Zunge taub? Wie ein Lappen liegt sie herum und verweigert mir den Dienst.

Die Tür klappt. Schleppende Schritte auf der Treppe.
Mein Bruder lässt mich allein.

Ziehe die Füße auf den Stuhl. Was soll ich jetzt machen? Starre Löcher in die Luft, ohne einen einzigen vernünftigen Gedanken zu fassen.

»Wo ist der Drache?« Noah steht in der Tür und wuschelt sich übers Haar. »Springt er mich aus dem Hinterhalt an oder kann ich dich ungefährdet küssen?«

»Er ist weg.«

»So richtig oder nur mal zur nächsten Tanke?«

»So richtig.« Kann es nicht glauben, obwohl ich es ausspreche.

»Wow.« Noah zieht den zweiten Küchenstuhl dicht an meinen und setzt sich darauf. »Sei froh. Ohne ihn bist du besser dran.«

Er versteht es nicht. Wie auch? Menschen wie er sind stark. Kommen allein klar. Ich bin anders. Soll ich ihm vorjammern, wie einsam ich mich fühle? Wie viel Angst mir die Zukunft ohne Marco macht?

Er würde mir durchs Haar streichen und mich auslachen. Ich bin älter als er. Sollte mutiger und zuversichtlicher sein. Verdammt, was ist mit mir schiefgelaufen?

»Dir macht das wirklich was aus, hm?« Er neigt sich zu mir, lehnt seine Stirn an meine Knie. »Wahrscheinlich schmollt er ein bisschen und kommt bald wieder angekrochen. Wen soll er außer dir herumkommandieren?«

»Er kommt nicht wieder zurück. Er ist sicher ...« Dass ich ihm Unglück bringe. Hat ihm Mutter das eingeredet? Der Gedanke schmerzt noch mehr.

»Dass du traurig bist, tut mir leid. Ich für meinen Teil, bin froh, dass er mit seinen miesen Launen weg ist und dir nichts mehr antun wird.«

»Kannst du dir vorstellen, deine komplette Familie zu verlieren?«

Noah verzieht den Mund. »Das will ich mir gar nicht vorstellen.« Entschlossen legt er sein Kinn auf meinem Knie ab. »Ich kann dich ablenken, wenn du willst.«

»Das dürfte schwer werden.« Der Verlust hängt wie eine Eisenkugel an mir.

»Mit einer Dusche und einem Ciro-Tag?«

Küsse auf meinem Knie. Sie trösten ein wenig.

»Wenn du willst, können wir auch eine Chiara-Nummer vorweg schieben. Du kommst mit auf mein Zimmer. Wir nehmen ein Schaumbad, bestellen uns Prosecco und schlürfen das Zeug in der Wanne, bis uns schwummerig wird.« Schnurrend schmiegt er sich an meine Beine. »Danach will ich dich allerdings endlich als Mann. So richtig im Stehen und von hinten und mit nichts anderem an dir dran als eine Jeans, die ich dir schneller in die Kniekehlen ziehen werde, als du dir vorstellen kannst.«

»Noah, ich ...«

Sacht legt er mir den Finger auf die Lippen, nimmt mich an der Hand und steht auf. »Lass es mich versuchen, okay? Wenn es nicht klappt, überlege ich mir was anderes.«

Er ist so süß zu mir.

Mich vollkommen auf ihn einlassen, mich ihm hingeben.

Was könnte mich besser trösten?

»Gut. Du hast zwei Versuche.«

»Die genügen völlig.« Grinsend zieht er mich hoch, führt mich zum Bad.

Mit wenigen Handgriffen befreit er mich aus verknitterter Kleidung. Als er mir den BH mit den Gelkissen auszieht, weiten sich seine Pupillen. »Welche Verschwendung, dass du deine wahnsinnig sexy Nippel so gern versteckst.« Er legt beide Daumen darauf, massiert sie.

Ich beiße mir auf die Lippen. Ist es falsch, in einem Moment wie diesem Lust zu empfinden? Noah reibt sie mir in den Körper, bis ich stöhne.

Seine Shorts fallen zu Boden. Was mir entgegenragt, lässt meinen Unterleib zucken.

»Ciro, ich will dich ...«

Die Wohnungstür klappt.

Schritte im Flur.

»Marco?«, flüstert Noah und schnappt sich ein Handtuch. Er wickelt es blitzschnell um meine Hüften.

Er bückt sich, will die Shorts anziehen.

In der Tür steht ein Mann. Er hat kein Gesicht.

Ein Strumpf mit Löchern. Kalte Augen starren mich daraus an.

Hinter ihm taucht ein Zweiter auf. Ebenso maskiert, aber schmächtiger.

»Hey!« Noah stellt sich vor mich. Sein Finger sticht durch die Luft. »Raus hier!«

»Sonst was, kleiner Mann?« Der Große zeigt auf Noahs Mitte. »Eben stand dein Würmchen noch steil von dir ab. Jetzt hängt es schlaff wie eine gekochte Spaghetti. Was ist los?«

»Verschwindet!« Was wollen die Kerle von uns?

Der Kleinere schlägt die Faust in die Handfläche. »Lasst uns beginnen.« Er fixiert mich, spuckt aus. »Es geht um dich, Schwanzlutscher.«

»Einen Dreck geht es!« Noah stürzt sich auf ihn, boxt ihm ins Gesicht.

Der Mann taumelt zurück. Ungläubig starrt er seinen Angreifer an. »Das war's dann, du Wicht.«

»Willst du mehr?« Noah wirft sich in die Brust. »Kannst du haben!«

Der Große springt auf ihn zu, schleudert ihn gegen die Dusche. »Lust auf ein Tänzchen mit mir?« Er holt aus, schlägt zu.

Noahs erschrockener Blick. Er wischt sich über den Mund. Verschmiert Blut.

Will zu ihm.

Arme packen mich, eine Hand presst sich auf meinen Mund.

Trete nach hinten, winde mich.

Muss Noah helfen!

Kein Entkommen.

Geballte Fäuste.

Der Kerl prügelt auf ihn ein. Noah wehrt sich, doch der andere ist ein Bulle gegen ihn.

Ein Schlag in den Bauch lässt ihn keuchend zusammensacken.

In den Magen, an den Kopf, in den Unterleib.

Noah keucht lauter.

Warum schreit er nicht? Er braucht Hilfe!

Totschlagen. Das wird der Kerl mit ihm machen. Nein!

Brülle gegen die Hand vor meinem Mund.

»Ruhig«, flüstert es an meinem Ohr. »Oder von deinem Süßen bleibt nichts mehr übrig, was du dir in den Arsch schieben kannst.«

Noah krümmt sich unter Tritten und Faustschlägen.

Oh Gott, lass ihn am Leben bleiben!

Rauschen in den Ohren. Will zu ihm. Weshalb nehmen sie nicht mich? Warum ihn?

Zwinge meine Kiefer auseinander.

Beiße in zähes Fleisch.

Fluchen hinter mir.

Blut im Mund.

Kein Druck mehr auf den Lippen. Ich brülle meine Angst heraus.

Vor mir steht ein Monster, das sich die Hand hält. »Ich bringe dich um, kleine Schwuchtel!« Er holt aus.

»Hör auf!« Der Große lässt von Noah ab. »Nicht der!«

Mit blutverschmiertem Finger zeigt er auf mich.

»Aber das Miststück hat mich gebissen!« Rot fließt es dem Kleineren am Unterarm entlang. Er packt mich an der Kehle. »Mir scheißegal ...«

Meine Faust in seinem Magen.

Augen, die groß werden, sich plötzlich schließen.

Dann starren sie mich an.

Rote Knöchel. Sie stoppen knapp vor meinem Gesicht.

»Irgendwann bist du dran.« Gezischter Hass.

Meiner ist größer. Er passt nicht durch den Mund. Sonst würde er den Drecksack unter sich begraben.

»Lass ihn!« Der andere steht bereits in der Tür. »Wir müssen verschwinden. Jetzt!«

Noah wimmert.

Renne zu ihm.

Sein Gesicht ist verschmiert vor Tränen und Rotz.

Und Blut. Es fließt aus der Nase, rinnt aus einem Riss in der Braue.

Knie mich neben ihn, ziehe ihn auf meinen Schoß.

In meinen Armen krümmt er sich zusammen.

»Ich bin da.« Schluchze die Worte. Dabei muss ich stark sein. Für ihn. »Alles wird gut. Sie sind weg.« Sind sie tatsächlich.

Auf der Straße brüllt ein Motor auf, Reifen quietschen.

»Ich rufe einen Krankenwagen.« Er braucht sofort einen Arzt.

»Nein.« Keuchend schüttelt er den Kopf. »Es geht schon.« Er würgt, erbricht sich. »Hilf mir«, gurgelt es zwischen den klatschenden Geräuschen.

Einen Arm schlinge ich um seinen Oberkörper, mit der anderen Hand stütze ich ihm die Stirn. »Lehn dich dagegen und raus damit.«

Nach einer Ewigkeit lassen seine Krämpfe nach. Er sinkt gegen mich, seine Lider sind geschlossen.

»Noah?« Gott, habe ich eine Angst um ihn. »Ich muss Hilfe rufen, bin sofort wieder bei dir.«

Es ist entsetzlich, ihn alleinzulassen.

Renne in mein Zimmer. Brauche ein Handy. Noahs? Wo steckt es? In der hinteren Tasche seiner Jeans. Es flutscht mir durch die schmierigen Finger, bevor ich endlich eins, eins, zwei wählen kann.

»Geht ran!«

Als sich eine Frau meldet, schreie ich alles aus mir raus, was sie braucht, um Noah zu helfen.

Ein Rettungswagen sei unterwegs.

Nur wenige Minuten.

Zurück zu dem Jungen, der nicht sterben darf.

Traue mich nicht, ihn an mich zu drücken.

»Noah?«

Kein Zucken in der Miene, kein Laut.

Lass ihn am Leben bleiben. Lass ihn gesund werden!

Meine Schuld. Alles.

Ich bringe Unglück.
Oh Gott, lass ihn leben!

Mein Prinz ist bei mir, hält mich sacht im Arm.

Er streichelt meine Wange, flüstert Worte, die ich nicht verstehe.

Tut gut, mich auf seine Stimme zu konzentrieren, lenkt vom Schmerz ab. Er steckt überall. Im Bauch, in der Brust, im Unterleib.

Und im Kopf. Er explodiert.

Will sagen, dass alles okay ist. Kann es kaum denken. Wäre eh gelogen.

Ein schauerliches Geräusch wird lauter. Mein Schädel kündigt mir die Freundschaft.

Ciro drückt mich an sich. Flüstern an meiner Wange, küsst mich sanft. Was macht er da? Ich stinke nach Kotze!

Zu tot, um mich zu schämen. Ist auch nicht meine Schuld.

Schnelles Reden. Die fremde Stimme klingt beruhigend, Ciros nach nackter Angst.

Der Arme. Klar, dass er panisch ist.

Sein strahlender Held hat sich wie ein Anfänger verprügeln lassen und konnte ihn nicht beschützen.

Jetzt kommt die Scham doch noch angekrochen.

Er hält meine Hand. Ich drücke zu. Vielleicht beruhigt ihn das.

»Noah?«

Scheiße, wie soll ich antworten? In meinem Hals klebt heißer Sand. So fühlt es sich jedenfalls an.

»Noah!«

»Bin hier«, krächze ich.

Er auch. Ganz nah. Sein Herz schlägt an meinem Ohr.

Will nicht mehr denken, nicht reden. Wozu? Ciro ist da.

Mir wird dennoch schlecht.

»Ganz ruhig«, murmelt er. »Alles wird gut.« Er lässt mich los.

Fremde Arme halten mich.
Werde gepackt und hochgehoben.
Es klackert.
Enge um Brust und Hüfte.
Wieder redet Ciro laut und eindringlich. Eine tiefe Männerstimme antwortet.
Grelles Licht in einem Auge, dann im anderen.
Drei Finger. Vor Leuchtflecken erkenne ich sie kaum.
»Wie viele siehst du?«, fragt mich Ciro ängstlich.
Was? Lichter? Finger? Sterne?
»Genug.« Hoffentlich beruhigt ihn das.
Klappern und Rütteln.
Ciro ist plötzlich verschwunden.
Mir ist entsetzlich schwindelig, dabei liege ich.
Italienisch klingt gut. Höre es mal nah, mal ein bisschen weiter weg.
Wette, der Typ redet mit mir.
»Il conto per favore.« Mehr fällt mir nicht ein. Vielleicht reicht ihm das. Bei Siri hat's besser geklungen.

- *Ciro* -

Sie bringen ihn in ein Krankenhaus in Livorno. Bevor sie abfahren, informiert mich einer der Sanitäter, dass sie den Vorfall der Polizei melden werden und ob Noah Verwandte hat, die benachrichtigt werden müssen.

Ich nicke automatisch, verspreche, dass ich mich darum kümmern werde und ziehe mir nebenbei eine Jeans und ein Shirt an.

Der Sanitäter schaut demonstrativ weg. Was spielt es für eine Rolle, was er über mich denkt?

Bekomme den Anblick nicht aus dem Hirn, wie Noah sich mit blutüberströmtem Gesicht unter den Tritten windet.

Was wollten die Kerle von uns? Warum schlugen sie nur auf Noah ein?

Cristian Costa?

Mir wird eiskalt.

Ich muss dir kein Haar zu krümmen, um dir Schmerzen zuzufügen. Die verhasste Stimme frisst sich durch meinen Kopf. Er wusste von Noah, ahnt, was er mir bedeutet.

Was hindert ihn daran, dasselbe noch einmal zu tun?

Ich muss Signore Costa anrufen. Er soll seinen Bastard von Sohn an die Leine nehmen oder ersäufen.

Weiß seine Nummer nicht auswendig, kann sie weder googeln noch wählen, weil Noahs verdammtes Handy mit einem Sperrcode gesichert ist.

Fiamma muss mich telefonieren lassen.

Sie steht in der Tür zur Pizzeria, als der Krankenwagen vom Hof fährt.

Dränge mich an ihr vorbei. Ihr Zetern, als ich im Telefonbuch Costas Nummer suche, ignoriere ich.

Kein Eintrag zu seinem Privatanschluss. Warum musste Marco auch mein Handy zertreten?

Ich rufe in der Werft an. Eine Frau faselt etwas von Terminen und dass Signore Costa im Moment nicht zugegen ist. Ich brülle sie an, dass es um Leben und Tod geht.

Ihre Antwort verstehe ich nicht. Zu laut rauscht die Wut in meinen Ohren. Eine nerventötende Melodie lässt mich die Faust ballen. Werde ich verbunden?

»Ja bitte?«, meldet sich eine Stimme.

»Signore Costa?«

»Ja.«

Ich schleudere ihm alles entgegen. Dass sein Sohn Schläger auf mich und Noah angesetzt hat, dass er schwer verletzt wurde und auf dem Weg ins Krankenhaus ist. Dass ich Angst habe, dass er stirbt. Ich frage ihn, ob er davon gewusst hat und schreie ihn an, dass er Cristian aus dem nächsten Fenster stoßen soll.

Am anderen Ende herrscht Stille.

Ich durchbreche sie mit Schluchzen.

»Du hast den falschen Signore Costa erwischt.«

Was?

»So, so, du kleine Ratte! Du willst mich also aus dem Fenster stoßen.«

Cristian!

»Da habe ich ja Glück gehabt, dass mein werter Herr Vater in einem Termin steckt und seine Sekretärin dich vertrauensvoll an mich weitergeleitet hat.«

»Wieso ...?« Costa schrie seinen Sohn an, wollte nichts mehr mit ihm zu tun haben. Warum ist Cristian dann in seinem Büro?

»Ein Wort von dir zur Polizei, dass der Name Costa auch nur entfernt etwas mit der Sache zu tun haben könnte, und ich sorge dafür, dass der Junge den Tag verflucht, an dem er dir in die Fänge ging.«

Ein Klacken in der Leitung, Stille.

Fiammas Schimpfen schrammt in der Ferne an mir vorbei.

Der Telefonhörer baumelt.

Ich nehme den Apparat, fege ihn vom Tresen.

Kreischen, die verzerrte Miene der Alten.

Ich muss zu Noah.

Ihn beschützen.

Wie?

Der Transporter springt beim dritten Mal an.

Livorno.

Nein. Vorher muss ich seinem Onkel Bescheid geben.

Er sitzt beim Frühstück. Seiner Miene nach macht er sich bereits Sorgen. Kaum bemerkt er mich, wird die Falte auf seiner Stirn tiefer. Ich bitte ihn vor die Tür. Die Frau an seiner Seite nickt und flüstert ihm etwas zu, das bloß ein winziges Zucken in den Mundwinkeln auslöst.

Alles ist meine Schuld.

Das ist der erste Satz, den ich stammele. Er ist wahr. So verdammt wahr!

Brockenweise Informationen. Sogar mein Mund zittert beim Sprechen.

Noahs Onkel hört zu, wird immer blasser. »Warum?«

Beiße mir auf die Zunge.

»Warum?«, brüllt er.

Was soll ich ihm sagen? Dass es die Rache eines Sohnes war, dessen Vater ich einen geblasen habe?

Signore Lichtenwald wird sich damit nicht zufrieden geben. Er wird Namen wollen, damit er Anzeige erstatten kann. Genau das muss ich verhindern.

Ich bleibe bei der Wahrheit. Noah muss leiden, weil mir das Unglück an den Fingern klebt und ich jeden damit vergifte, den ich berühre.

Marco hat recht. Wäre ich anders, als ich bin, ginge es Noah jetzt gut.

Sein Onkel flucht, ballt die Fäuste. Er packt mich am Kragen, stößt mich vor sich her. Er will mit mir zusammen ins Krankenhaus fahren. Ich sei unfähig, in meinem Zustand das Lenkrad zu halten.

»Hast du ein Handy?«, schnauft er, als er sich neben mir anschnallt.

»Nein.« Seine Einzelteile liegen im Mülleimer.

Signore Lichtenwald wirft mir seines zu. »Rufe die Polizei an und erkläre denen haarklein, was vorgefallen ist. Die verfickten Drecksäcke sollen büßen!« Seine Wut prallt gegen mich.

Ich schlucke sie. Habe sie verdient.

Während ich telefoniere, starre ich auf weiße Knöchel, die zwischen Lenkrad und Schaltknauf hin und herwandern.

Noahs Onkel schweigt, auch, als ich ihn durch Livorno zum Krankenhaus lotse.

Sie lassen uns nicht zu Noah. Wir sollen warten, sobald sie Näheres wüssten, würden wir es erfahren.

Signore Lichtenwald telefoniert mit Noahs Eltern. Ihm steigen die Tränen dabei in die Augen.

Selbst ich höre die verzweifelte, laute Stimme am anderen Ende.

»Ihm darf nichts passieren.«

Er beendet das Gespräch und sieht mich an. »Hörst du?«
Ich nicke, weiß nicht, was ich sonst tun soll.
»Was die Schweine auch kaputtgemacht haben, muss heil werden.«
Ich nicke erneut.
»Seine Eltern werden irre, wenn das hier schlecht ausgeht.« Sein Gesicht verschwindet hinter den breiten Händen. Es dauert lange, bis es wieder auftaucht. »Sie haben schon einmal ein Kind verloren – Nils.«
Mein Herz krampft.
»Noahs kleiner Bruder. Er rannte in ein Auto.« Seine Finger krallen sich ins graue Haar. »Zu viel Unglück für eine Familie.« Sein Schluchzen erschüttert seinen gesamten Körper. »Wann kommt endlich der verdammte Arzt und sagt, dass alles nur halb so schlimm ist?« Er springt auf, schlägt mit der flachen Hand gegen die Wand. »Scheiße!«
Zu viel Unglück für eine Familie.
Und ich habe es ausgelöst.
Mit meinem Egoismus, meinen kranken Wünschen.
Doch das hört jetzt auf.
Zwei Polizeibeamte kommen uns entgegen. Ihre Schritte klacken auf dem Linoleumboden.
Kann nicht mit ihnen gehen, bevor ich nicht weiß, wie es Noah geht. Sie verstehen es und befragen mich an Ort und Stelle. Ich berichte alles so genau, wie ich kann. Bloß der Name Costa fällt nicht.
Hochgezogene Augenbrauen, ein betretener Blickwechsel.
Mir ist gleichgültig, was sie von mir halten.
Viel Hoffnung machen sie mir nicht. Ob es weitere Zeugen gäbe?
Ich verneine. Wir waren allein in der Wohnung.
Sie bitten mich um meine Telefonnummer, die ich nicht mehr habe.
Ich gebe Marcos an und verspreche, mir so bald wie möglich ein neues Handy zuzulegen.
Ich soll mich auf jeden Fall noch einmal melden.
Das werde ich. Oder auch nicht.
Vorher verschwinde ich aus Noahs Leben und nehme das Unglück mit. Er hat es nicht verdient.

Noah

»Bitte weinen Sie nicht. Der Arzt hat sich etwas ungeschickt ausgedrückt. Ihr Sohn erlitt zwar eine Schädelverletzung, jedoch handelt es sich nur um einen Haarriss. Mit der nötigen Ruhe wird das von selbst verheilen. Die Rippenbrüche werden ihm mehr zu schaffen machen.«

»Aber warum wurde Noah ins Koma versetzt? Das macht man doch nur, wenn es ...«

Lautes Schluchzen. Es kommt mir bekannt vor.

»Aufgrund seines Zustandes hielten wir es für das Beste, um schwerwiegende Folgen des Angriffs ausschließen zu können. Außerdem war er extrem verwirrt und aufgebracht und hatte große Angst, weil ...«

»Natürlich hatte er das! Sie würden sich auch ins Hemd scheißen, wenn zwei Irre Sie halb tot geprügelt hätten.«

Paps? Er klingt wie kurz vorm Nervenzusammenbruch.

»Nein, Sie verstehen nicht. Noah fürchtete nicht um sich, sondern sorgte sich sehr um seinen Freund.«

»Sein Freund?«

Ciro!

»Ja. Er hat den Krankenwagen gerufen und wich bis gestern nicht von seiner Seite.«

Wie lange liege ich hier schon rum?

Verdammt! Meine Lider fühlen sich wie kleine Sandsäcke an. Schwer und träge kleben sie auf den Augen.

»Ich will ihn sprechen!«

Paps! Kling nicht so panisch!

»Tut mir leid. Nachdem wir ihm versichern konnten, dass Noah über den Berg ist, hat er sich bedankt und ist gegangen. Bis jetzt hat er sich nicht mehr gemeldet.«

»Ciro!« Scheiße, dröhnt mir die eigene Stimme im Hirn. Will mich aufsetzen, aber jemand drückt mich zurück. Was gut ist, in meinem

Brustkorb sticht es entsetzlich.
Immerhin kriege ich die Augen auf.
»Noah?«
Mama!
»Thomas, er wacht auf!«
»Ist mir klar.« Paps rutscht mit dem Stuhl näher ans Bett. Er packt meine Hand mit seinem Schraubzangengriff. »Alles klar, Kleiner?«
Fast. Wenn ich wüsste, wo Ciro steckt, wäre es perfekt.
»Was macht ihr hier?«
»Hab sie angerufen.« Rainer stellt sich mit schuldbewusster Miene neben meinen Vater. »Immerhin bist du ganz schön k.o. gegangen. So was müssen Eltern erfahren.«
Mama zieht die Nase hoch.
Dreck aber auch. Die beiden haben vor Sorgen garantiert am Rad gedreht. Erst Nils, dann ich.
Mein Magen faltet sich auf die Größe einer Streichholzschachtel zusammen. »Tut mir leid.«
Auch Paps schnieft.
»War echt keine Absicht.«
»Weiß ich doch«, brummt er. »Rainer hat uns erzählt, dass du angegriffen wurdest. Aber dass dieser Ciro dein Freund ist, hat er nicht gesagt.«
Meinen Onkel trifft ein strafender Blick. Unschuldig hebt Rainer die Schultern. »Ich wusste nicht, ob ich's darf.« Er sieht mich an, rümpft die Nase. »Dein Süßer hat mir was für dich gegeben.«
Paps räuspert sich und Rainer verdreht die Augen. »Ist so, Thomas. Vielleicht schluckst du den Brocken endlich mal.«
Darum geht es jetzt nicht. Was hat ihm Ciro gegeben? Und warum ihm und nicht mir?
»Ein Päckchen.« Rainer mustert seine Schuhe. »Als ich deine Sachen aus seiner Wohnung geholt habe, hat er ... «
»Her damit!«
Ciro ist weg.

Wird nicht wiederkommen.
Sonst wäre er längst hier.
»Bleib ruhig.« Der Kerl im weißen Kittel legt mir die Hand auf die Schulter. »Aufregung ist ...«
Was faselt er da?
Mein Prinz ist fort!
Mir schießen Tränen in die Augen.
»Thomas?« Meine Mutter zupft an Paps herum, bis er endlich aufsteht. »Komm, lassen wir Noah einen Moment allein, ja?«
»Wenn du meinst?«
Mama nickt und schiebt ihn aus dem Zimmer.
Rainer legt ein Päckchen auf die Bettdecke. Kaum größer als eine Brieftasche. »Ich geh dann mal zu den anderen.« Schon ist er draußen.
Mit flatternden Fingern reiße ich das braune Papier ab.
Der grüne Schal. Sorgfältig zusammengefaltet. Sonst nichts.
Kein Brief, keine Karte, kein Wort.
Mein Prinz ist weg.
Presse den Flatterstoff aufs Gesicht, ertrinke in Ciros Duft.
Irgendwann kommen meine Eltern, Rainer und der Arzt zurück.
Paps will mir den nassen Schal abnehmen.
»Wickele mir den um den Bauch.« Ich kann's nicht allein. Jede verdammte Bewegung tut höllisch weh.
»Warum das denn?« Paps entgleiten die Gesichtszüge.
»Um den Bauch!« Scheiße. »Tut mir leid. Mach es einfach.« Ich schiebe das getupfte Krankenhaushemd hoch. Dass ich darunter nackt bin, ist mir schnurz. Mama zieht wie nebenbei die Decke höher.
»Danke«, murmele ich.
»Kein Ding«, murmelt sie zurück.
Paps nickt, ohne dass sich die Bestürzung einen Deut aus seinem Gesicht schleicht. »Rainer? Stütz den Jungen mal vorsichtig.«

Mein Onkel berührt mich, als sei ich ein rohes Ei.
Der Arzt löst ihn ab.

Paps beißt sich auf die Lippen, während ein blauer Fleck nach dem anderen unter sanftem Grün verschwindet.

»Gott, die Blessuren sind riesig.« Meine Mutter wird käsig um die Nase. »Fast schwarz. Tut es sehr weh?«

Ja. Aber innen. Genau im Herz.

Werde nicht mehr über Ciro reden. Die Erinnerung an ihn einfach um den Bauch gewickelt mit mir herumtragen.

Will mich nicht fragen, warum er gegangen ist. Weiß, dass er dieses Mal nicht gefunden werden will.

Der Schal ist ein Abschiedsgeschenk. Sonnenklar.

Dicke Tropfen rinnen mir übers Gesicht.

Das soll Liebe sein? Ein Scheiß ist das!

Es tut weh. Schlimmer als die gebrochenen Rippen.

Werde nie mehr vögeln können, ohne an Ciros verrutschte Perücke zu denken. Werde mir nie wieder einen blasen lassen, ohne von sanften braunen Augen zu träumen, die mich dabei ansehen.

»Junge?« Sacht tippt mir Rainer an die Schulter. »Ihm ist es nicht leichtgefallen. Das musst du mir glauben.«

»Ist okay, danke.« Tropfe wie ein lecker Wasserhahn. »Kann ich allein sein, bitte?« Muss mir die Traurigkeit aus der Seele heulen, sonst ersticke ich daran.

DER TRAUM STILLSTEHENDER ZEIT

- *Noah* -

Zwei Wochen.
Kein Ciro.
Kommt mir verdammt bekannt vor.
Dafür ein Gespräch mit der Polizei, auf das ich auch hätte verzichten können. Mut haben sie mir nicht gemacht. Zwar fanden sie am Türrahmen Fingerabdrücke, aber die stimmten nicht mit denen aus ihren Dateien überein. Das Blut auf dem Badezimmerboden sei zwar analysiert und in die DNA-Datenbank eingelesen worden, passe doch zu keiner der vorhandenen Proben.

Sollte es sich um Ersttäter handeln, sei die Wahrscheinlichkeit gering, einen großen und einen kleinen Mann mittleren Alters, deren Gesichter durch Strumpfmasken verborgen waren, zu finden.

Paps ist den Polizisten beinahe an die Kehle gegangen. Mama musste ihn nach draußen schleifen. Sein Wutgebrüll hat das gesamte Krankenhaus erschüttert. Gott sei Dank verstanden die Polizisten kein Wort von dem, was er ihnen durch die geschlossene Tür um die Ohren pfefferte.

Der Dolmetscher schon. Er wurde feuerrot und betrachtete verkrampft ein Blümchenbild an der Wand.

Danach habe ich trotz meines Vorsatzes versucht, Ciro anzurufen. Eine Computerstimme informierte mich *the person you have called is temporarily not available.*

Mein Prinz geruht, nicht mehr mein Prinz zu sein.

Lasse den Zynismus stecken. Er schafft es nicht gegen die Traurigkeit in mir. Sie füllt mich von Kopf bis Fuß, lässt nicht das kleinste bisschen Platz für etwas anderes.

Bin heute Morgen aus dem Krankenhaus entlassen worden.

Das Hotelzimmer kommt mir mittlerweile fremd vor.

Mama ist mit Paps einen Kaffee trinken gegangen und versucht ihm seinen Plan auszureden, noch schnell vor unserer Abreise Italien als Staatsmacht wegen Inkompetenz in der Verbrechensbekämpfung zu verklagen.

Rainer schätzt ihre Chancen auf unter zehn Prozent.

Er hilft mir beim Packen, damit ich mich nicht bücken muss.

Zwölf Wochen Schonzeit und das im Sommer. Schmiere mir Schwimmbad und See in die Haare für diese Saison.

Scheißegal. Mir ist ohnehin nicht nach Lachen und Flirten.

Ein dunkles Eckchen. Nur für mich. Zum Verkriechen, bis weder mein Brustkorb noch mein Herz mehr wehtun. Das wär's.

»Alles klar?« Rainer nimmt mir ein Bündel Schmutzwäsche ab. »Sag es ruhig, wenn dir was auf der Seele liegt.«

»Mir liegt was auf der Seele.« Das Nichtanwesendsein meines italienischen Prinzen. Phasenweise hasse ich ihn, weil er sich einfach davongestohlen hat. Kurz danach vergehe ich vor Sehnsucht.

Ich bin krank, dämlich und grottennaiv. All meine Erfahrung kann ich mir in den Arsch schieben. Das Herumvögeln hat mich kein bisschen auf ein Gefühl wie dieses vorbereitet.

»Der Italiener, hm?«, fragt mein Onkel vorsichtig.

»*Mein* Italiener.«

»Tut mir wirklich leid.« Er knautscht eine Jeans zusammen. »Was ist das denn?« Mit spitzen Fingern fischt er ein Knäuel aus der Hosentasche. »Brauchst du das noch?«

Das zerknüllte Bild von Ciro.

»Wo hast du das her?«

»Aus der Jeans, siehst du doch.«

Ich hatte sie in der Nacht an, als ich Ciros Puzzleteile aufgesammelt hatte.

Falte das Foto auseinander, obwohl mir davor graut.

Fast schon eine Nahaufnahme. Wie dicht hockte der Mistkerl an Ciro dran? Warum hat er die Bilder überhaupt geschossen? Um den alten Sack bloßzustellen oder um meinen Prinzen zu schaden?

Es geht um dich, Schwanzlutscher! Genau das hat der Strumpfmaskenbastard Ciro entgegengebrüllt. Weshalb ich an seiner Stelle verdroschen wurde, ist mir schleierhaft, aber ich bin froh, dass es so war. Bei Ciro wäre wahrscheinlich mehr kaputtgegangen.

Doch wozu dann die Bilder?

Schwierig, mit einem Kopf zu denken, der vierzehn Tage auf Schongang lief.

Ciro wurde geknipst. Nicht ich. Demnach geht es allein um ihn und den Mann.

Ein paar Stunden, nachdem die Fotos aufgetaucht sind, dringen zwei Arschlöcher in seine Wohnung ein und mischen ihn auf.

Nein, sie mischen mich auf. Warum auch immer. Auf jeden Fall hat beides was miteinander zu tun.

Wetten, derjenige, dessen Finger den Auslöser gedrückt hat, weiß von dem Überfall? Vielleicht hat er ihn sogar veranlasst.

Ciro hat mir nicht gesagt, wer der Grauhaarige ist.

Den schicken Klamotten nach geht es ihm finanziell recht gut. Ein reicher, alter Italiener, der sich von einem Jungen in Kleid und Perücke einen blasen lässt.

So ein Foto würde in der Regenbogenpresse sicher einigen Staub aufwirbeln.

Eine Erpressung? Wem gilt sie? Ciro oder dem Grufti?

Beiden?

Was ist, wenn diese Geschichte noch nicht vorbei ist?

Wenn der Mistsack immer noch an Ciros Fersen klebt? Ihm vielleicht noch einmal auflauert? Wieder Schläger schickt?

Scheiße!

»Ich muss zu Ciro.« Ich habe mir zwar geschworen, genau das nicht zu tun, doch seine Sicherheit geht vor. »Und zur Polizei.« Ich zeige Rainer das Bild, rattere alle Details dazu raus, die ich kenne.

Mit aufgeblähten Wangen schaut er zwischen mir und dem verdammten Foto hin und her. Das Ding mit der Polizei leuchtet ihm ein. Der Rest nicht.

»Einen Teufel werde ich tun, dich dahin gehen zu lassen. Der Arzt sagt, du sollst dich schonen.«

»Ich muss zu ihm!« Wo ist das Problem? Sind nur ein paar Minuten die Straße rauf.

»Einen Dreck musst du.« Mit vor der Brust verschränkten Armen baut er sich vor mir auf. »Deine Eltern machen mich fertig, wenn ich das zulasse.«

Ich pfeffere ihm das Scheißbild vor die Füße »Begreifst du's nicht? Ciro ist in Gefahr! Der Typ, der dafür verantwortlich ist, läuft noch frei rum!« Oder hat ihn längst ein zweites Mal heimgesucht. Vierzehn Tage sind eine verdammt lange Zeit. Ich habe sie tatenlos verstreichen lassen. Mir wird kotzübel bei dem Gedanken.

»Ganz ruhig.« Besänftigend hebt er die Hände. »Erzähl das einfach der Polizei.«

»Ich muss zu Ciro!« Ich will ihn sehen. Mit ihm reden. »Ich liebe ihn!«

»Übertreib's mal nicht. Es gibt eine Menge hübscher Bengel auf der Welt.«

»Keinen wie ihn!« Rainer muss mir helfen! »Ich bin bi, stimmt's?« Bekloppte Karte, die ich da ausspiele. Hoffentlich fällt mein Onkel darauf rein. »Das heißt, dass ich Frauen und Männer liebe. Richtig?«

»So weit ich das beurteilen kann, ja.«

»Na also!«

»Wie na also?«

»Ich brauche Ciro! Er ist beides. Mann und Frau.«

Rainers Augen werden riesig. »Du meinst, er hat ne Muschi?«

Verdammt! »Nein! Aber er hat eine weibliche Seite.«

Zögerndes Nicken. »Du stehst auf so was?«

»Sag ich doch!«

Mit geblähten Wangen betrachtet er das Bild. »Dein Italiener ist fotografiert worden. Nicht du. Also muss er zur Polizei gehen und denen diesen Mist erklären.« Nebenbei greift er zum Wagenschlüssel. »Vorschlag: Ich kümmere mich darum, schleppe ihn zur Polizei und du erklärst deinen Eltern und der Frau an der Rezeption, warum sich das Auschecken verzögert.«

»Danke!« Gebirgsbrocken poltern mir vom Herz. »Danach bringst du ihn zu mir.«

Rainer winkt ab. »Bei Sonja hätte ich so beharrlich sein sollen«, murmelt er beim Hinausgehen. »Dann hätte ich sie gleich mit nach Berlin nehmen können, statt eine SMS nach der anderen zu schreiben.« Seine Schultern straffen sich. »Immerhin antwortet sie mir mit Kuss-Smileys.« Schwungvoll zieht er die Tür hinter sich zu.

»Danke!«, rufe ich ihm dennoch nach. »Bring ihn mit!«

Hoffentlich ist es nicht zu spät. Wenn die Schläger tatsächlich bereits bei ihm waren?

Darf nicht daran denken.

Wenn mein Herz noch einmal wegen Ciro gebrochen wird, geht es für den Rest seines Lebens am Krückstock.

- *Ciro* -

Alles, was mir gehört, passt in einen Koffer. Der Transporter mit Seil und Balancierstange ausgenommen. Ich ziehe die Tür ins Schloss. Den Schlüssel habe ich bei Fiamma in den Briefkasten gesteckt.

Abschiedszeit. Von der Wohnung, von meinem Job im Hotel, von Marina di Bibbona – und von Noah.

Ich weiß, wie hartnäckig er ist. Diesmal wird er mir nicht nachlaufen. Es gibt keine Veranlassung. Wenn er wüsste, dass er wegen mir gequält wurde, bliebe ihm nichts anderes übrig, als mich zu verachten.

Mir sticht es im Herz bei dem Gedanken.

Ich will nicht mehr der Grund dafür sein, dass er oder ein anderer Mensch leiden muss.

Wer Unglück bringt, hat sich vom Rest der Welt fernzuhalten. Es macht mir nichts aus. Will ohnehin allein sein. Je stiller es um mich ist, umso klarer sind die Erinnerungen an unsere gemeinsame Zeit.

Während der Auftritte werde ich sie mit mir übers Seil tanzen lassen. Es ist Sommer. Die Zeit der Feste und Hochzeiten. Genug Gelegenheit für einen Artisten, Geld zu verdienen. Auch wenn ich bisher meine Auftritte nie allein organisieren musste. Ein bisschen mulmig wird mir schon bei dem Gedanken.

Bald ist Noah in Deutschland. Weit weg von mir und damit in Sicherheit. Chiaras Verfehlungen muss er nie wieder für mich büßen.

Der Koffer landet neben dem Drahtseil auf der Ladefläche.

Einfach losfahren, ohne zurückzusehen. Das Flüchten scheint zu meinem Leben dazuzugehören.

Wie zum Hohn springt der Wagen beim ersten Mal an. Ich wende ihn in dem engen Hof.

Ein Wagen steht vor der Ausfahrt.

Der Fahrer steigt aus, winkt mir hektisch zu.

Noahs Onkel!

Mit wenigen Schritten steht er neben mir.

Bevor ich ihn hindern kann, öffnet er die Tür, lehnt sich über mich und zieht den Schlüssel aus dem Zündschloss. »Jetzt wird nicht abgehauen.« Er tritt zur Seite. »Komm mit. Noah weiß, wie ihr die Drecksäcke drankriegen könnt.« Schnaufend zieht er ein zusammengefaltetes Blatt aus der Hosentasche. »Damit!«

Das Foto von Costa und mir.

Oh mein Gott!

»Nun werd mal nicht blass um die Nase.« Mit festem Griff zieht er mich aus dem Wagen. »Wir beide fahren zur Polizei und du erklärst denen was Schlaues zu diesem Foto.«

»Das darf ich nicht!« Mein Herz schlägt wie eine Trommel. »Sonst wird Costa Noah etwas Furchtbares antun.«

»Costa?«

Verdammt! Will ihm das Bild aus der Hand reißen. Er ist schneller und wehrt mich ab.

»So heißt der Drecksack, dem du ...« Er kneift die Augen zu. Was aus seiner Kehle dringt, klingt nach einem Knurren. »Mir scheißegal, was du dir einbildest. Der Typ ist dran. zwar so schnell, dass er keine Gelegenheit mehr haben wird, auch nur Noahs Namen zu denken!«

»Sie verstehen nicht ...«

»Oh doch!« Er nimmt mich am Ellbogen, schiebt mich zum Wagen. »Der Mistsack spekuliert mit deiner Angst.« Sein Blick mustert mich und sortiert mich eindeutig aus. »wahrscheinlich mit deiner Scham, zu dieser Aufnahme zu stehen. Aber genau das wirst du tun, wenn du nicht willst, dass die Schweine, die meinen Neffen fertig gemacht haben, einfach so davonkommen.« Er schubst mich auf den Beifahrersitz, wirft mir das Foto auf den Schoß und knallt die Tür zu. »Noah liebt dich! Ist mir zwar schleierhaft, doch es ist so.« Wütend stapft er um das Auto, plumpst neben mich. »Wenn er wegen dir noch eine einzige Träne vergießen muss, lernst du mich von meiner fiesen Seite kennen, Bürschchen.«

Noah weint wegen mir.

Das erschüttert mich tiefer, als die Tatsache, Cristian Costa anzeigen zu müssen.

Meine Augen brennen. Costas lustverzerrtes Gesicht verschwimmt.

»Du Depp!« Fluchend schnappt sich Signore Lichtenwald das Bild. »Wenn du es mit deiner Heulerei flutest, erkennt keine Sau mehr, wer der Kerl ist.« Er schüttelt es, flucht erneut. »Je schneller wir die Sache hinter uns bringen, umso besser. Gnade dir Gott und verschweige denen bloß ein winziges Bisschen!«

»Schwören Sie mir, dass Sie Noah keine Sekunde allein lassen, bis er in Berlin ist.«

Sein Onkel greift zum Handy. »Thomas? Ich bin's. Lass dir von Noah mal die neueste Geschichte erzählen und bleib bei ihm, bis ich zurück bin.« Er beendet das Gespräch, sieht mich finster an. »Zufrieden?«

»Wer ist Thomas?«

»Mein Bruder und sein Vater.«

»Ist er so stark und groß wie Sie?«

»Noch ein bisschen stärker und größer.«

»Gut.« Mein Magen ist dennoch ein kalter Stein. »Werden mir die Polizisten glauben?«

»Das rate ich denen dringend.« Sein grimmiges Lachen schüchtert mich ein und gibt mir gleichzeitig Hoffnung. »Wenn nicht, statte ich diesem Costa persönlich einen Besuch ab.«

Ich beneide Noah.

Einen Onkel wie Signore Lichtenwald zu haben, muss wundervoll sein.

Vor beinahe vier Stunden ist Rainer losgefahren, meinen Prinzen für mich einzufangen. Vorhin kam eine Nachricht von ihm, sie seien auf dem Revier soweit fertig und auf dem Rückweg nach Marina di Bibbona.

Demnach ist Ciro bei ihm.

Wie ein Idiot starre ich ununterbrochen zur Tür.

Meine Eltern fielen aus allen Wolken, als ich ihnen erzählt habe, um was es geht. Paps tigert im Zimmer auf und ab und Mama knabbert Fingernägel. Als ich sie darauf hinwies, fauchte sie mich an.

Verdammt, wegen dieser Fotosache steht Ciro in einem ganz miesen Licht bei meinen Eltern da. Hoffentlich machen sie keinen Blödsinn, wenn er kommt.

Wenn er denn kommt.

Ich hasse es, zu warten.

Jemand rennt den Flur entlang.

Ciro?

Es klopft, ich springe zur Tür und komme mit knapper Not Paps zuvor.

Ciro!

Rote Wangen, völlig außer Atem.

Ich ringe mit dem Wunsch, ihn zu verprügeln oder wahlweise über ihn herzufallen. Beides wäre gut.

Bloß die Reihenfolge ist mir noch unklar.

»Bitte verzeih mir.« Er japst die Worte, bekommt kaum Luft.

Rainer taucht hinter ihm auf. Auch sein Gesicht ist rot. »Erst wollte der Kerl nicht zu dir, dann ging es ihm nicht schnell genug.« Er winkt meinen Eltern über Ciros Kopf hinweg. »Kommt mal mit raus, ich erzähle euch was Spannendes. Allerdings beschleicht mich das Gefühl, dass die Mühlen der Gerechtigkeit in Italien noch langsamer malen als bei uns zu Hause.«

Paps schnauft wütend, Mama schleudert einen Giftblick zu Ciro.

Mein Prinz zieht die Schultern hoch, murmelt ein *Scusi*.

»Dein *Scusi* kannst du dir in den Arsch schieben, Kleiner«, knurrt Paps. »Ich packe meinen Sohn in fünf Minuten ins Auto und fahre in dorthin, wo er vor dir und Prügelknechten und was weiß ich noch was sicher ist.« Schuldbewusst wendet er sich zu mir. »Nichts für ungut, Noah. Poppe, wen du willst. Doch wenn du dafür dein Leben riskierst, hört bei mir der Spaß auf.«

»Schon klar, Paps. Ich hab dich auch lieb.« Irgendwann wird er sich an Ciro gewöhnen müssen. Schon weil ihm nichts anderes übrig bleibt.

Rainer verdreht die Augen und schließt die Tür zwischen meinen mordlüsternen Eltern und uns.

Ciro schluckt. »Es tut mir so unendlich leid.« Seine Hand an meiner Wange, sein Puls, den ich an den Lippen spüre. »Ich werde nie wieder weglaufen, Noah. Aber dieses Mal musste es sein. Es war wichtig, weil du sonst ...«

»Mir scheißegal, warum du ständig abhaust.« Ziehe ihn in meinem Arm. Den Schmerz im Brustkorb blende ich aus. »Solange du damit endlich aufhörst.«

»Werde ich.« Ciro vergräbt sein Gesicht an meinem Hals. Eng an mich geschmiegt erzählte er von seinem seltsamen Verhältnis zu einem gewissen Costa, dessen rachsüchtigem Sohn, Drohungen, dem Grund für die Fotos und warum er Costas Sohn nicht gleich angezeigt hat.

Begreife bloß die Hälfte.

Er ist bei mir. Der Rest spielt keine Rolle mehr.

- *Ciro* -

Habe so viel Angst, ihm wehzutun. Muss ihn trotzdem umarmen, ihn an mich drücken. Was habe ich ihm bloß alles angetan? Er sieht furchtbar mitgenommen aus.

Fühle mich entsetzlich, weil es ihm so schlecht geht und ich daran schuld bin, und wundervoll, weil er mich trotz allem im Arm hält.

»Danke.« Noah küsst mich sanft. »Es war mutig von dir, den Polizisten das Foto zu zeigen. Damit hast du dich und Chiara bloßgestellt.«

»Damit will ich dafür sorgen, dass Costa für das, was er dir angetan hat, bestraft wird.« Der Hohn in den Blicken der Polizisten traf mich keine Sekunde. Mögen sie von mir denken, was immer sie wollen. Ich habe ihnen einen Hinweis auf die Täter gegeben. Was sie damit machen, habe ich nicht mehr in der Hand. Noahs Vater hat es gesagt: In fünf Minuten bringt er ihn in Sicherheit. Ich vertraue ihm tausendmal mehr als der Polizei.

»Wow.« Vorsichtig setzt sich Noah auf die Bettkante. »Du hast dich für mich geoutet. Auf die krasseste Weise, die mir spontan einfällt.« Er zieht mich zu sich, schmiegt sein Gesicht an meinen Bauch. »jetzt?«

»Was meinst du?« Sanft streichele ich ihm durchs Haar.

»Wie geht es mit uns weiter?«

Meine Kehle wird eng. Ich muss mich räuspern, damit er nicht hört, wie schwer mir der Abschied fällt. »Ich werde mein Glück als Artist vorerst allein versuchen. Vielleicht finde ich auch wieder einen ähnlichen Job wie den im Casa di Mare.« Ich kann blinzeln, wie ich will. Die Tränen lassen sich nicht aufhalten.

»Hast du meine Nummer noch?« Auch seine Stimme klingt gepresst.

Ich schüttele den Kopf und erzähle ihm von meinem kaputten Handy. »Ich kaufe mir ein neues. Versprochen.«

Noah zieht die Nase hoch, erhebt sich mühsam, geht zu dem Sideboard, auf dem das Telefon steht. Mit einem Kuli kommt er zurück. »Meine Nummer.« Er schreibt sie mir auf den Unterarm. »Kauf das Ding heute noch. Wenn ich nicht mindestens jede Stunde deine Stimme höre, zwinge ich meinen Vater, umzudrehen und mache dir die Hölle heiß. Da hilft auch kein beten.«

- *Noah* -

Ciro tropft wie ein Wasserhahn.
Ich auch.
Wir halten uns im Arm und spüren, wie uns der Abschied im Nacken sitzt. Werde sämtliche Ferien in Italien verbringen, die mir noch bleiben.
»Keine Angst.« Krampfe mir ein zuversichtliches Grinsen ab und lupfe mein Shirt. »Ich denke ständig an dich.«
Ciro beißt sich auf die Lippen, als er seinen Schal bemerkt.
Wie ich diesen süßen Anblick vermissen werde!
Seine Hand ist auf dem Weg zu mir. Seine Finger wollen sich zwischen Stoff und Bauch schieben, ich sehe es ihnen an. Doch kurz vorm Ziel stoppen sie, ballen sich zu einer Faust und ziehen sich zurück.
»Ich muss los«, sagt er viel zu leise. »Keine weitere Umarmung, keine Abschiedsküsse, okay? Sonst kette ich mich an dich und du musst mich mitnehmen.«
»Mach doch.« Ob ihm klar ist, was er mir damit für eine Freude bereiten würde?
Ciro schüttelt den Kopf. »Deine Eltern wären wenig begeistert. So wie mich deine Mutter gemustert hat, wirft sie mich von der nächsten Brücke.«
»Ich bin bald achtzehn.« Was sind ein paar Wochen?
»Fein.« Ein winziges Lächeln schleicht sich auf seine Lippen. »Dann kannst du mich besuchen kommen, ohne um Erlaubnis zu fragen.«
»Ich kann auch bleiben.« Irgendwann nächstes Jahr, wenn das

verdammte Abi hinter mir liegt.

Ciro lächelt tapfer durch die Tränen. »Du kannst dir nicht vorstellen, was du mir bedeutest.« Er wendet sich ab, seine Schultern zucken.

Wie vor dem Keramikgeschäft.

Ich lege meine Hände darauf, schmuse mich ein bisschen an seinen Nacken.

Sein Duft, seine Wärme ...

Wie lange kann ich darauf verzichten?

Keinen Tag.

Trotzdem muss ich ihn loslassen, damit er gehen kann.

Mein Herz ist ein schmerzender Bleiklumpen.

»Ich komme wieder.« Scheiße, meine Stimme klingt zittrig wie nur was. Aber ein paar Worte müssen noch raus. »Wenn du dich einsam fühlst, ruf mich an. Ich schicke dir dann haufenweise verrückte Selfis mit Herzchen auf Wangen und Stirn. Okay?« Will heulen wie ein Schlosshund. Sobald Ciro durch die Tür geht, werde ich es tun.

Er dreht sich zu mir, seine nassen Lippen verschlingen meinen Mund.

Stillstehende Zeit für den traurigsten Kuss der Welt. Wir halten uns gegenseitig umklammert und fürchten uns vor dem Moment danach.

Er kommt und Ciro löst sich von mir. Er dreht sich um und geht. Einfach so.

Ich starre minutenlang auf die längst geschlossene Tür.

Noch höre ich seine Schritte.

Sie werden leiser, verstummen.

Erneut steht die Zeit still. Diesmal tut es weh.

Als es klopft, bilde ich mir für einen Moment ein, Ciro könnte es sich anders überlegt haben. Mein Herz holpert vor Hoffnung, doch es ist nur Paps. Ich beiße mir auf die Zunge, um nicht wie ein Kind zu schluchzen.

Er nimmt meine Tasche, legt seine Hand auf meine Schulter.

Ich lehne mich gegen die vertraute Berührung und bin froh, nicht allein zu sein.

Ciro ist allein. Bloß bei dem Gedanken tropfen meine Augen. Ob er klarkommt? Keine Dummheiten macht? Sich nicht ausnutzen oder demütigen lässt? Ich hätte ihn mitnehmen sollen. Wer kümmert sich jetzt um ihn? Sein beschissener Bruder ist weg. Was ist mit seinen Eltern? Ich habe ihn gar nicht danach gefragt.

Meine größte Angst ist, dass er sich nicht bei mir meldet, und ich ihn nie wiedersehe. Ich zweifle nicht an seiner Liebe, aber er tickt anders als alle, die ich kenne. Allein dieses ständige Wegrennen und sich Verkriechen. Was ist, wenn er es wieder tut und ich finde ihn dieses Mal nicht?

Gäbe es bloß eine Möglichkeit, ihn zu erreichen! Warum, verdammt, ist sein Handy kaputt?

»Können wir Ciro nicht …?«

»Nein«, Paps schiebt mich auf den Flur.

»Aber er ist …«

»Vergiss es.« Energisch dreht er mich zu sich. »Er ist erwachsen und wird zurechtkommen. Wenn nicht, wird es Zeit, dass er es lernt.«

»Du kennst ihn nicht. Lass uns wenigsten an der Pizzeria vorbeifahren, wo er wohnt. Ich will nur wissen …«

»Ist gut! Doch danach will ich nichts mehr davon hören!« Paps nimmt mich am Genick, lenkt mich an Giulia vorbei, die erschrocken aufschaut. Ich bin zu traurig, um ihr zuzulächeln und hebe nur die Hand.

Mama und Rainer warten bereits an den Wagen. Ich bitte Rainer um dasselbe, mit dem ich Paps genervt habe.

Nach einigem Zögern nickt er. »Ist deine Entscheidung, Noah.«

Das synchrone Zähneknirschen meiner Eltern ignoriere ich.

»Los!« Habe keine Ruhe mehr.

Rainer fährt vor, meine Eltern folgen. Vor der Pizzeria hält er den Wagen an. »Mach schnell.«

Das muss er mir nicht zweimal sagen.

Renne durch die Einfahrt.

Ciros Transporter ist weg.

Nur mal kurz? Um was einzukaufen?

Bitte!

Die Hintertür steht auf. Von oben dringen Geräusche zu mir. Gott sei Dank, er ist noch da! Nehme die Stufen, so schnell ich kann. »Ciro?«

Die alte Frau kommt mir entgegen. »Ciro weg.« Sie zeigt nach unten. »Weg.«

»Kommt er wieder?«

Energisch schüttelt sie den Kopf.

Ich schiebe sie zur Seite, renne in Ciros Zimmer. Der Schrank steht auf, ist leergeräumt. Sein Bett abgezogen, mitten im Raum steht ein Eimer mit Wischmop.

Okay. Ich hab's begriffen.

Der Weg zum Wagen zurück zieht sich wie Kaugummi.

Paps steigt aus seinem Nissan und hält mir die Tür auf. »Ab nach Hause.« Während ich einsteige, wuschelt er mir über den Kopf. »Wird schon wieder. So wie dich dein Italiener angehimmelt hat, meldet der sich, noch bevor wir aus diesem Nest raus sind.«

»Das befürchte ich auch.« Mama seufzt. »Wenn es dich beruhigt, ich kann damit leben – irgendwie.«

»Wirkte eben anders.« Normalerweise hätte Ciro tot umfallen müssen, nachdem sie ihren Blick auf ihn abgeschossen hatte.

»Das waren lediglich die Nachwirkungen des Schocks.« Diesmal gilt der Mörderblick mir. »Immerhin ist es seine Schuld, dass du ...«

»Lass gut sein.« Paps klopft aufs Autodach. »Berlin wartet.«

Vor sich hin murmelnd steigt Mama ein.

Ich schalte mein Denken ab, starre aus dem Fenster.

Irgendwann ruft meine Mutter motiviert nach hinten, dass wir an Florenz vorbeifahren.

Kann ihre Begeisterung kein bisschen teilen.

Immer weiter weg von dem Mann, der mein Herz geklaut hat - trotz Nylons und Schminke. Ist eigentlich ein starkes Stück.

»Willst du nicht nachsehen?«

Wie ihm wohl zumute ist?

»Dieses Brummen nervt!«

Hoffentlich geht es ihm nur halb so elend wie mir. Der Trauerkloß in meinem Hals lässt sich längst nicht mehr runterschlucken oder hochräuspern.

»Noah! Dein Handy!«

Was?

Mama rollt mit den Augen. »Dein Handy!«

Tatsächlich.

Eine Nachricht.

Von unbekannt?

Von jetzt auf gleich starten tausend Schmetterlinge in mir.

Ti amo, mio eroe.

Ich speichere die Nummer, bevor ich übers Display streichle. *Ich dich auch, mein Prinz.*

EPILOG

- *Ciro* -

»Halten die Cavaletti?« Ich teste die Abspannseile auf Spannung. Signore Beppo, ein Mitarbeiter des Ordnungsamtes von San Gimignano, hat sie an Gullideckeln eingehakt. Er erklärte sich bereit, mir zur Hand zu gehen. Für ihn ist es eine willkommene Abwechslung und extra zu diesem Zweck zog er sich einen Zylinder an, um während meines Auftritts das Geld für mich einzusammeln.

»Werden sie schon.« Er schiebt sich den Hut aus der Stirn, bis er bedenklich auf dem Kopf wackelt. »Wenn ich du wäre, würde ich mir mehr Gedanken um die Verankerung in den Türmen machen.« Sein Daumen zeigt nach oben, dorthin, wo das eine Ende des Drahtseiles an einem jahrhundertealten Eisenring befestigt ist.

Das Ding hält. Es steckt tief im Mauerwerk.

Davon abgesehen habe ich die Genehmigung der Stadt. Mir wurde versichert, dass ich dem alten Gemäuer bedenkenlos vertrauen könnte.

Das Seil spannt über zwei Häuser und eine Gasse hinweg. In der Mitte der Strecke werde ich mich hinlegen, an meinen Großvater denken und die Ahs und Ohs der Zuschauer genießen.

Auf dem Piazza del Duomo tummeln sich die letzten Touristen des Jahres.

Bald wird es Winter.

Weniger Touristen, weniger Geld. Um über die Runden zu kommen, jobbe ich zusätzlich als Kellner in einem Restaurant in Volterra. Wenn mich die Wirtin mit den anderen Saisonkräften kündigt, habe ich ein Problem. Zum Glück ist das möblierte Zimmer billig, das sie mir vermietet hat.

Viola mag mich, weil ich auch spät abends noch freundlich zu den Gästen bin und bisher noch nie einen Teller oder ein Glas zerschlagen habe. Für die Jongliereinlagen zwischen den Gängen zahlen die Leute in Form von einer zweiten Flasche Wein oder einem üppigen Nachtisch.

Viola behauptet, ich brächte ihr Glück.

Allein das gibt mir Hoffnung.

Für die nächste Saison hat sie mir fest zugesagt. Mein Leben ist zwar bescheiden, aber ich komme besser zurecht als befürchtet.

Die Telefonate mit Noah geben mir Halt und sind gleichzeitig der einzige Luxus, den ich mir leiste. Es vergeht kein Tag, an dem wir uns nicht mindestens einmal sprechen und uns zig Nachrichten schicken.

Noahs Herbstferien beginnen in drei Tagen. Mitte nächster Woche ist er bei mir.

In mir kribbelt pures Glück.

Diesmal wird kein Schatten darauf liegen, obwohl sich die Sache mit Costa im Sande verlaufen zu haben scheint. Bis jetzt hat mich noch kein Anruf erreicht, um mich als Zeuge zur Verhandlung vorzuladen. Der Polizist sprach von einem halben Jahr, frühestens. Manchmal zweifle ich, ob Cristian Costa und seine Handlanger jemals verurteilt werden. Ein Mann wie er kann sich sicherlich den besten Anwalt Italiens leisten. Was ist mein Wort gegen seins?

Vor Gericht werde ich bloß die Tunte sein, die für Geld Männer verwöhnt.

Noah tröstet mich, wenn ich ihm von meinen Bedenken erzähle. Was andere von mir hielten, spiele keine Rolle. Er würde mich lieben und damit basta.

Er ist sich sicher, dass die italienischen Behörden vor dem nächsten Frühjahr ohnehin nicht in den Knick kommen.

Bis dahin ist er für immer bei mir. Oder ich bei ihm, je nachdem, ob ihn eine italienische Universität annimmt, oder ob er nach dem Wartesemester nach Deutschland zurückkehrt.

Wenn, bin ich dabei. Ich habe vor Freude geweint, als er es mir versprach.

Keine Zukunft ohne seinen Prinzen. Das waren seine Worte. Wenn ich Noah vermisse oder einsam bin, sage ich sie laut vor mich hin, bis es mir wieder gut geht.

Auch in Berlin gibt es Restaurants, die Kellner brauchen und Feste, bei denen ich auftreten kann.

Ich wickele mein Halstuch fester, prüfe den Sitz der Gelkissen.

»Siehst gut aus, Süße. Rauf mit dir!« Signore Beppo grinst. Als ich mich ihm in Kleid und Perücke präsentierte, schluckte er und zuckte anschließend die Schultern. »Wenn's mehr Kohle einbringt? Bitte.« Für ihn ist dieser Tag ein Abenteuer.

Ich steige die Wendeltreppe des Turmes empor, während er lautstark meine Nummer ansagt. Das Dröhnen der Pauke schallt durch die dicken Wände. Sie gehört seinem Enkel und er musste dem Knirps einen Kinobesuch im Austausch anbieten.

Oben angekommen streife ich das bisschen Angst von mir, das mir von früher geblieben ist. Es ist kaum der Rede wert.

Knappe fünfzehn Meter Höhe bei Windstille. Dafür brauche nicht einmal eine Stange.

Für den dramatischen Effekt genügt mir ein Schirmchen. Pastellgrün mit Spitze am Rand. Wenn Chiara, dann richtig.

Von unten applaudiert es, kaum dass ich mich im Fenster zeige.

Ich blende die Gesichter zusammen mit den Geräuschen aus, spanne meine Balancierhilfe auf.

Schritt.

Schritt.

Unter meinen Füßen fühlt es sich vertraut und sicher an.

Langsam schreite ich voran bis zur ersten Cavaletti. Mein Ziel rückt näher. Das Dach des zweiten Turmes. Da seine Fenster noch schmaler sind, hat Signore Beppo das Seil an der Brüstung verankert.

Schritt.

Schritt.

Schritt.

Immer weiter bis zur Mitte.

Hinlegen, mit dem Schwungbein schaukeln und mit dem Schirmchen wackeln. Über mir breitet sich ein fantastischer Abendhimmel aus. Ich grüße still meinen Großvater. Er wäre stolz, wenn er mich jetzt sähe.

Oder auch nicht.

Ob er mir Kleid und Schirmchen verzeihen würde?

Meine Eltern tun es jedenfalls nicht. Weder haben sie sich bei mir gemeldet, noch ließen sie über Marco Grüße an mich ausrichten. Immerhin ruft er manchmal an und fragt, wie es mir geht. Keine langen Gespräche, aber besser als nichts.

Ich streife das schwere Gefühl von mir, das mich bei diesem Gedanken befällt.

Was zählt, ist der Auftritt.

Hinstellen, nach unten winken und weiter.

Die zweite Cavaletti.

Ein Drittel der Strecke liegt noch vor mir.

Auf dem Turm mir gegenüber bewegt sich etwas.

Ein blonder Haarschopf taucht über der Brüstung auf.

Noah!

Mein Herz springt vor Glück.

Er ist früher gekommen?

Warum hat er mir davon nichts gesagt?

Ich fliege die letzten Meter zum Ziel.

Noah schaut mir angespannt entgegen, lehnt sich weit über die Mauer und streckt die Hand nach mir aus. Kaum berühren sich unsere Finger, zieht er mich vom Seil, direkt in seine Arme. »Bis du irre, ohne Sicherung zu laufen?« Sein Herz pocht so stark, dass ich es an meinem spüre. »Ich wäre fast gestorben vor Angst um dich.«

Will nichts sagen. Es tut so gut, einfach von ihm gehalten zu werden.

Unter uns klatschen und jubeln die Zuschauer. Anscheinend geben wir ein perfekt romantisches Bild ab: Die Seiltänzerin und ihr Liebster, nach drohender Gefahr vereint.

Muss grinsen bei dem Gedanken.

»Du schuldest mir noch einen Ciro-Tag.« Noah beißt mich sacht ins Ohrläppchen. »Nur du in Jeans, sonst nichts. Erinnerst du dich?«

In meiner Mitte beginnt es zu glühen. Nehme Noah an die Hand.

Auch auf der engen Treppe lassen wir uns nicht los.

Als wir aus dem Turm treten, applaudieren die Leute erneut. Signore Beppo reckt den Daumen zu uns, sammelt Münzen ein.

»Liebe ist gut fürs Geschäft.« Dennoch mustert er Noah misstrauisch.

»Komme gleich wieder.« Wenn ich nicht sofort mit meinem Helden allein bin, verbrenne ich innerlich. Wie gejagt hetzen wir aus dem Getümmel.

»Der verwaisten Garten.« Noah zieht mich in eine Seitengasse. »Genau dort will ich dich.«

»Meine Sachen sind im Transporter.« Er parkt vor der Stadt. »Außerdem muss ich mich abschminken.« Wie sehne ich mich in eine Jeans!

Zärtlich streicht er über meine gepuderte Wange. »Nicht nötig. Ich reiße dir den Fummel vom Leib und küsse dir die Schminke vom Gesicht.«

»wenn sie widerlich schmeckt?«

»Dann kenne ich süße Stellen an dir, die mich darüber hinwegtrösten werden.« Seine Hände in meinem Nacken, seine Lippen senken sich auf meinen Mund.

Frische, ein Hauch Schweiß, Abendluft, Noah.

Klammere mich an mein Glück, bis ich darin versinke.

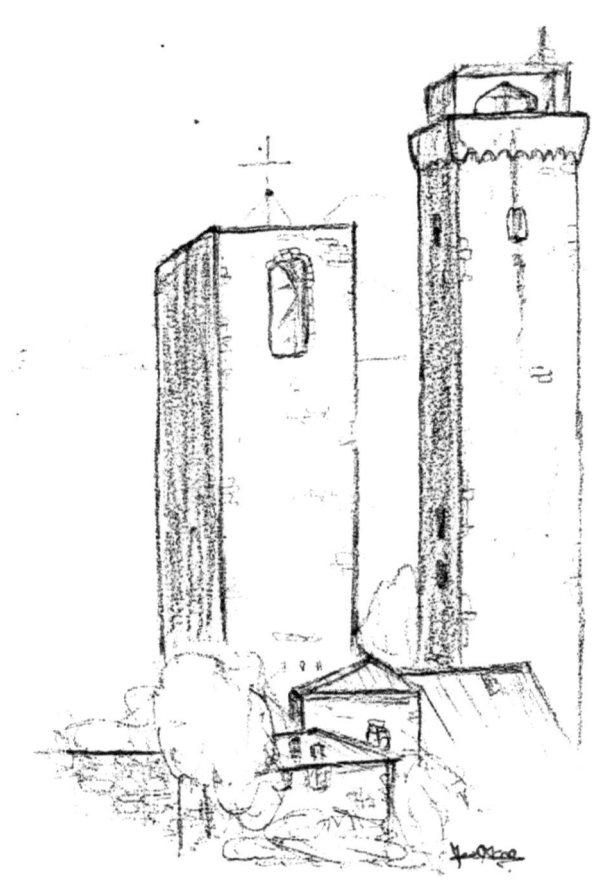

DANKE

... an alle, denen Noahs und Ciros Geschichte ans Herz gewachsen ist und die sich auf den sommerlichen, nicht ganz undramatischen Ausflug in die Toskana eingelassen haben.

Neben meiner lieben Lektorin Alexandra Balzer, mit deren Hilfe Korrektur und Textarbeit tatsächlich ein Vergnügen sind, möchte ich mich außerdem bei Helmut Watzek bedanken, der mir einen Schnellkurs zum Thema Kräne und Statik verpasst hat. Helmut, es war ein anregendes und außerordentlich amüsantes Telefonat, das wir zu diesem Zweck geführt haben.

Eventuell wird dich diese Geschichte erstaunen, aber da dir aufgrund deiner langen Lebenserfahrung nichts Menschliches fremd sein wird, hoffe ich auf deine Nachsicht.

Bis zum nächsten Roman und bis dahin alles Liebe,
S.B. Sasori